हिन्द पॉकेट बुक्स

वॉल्डन

हेनरी डेविड थोरो का जन्म मैसाचुसेट्स के कॉनकॉर्ड में हुआ था। उन्होंने 1837 में कॉलेज से स्नातक की उपाधि प्राप्त की और आजीविका के लिए संघर्ष करना शुरू किया। लेकिन इसी दौरान इनका झुकाव अध्यात्म की ओर हो गया और अंतत: इन्होंने कविता करना शुरू कर दिया। कविता को ही इन्होंने आजीविका और लोगों के मार्गदर्शन का माध्यम बना लिया। वॉल्डन में रहते हुए इन्होंने इसी नाम से अपने अनुभवों को एक पुस्तक के रूप में संकलित कर दिया।

AF674395

वॉल्डन

थोरो

प्रस्तुति

डॉ. रामचन्द्र तिवारी

डॉ. सुदर्शन पूरी

हिन्द पॉकेट बुक्स

पेंगुइन रैंडम हाउस इम्प्रिंट

हिन्द पॉकेट बुक्स

यूएसए। कनाडा। यूके। आयरलैंड। ऑस्ट्रेलिया। सिंगापुर
न्यू ज़ीलैंड। भारत। दक्षिण अफ़्रीका। चीन

हिन्द पॉकेट बुक्स, पेंगुइन रैंडम हाउस ग्रुप ऑफ़ कम्पनीज़ का हिस्सा है,
जिसका पता global.penguinrandomhouse.com पर मिलेगा

पेंगुइन रैंडम हाउस इंडिया प्रा. लि.,
चौथी मंजिल, कैपिटल टावर -1, एम जी रोड,
गुड़गांव 122 002, हरियाणा, भारत

पेंगुइन
रैंडम हाउस
इंडिया

प्रथम हिन्दी संस्करण हिन्द पॉकेट बुक्स द्वारा 2006 में प्रकाशित
यह हिन्दी संस्करण हिन्द पॉकेट बुक्स में पेंगुइन रैंडम हाउस द्वारा 2022 में प्रकाशित

कॉपीराइट © हिन्द पॉकेट बुक्स, 2006

सर्वाधिकार सुरक्षित

10 9 8 7 6 5 4 3 2

इस पुस्तक में व्यक्त विचार लेखक के अपने हैं, जिनका यथासंभव तथ्यात्मक सत्यापन किया गया है, और इस संबंध में प्रकाशक एवं सहयोगी प्रकाशक किसी भी रूप में उत्तरदायी नहीं हैं।

ISBN 9789353497071

मुद्रकः रेप्रो इंडिया लिमिटेड

यह पुस्तक इस शर्त पर विक्रय की जा रही है कि प्रकाशक की लिखित पूर्वानुमति के बिना इसका व्यावसायिक अथवा अन्य किसी भी रूप में उपयोग नहीं किया जा सकता। इसे पुनः प्रकाशित कर विक्रय या किराए पर नहीं दिया जा सकता तथा जिल्दबंद अथवा किसी भी अन्य रूप में पाठकों के मध्य इसका परिचालन नहीं किया जा सकता। ये सभी शर्तें पुस्तक के ख़रीददार पर भी लागू होंगी। इस संदर्भ में सभी प्रकाशनाधिकार सुरक्षित हैं।

www.penguin.co.in

MIX
Paper from responsible sources
FSC® C047271
FSC www.fsc.org

This is a legitimate digitally printed version of the book and therefore might not have certain extra finishing on the cover.

क्रम

थोरो : एक मानस यात्रा

आधुनिक युग के 'प्रख्यात प्रकृतिवादी', 'समाज सुधारक', 'मौलिक कलाकार', 'महान लेखक' तथा 'वॉल्डन के सन्त' हेनरी डेविड थोरो के विशिष्ट व्यक्तित्व को गढ़ने में तत्कालीन राजनीतिक प्रवृत्तियों तथा प्राकृतिक, पारिवारिक एवं सामाजिक परिवेश का ख़ासा हाथ रहा है।

थोरो की बौद्धिक, भावनात्मक तथा सृजनात्मक शक्तियों वाले तेजस्वी व्यक्तित्व ने ही विश्व को सार्वकालिक एवं सार्वदेशीय रचनाएं प्रेषित की हैं, जिनमें उसके जीवन से गुज़रे अनुभव, उसके अध्ययन, पर्यवेक्षण तथा सर्वेक्षण निहित हैं। उसकी सुविख्यात कृति 'वॉल्डन' में अभिव्यक्त उसके मानवतावादी विचारों ने ही उसे सम्मान के शिखर पर पहुंचाया।

परिवर्तन्मोमुखी समाज

जब परम्परागत सामाजिक व्यवस्थाएं तथा संस्थाएं नवीन अन्वेषणों, जनसाधारण की इच्छाओं, विश्वासों, अभिवृत्तियों में परिवर्तन तथा संवेगात्मक प्रतीकों व रूढ़ युक्तियों के नवीनीकरण से प्रभावहीन रहती हैं, तो समाज का संक्रमण काल उपस्थित होता है। इस काल में सामाजिक संरचना को स्थायी रखने वाली मान्यताएं समाप्त हो जाती हैं तथा सामाजिक व नैतिक नियम एवं मूल्यों में भारी परिवर्तन आ जाता है। अमेरिका भी संक्रमण काल में अनिश्चितता, अस्थिरता और सुधारों व नवीन प्रयोगों के दौर से गुज़रा।

19वीं शताब्दी के प्रारम्भ में थोरो के समान अमेरिका भी अपनी किशोरावस्था पार कर रहा था, जो अपनी स्वतन्त्र पहचान के लिए भयमिश्रित

आशा लिए संघर्षरत था। यद्यपि अमेरिका को राजनैतिक रूप से स्वतन्त्र हुए साठ वर्ष हो चुके थे और वह 1812 का युद्ध भी झेल चुका था, लेकिन तब भी वह इंग्लैंड के वर्चस्व से सामाजिक, सांस्कृतिक एवं आध्यामिक विच्छेद नहीं कर पाया था। इसी समय इमर्सन ने देश की पूर्ण स्वतन्त्रता के लिए बौद्धिक तथा सांस्कृतिक क्रान्ति का आह्वान किया।

इमर्सन का कथन था कि जिस अमेरिका में स्वतन्त्रता से अधिक समानता में विश्वास किया जाता था, उसके भौतिकवाद की दिशा में अग्रसर होने से व्यक्ति तथा संस्कृति के मूल्यों की रक्षा नहीं की जा सकती। भौतिकवाद समाज को विभक्त करता है तथा नवयुवकों को उनकी योग्यतानुसार काम देने में असमर्थ है।

सभी समाजों में पीढ़ियों के मध्य अन्तर्संघर्ष होता है, किन्तु परम्परावादी तथा प्रभुत्ववादी समाज के क्रान्तिकाल में यह प्रखर रूप धारण कर लेता है। थोरो की पीढ़ी की मानसिकता पुरानी पीढ़ी की मानसिकता से भिन्न थी। इस संक्रमण काल में पिता का आदर्श रूप न रहने के कारण नवयुवकों के आत्म-अभिज्ञान के संकट को बढ़ावा मिला। वे पिता के स्थान पर किसी अन्य आदर्श नेता तथा नवीन विचारधारा की खोज करने लगे।

इसी समय परम्परावादी चर्च का विभाजन त्रित्ववादी तथा अद्वैतवादी समूहों में हो गया। अन्तर्ज्ञानवादियों ने परम्परावादियों के विरुद्ध एक ही परमसत्ता की सर्वव्यापकता का विचार अमेरिकी जनमानस में बो दिया।

प्रतिभाओं का जमघट

कानकोर्ड के यशस्वी नागरिकों में से हेनरी डेविड थोरो ही वहां पर जन्मा था। इमर्सन, हौथार्न, एलरी चेनिंग, अलकाट आदि प्रख्यात विभूतियां तो यहां के शान्त, सौन्दर्यपूर्ण वातावरण, मैत्रीपूर्ण समुदाय, शान्त व सरल जीवन तथा बोस्टन नगर की निकटता के आकर्षण से यहां आकर बस गई थीं।

कानकोर्ड अमेरिका के मैसाचुसेट्स राज्य में बोस्टन नगर से बीस मील दूर मैरीमैक नदी की प्रमुख शाखा कानकोर्ड नदी और सहायक ऐसाबेट-

सेडबरी नदियों के संगम पर स्थित है। इस नगर का मध्य भाग ऐसी घाटी है जिसमें से कई मन्द-वक्राकार जलधाराएं प्रवाहित होती हैं। उनके उथलेपन में भांति-भांति के पशु-पक्षी प्रचुर माला में पाए जाते हैं। कैम्ब्रिज की ओर का कानकोर्ड पहाड़ियों, झीलों, चीड़, देवदार, प्रूस तथा मेपल के घने जंगलों का प्रदेश है। प्रकृति के विभिन्न रूपों के समान वहां की जलवायु भी वैषम्यपूर्ण है। वहां ज़बर्दस्त हिमपात, कड़ी सर्दी के साथ भीषण गर्मी भी पड़ती है।

कानकोर्ड की बौद्धिक व सांस्कृतिक जलवायु और भी वैषम्यपूर्ण थी। जब थोरो परिवार कानकोर्ड आया तब वहां न्यूइंग्लैंड का एकमाल चर्च डॉ. रिपले के नेतृत्व में संचालित था। वही क़स्बे की नैतिकता का निर्देशन करते थे। बाद में जब लित्ववाद की प्रतिक्रियास्वरूप अद्वैतवादी धर्मतन्त्र स्थापित हुआ तो वहां के परिवारों की निष्ठाएं विभक्त हो गईं। थोरो परिवार ने परम्परावादी चर्च से अपना सम्बन्ध विच्छेद कर लिया।

वहां का समाज कृषकों तथा शहरी वर्गों में विभक्त था। नगर के वर्ग-क्रम में होर वंश समूह, पुनर्जागरणवादी ग्रीक परिवार समूह नगर के मुख्य भाग में, अन्य जातियों के वर्ग नगर के दूसरे भागों में, नीग्रो वॉल्डन सरोवर के निकट तथा रेड इंडियन जंगलों में रहते थे। सभी सम्प्रदाय अपनी-अपनी जाति एवं पारिवारिक संस्कृति के अनुसार जीवन-यापन करते तथा आत्मनिर्भर होकर भी कानकोर्ड के सामुदायिक जीवन में योगदान देते थे। फिर भी उनका अपना विशिष्ट चरित्र था। वहां साधनों की शुद्धता, सच्चरित्रता, बौद्धिकता तथा ईमानदारी का सम्मान किया जाता था।

कानकोर्ड में कृषि के अतिरिक्त जीविकोपार्जन के अन्य साधन भी स्थापित हो चुके थे। ऐसी स्थिति में थोरो की पीढ़ी के समक्ष यह संकट आ उपस्थित हुआ कि वे कानकोर्ड में उपयुक्त अवसरों की प्रतीक्षा करें अथवा वहां से निकलकर बोस्टन अथवा न्यूयार्क जैसे नगरों में जाकर अपना भाग्य आजमाएं।

सन् 1823 में जब थोरो परिवार पांच वर्ष चेम्सफोर्ड तथा बोस्टन में व्यतीत करके कानकोर्ड लौटा तो उसका कायाकल्प हो चुका था। वहां एक

बैंक, नागरिकों की भावी सुरक्षा के लिए बीमा कम्पनी तथा न्याय के लिए स्थानीय न्यायालय की स्थापना हो चुकी थी। नगर में यातायात के प्रचुर साधनों ने ग्रामीण तथा शहरी व्यापार केन्द्रों को निकट ला दिया था। मिलडान कम्पनी द्वारा नई-नई वस्तुओं की बिक्री, नए व्यापार केन्द्रों का खुलना, नए उद्योग-धन्धों की स्थापना, अख़बारों का प्रवेश, नए-नए विज्ञापनों की भरमार तथा आधुनिक शिक्षा संस्थाओं ने प्रारम्भ में कानकोर्ड के सरल जीवन को आधुनिकता की ओर बढ़ा दिया था। इस परिवर्तन काल में वहां के निवासियों की निष्ठाएं घर व चर्च के दायरे से निकलकर नव-निर्मित संस्थाओं तक विस्तृत होने लगी थीं। नगरवासी विग्स तथा टोरी दलों में विभक्त हो गए थे।

कानकोर्ड का समाज सुधारकों से भरा था। वहां वाइल्डर, जेलौट, जोजेफ पामर, आलकाट, डॉ. रिप्ले तथा इमर्सन आदि समाज-सुधारक निवास करते थे। वहां श्रीमती रिप्ले, कु. मार्गरेट फुलर आदि कई शिक्षित तथा प्रतिभाशाली महिलाएं भी रहती थीं।

हेनरी डेविड थोरो के व्यक्तित्व निर्माण में कानकोर्ड की विशिष्टताओं का विशेष योगदान रहा है।

जन्म और वंशक्रम

हेनरी डेविड थोरो का जन्म 12 जुलाई, सन् 1817 में गौरवमंडित कानकोर्ड नगर में बसे थोरो परिवार के जॉन व सिन्थिया के यहां वर्जीनिया रोड पर स्थित अपनी नानी के पुराने, बदरंग मकान में कर्क राशि के अन्तर्गत हुआ था। इस राशि में जन्मे व्यक्ति स्वप्नद्रष्टा, सौन्दर्य-प्रेमी, मौलिक चिन्तक, पूर्णवादी, मानवतावादी, आत्मकेन्द्रित, असुरक्षित, भावुक, गहरे आस्थावान, गम्भीर और तेजस्वी होते हैं।

व्यक्तित्व की विशेषताएं

हेनरी डेविड थोरो की जीवनी तथा रचनाओं के अध्ययन से स्पष्ट होता है कि कर्क राशि की लगभग सभी विशेषताएं उसमें विद्यमान थीं। वह बीस वर्ष

की अवस्था में मंझोले क़द, झुके कन्धे तथा तपे रंग वाला व्यक्ति था। परन्तु उसकी आकृति का प्रमुख आकर्षण उसकी बड़ी गहरी, गम्भीर सम्मोहक आंखें थीं। साधारणतया वह अपनी आंखें झुका, होंठ भींचकर, असामान्य शक्ति से सधे पांवों से चलता, किन्तु जब कभी वह आंखें ऊपर उठाकर देखता तो पल-भर में ही आसपास के सम्पूर्ण दृश्य को अपने मानस में उतार लेता था। उसकी असाधारण आंखों से गाम्भीर्य, बौद्धिकता विनोदशीलता तथा जिज्ञासा अभिव्यक्त होती थी।

थोरो का परिवार इंगलिश चैनल में जर्सी के एशली नगर के फ्रेंच व्यापारियों का वंशज था। सर्वप्रथम हेनरी के दादा जीन थोरो बोस्टन नगर में सन् 1773 में आकर बसे। उन्होंने कई नौकरियां करने के उपरान्त बोस्टन में चीनी का थोक व्यापार प्रारम्भ किया और अत्यन्त सम्पन्न व्यक्ति बन गए।

हेनरी का सम्बन्ध उस शिक्षित, दृढ़ निश्चयी, साहसी, धार्मिक, कुलीन वंश से था, जिसके स्त्री-पुरुष सिद्धान्तवादी, कर्मठ तथा अल्पसंख्यक होने पर भी निर्भीक थे।

पारिवारिक जीवन

थोरो के पिता जॉन बोस्टन में जन्मे तथा प्रारम्भिक रूप से वहीं शिक्षित हुए थे। पारिवारिक सम्पन्नता से मिली सभी सुविधाओं के होते हुए भी सौतेली मां तथा भाई-बहनों के उपेक्षापूर्ण व्यवहार से वह स्वयं को असुरक्षित पाता था। असुरक्षाभाव तथा स्नेहभाव के कारण जॉन आत्मकेन्द्रित, एकान्तप्रिय, सहनशील, अध्ययनशील, हठी तथा मितभाषी व्यक्तित्व वाला बन गया। वह अपना समय गौरव-ग्रन्थों का अध्ययन करके तथा प्रकृति के सुरम्य आंचल में बैठकर बांसुरी बजाकर बिताता।

अपनी परिवार विरोधी मानसिकता के कारण जॉन ने अपने पिता की मृत्यु के बाद उनके व्यापार को संभालने के बजाय एक स्टोर में क्लर्की की, अपनी दुकान खोली, सैनिकों के लिए रसद पहुंचाने का काम किया

और एक स्टोर की मैनेजरी की। हेनरी ने पेंसिल के नए प्रकार के सिक्के का आविष्कार करके पिता को सर्वश्रेष्ठ पेंसिल निर्माता बना दिया। इससे बढ़ी व्यापारिक सम्पन्नता के कारण जॉन ने मेन स्ट्रीट पर शानदार भवन ख़रीदा। जॉन को उसके पड़ोसी शान्त, गम्भीर, धर्मभीरु और प्यारा व्यक्ति मानते थे।

थोरो की मां सिन्थिया उसके पिता के विपरीत बहुर्मुखी, अत्यन्त वाचाल, आत्मविश्वासी, आशावादी, सामाजिक गतिविधियों में भाग लेने वाली, अति अनुशासनप्रिय महिला थी। और उसके साहस और धैर्य ने ही परिवार को विपन्नता के दिनों में संभालकर एकजुट रखा। थोरो की मां स्वभाव से दृढ़, उत्साही, परमार्थी, धर्मनिष्ठ, निष्कपट, स्पष्टवादी और प्रखर बुद्धिवाली प्रभावशाली महिला थी। हर हाल में वह जीवन सुखद बनाए रखने और जॉन का साथ देने का प्रयास करती थी।

हेनरी डेविड थोरो ने अपनी मां तथा पिता से कुछ गुण पाए थे। उसने अपनी देहयष्टि, शान्त स्वभाव, अपनी स्वतन्त्रता बनाए रखने का मौन हठ, असफलताओं में भी अपने लक्ष्य के लिए जूझने की सामर्थ्य, गौरव-ग्रन्थों को पढ़ने का शौक़ तथा एकान्तप्रियता अपने पिता से लिए थे। अपनी मां सिन्थिया से स्पष्टवादिता, बौद्धिकता, अन्वेषण में रुचि, न्यायप्रियता तथा आत्मानुशासन आदि पाए थे। इसी से थोरो भावुक, बौद्धिक, मितभाषी, स्पष्टवादी, परम्परावादी, स्वतन्त्रताप्रिय तथा प्रकृतिप्रेमी था।

जीवन के प्रारम्भिक वर्षों में उसने अपने पिता को आर्थिक कठिनाइयों से जूझते, स्थान-स्थान पर भटकते तथा निवास स्थान बदलते देखा। बचपन की अस्थिरता ने उसके मानस में कहीं भी कोई विशेष स्थायी छाप नहीं छोड़ी। कानकोर्ड में स्थायी रूप से बसने के बाद से ही उसका स्मृतियों का काल प्रारम्भ होता है।

थोरो का पिता मौन-तटस्थ भाव से अपनी असफलताओं तथा परिवार की बनावट व जीवन को देखता। सुबह काम के लिए निकल जाता और रात को देर से लौटकर गौरव-ग्रन्थों में डूबा रहता। उस विरोधी व्यक्तित्वों से भरे

परिवार को अनुशासन तथा एकता में बांधने तथा उसे व्यवस्था देने वाला रोबीला, हठीला व्यक्तित्व उसकी मां का था। उसके प्रभुत्व के वटवृक्ष के नीचे सभी दुबके रहते। आत्मकेन्द्रित होने के कारण थोरो अपना समय अध्ययन में व्यतीत करता था। पिता उसे गौरव-ग्रन्थ पढ़ने तथा मां प्राकृतिक इतिहास पढ़ने को कहती। वह दोनों को रुचि लेकर पढ़ता था।

हेनरी की मां अपनी सामाजिक व्यस्तता के कारण उसे आवश्यकता के समय उपलब्ध नहीं होती थी। इस प्रकार कारोबार में व्यस्त किन्तु तटस्थ पिता, मां की उपेक्षा, भाई की लोकप्रियता तथा घर की भीड़-भाड़ ने उसमें असुरक्षा का गहरा भाव विकसित किया, जिससे उसमें आत्मरति की वृत्ति उत्पन्न हुई। उसकी मां एक ओर तो किशोर थोरो को शहर से बाहर लाकर काम करने को कहती और दूसरी ओर उसे बच्चे के समान निर्देश भी देती रहती। कोई भी निर्णय लेने से पूर्व थोरो को उसका अनुमोदन लेना आवश्यक था। इसलिए उसमें छोटी-छोटी बातों का भी निर्णय लेने का साहस उत्पन्न नहीं हुआ।

वह अपनी पहचान स्वयं बनाना चाहता था, परन्तु यह देखकर कि जो स्त्री उसके जीवन का केन्द्र-बिन्दु है, वह कभी भी उसे स्वीकार अथवा अस्वीकार कर सकती है, और वही उसके जीवन की दिशा का निर्धारण करती है, वह हीन भावना से ग्रस्त हो अपने में लीन रहने लगा। उसकी स्वतन्त्र होने की अन्तर्प्रेरणा उसे मां व परिवार के मोह बन्धनों को तोड़ने के लिए उकसाती, लेकिन वह ऐसा करने में स्वयं को असहाय पाकर मन मारकर रह जाता।

बचपन से माता-पिता द्वारा 'प्रयोजन की शुद्धता' की शिक्षा के कारण वह अपने दब्बू, असफल तथा असामाजिक पिता को अपना आदर्श पुरुष न मानकर तथा उसकी आलोचना करते हुए भी, वह अपने को सफल बनाकर उन्हें नीचा नहीं दिखाना चाहता था, क्योंकि ऐसा करने से वह अपने पिता के हृदय को दुखाएगा।

शुद्धतावादी संस्कृति के प्रभाव तथा मां के कठोर नैतिक निर्देशों के कारण वह बाह्य रूप से नैसर्गिक काम उत्तेजनाओं का दमन कर अपनी आडम्बरी

पवित्र छवि बनाए रहा, किन्तु स्वैर कल्पना विहार से उन्हें सन्तुष्ट करता रहा। उसके इस दोहरे व्यवहार ने भी उसके अपराध-बोध को बढ़ाया।

वह अपने आदर्श पुरुष तथा मार्गदर्शक बड़े भाई के साथ बचपन से खाता, सोता तथा वन-विहार के लिए जाता था। उसी के साथ उसने कानकोर्ड तथा मैरीमेक नदियों की साहसिक यात्रा की। वही थोरो का पक्षी-ज्ञान का मार्गदर्शक भी था।

थोरो की मितभाषी, गम्भीर तथा कर्तव्यपरायण बड़ी बहन हेलेन मां की व्यस्तता के कारण उसकी आवश्यकताओं की पूर्ति करती थी। उसी ने उसे प्रारम्भिक शिक्षा में सहायता दी तथा अपने अध्ययन-अध्यापन के साथ-साथ उसे हावर्ड प्रवेश के लिए तैयार किया।

उसने हावर्ड में कई भाषाओं का ज्ञान प्राप्त किया। वहां पढ़ाई में परिश्रम करने तथा अच्छे अंक प्राप्त करने के पीछे भी अपने भाई को लोकप्रियता से अधिक प्रसिद्धि पाकर अपनी मां के मन में ऊंचा स्थान बना लेने का भाव ही काम कर रहा था। हावर्ड से आकर थोरो ने पेंसिल के नए सिक्के का आविष्कार और अध्यापन का कार्य किया, लेकिन बच्चों को अनुशासित करने के हेतु छड़ी का प्रयोग न करने की ज़िद के कारण नौकरी से त्यागपत्र दे दिया। अपने बड़े भाई बान के साथ स्कूल की स्थापना की, जिसमें 'खेल के साथ पढ़ाई' की अध्ययन पद्धति अपनाने के कारण उनका स्कूल जल्दी ही प्रख्यात हो गया। लेकिन भाई की मृत्यु के कारण वह स्कूल शीघ्र ही बन्द हो गया।

हेनरी अपने परिवार की आर्थिक स्थिति को ऊपर उठाने के लिए पेंसिल फ़ैक्टरी में दिन-रात मेहनत करके उसे सम्पन्नता की ओर ले जाता रहा, लेकिन अपनी मां का स्नेह और निकटता नहीं पा सका, जिसके लिए उसका अन्तर्मन विकल था। मां की दिन-प्रतिदिन बढ़ती व्यस्तता से विक्षिप्त-सा हेनरी सदा की तरह शान्ति पाने के लिए घंटों-घंटों जंगलों में भटकता रहता। उसने अपनी मां की इच्छानुसार प्राकृतिक अन्वेषण करने प्रारम्भ किए और अपनी मां के अतिथियों एवं छात्रावास की भीड़ को शालीनता से झेलता रहा। लेकिन

मां को औरों के स्वागत-सत्कार तथा सुविधाओं की व्यवस्था करने में व्यस्त देख तथा अपनी प्रकाशन की आकांक्षा को असफल पाकर हेनरी उखड़ा, निराश तथा उदास रहने लगा। उसका घर छोड़कर वॉल्डन सरोवर पर रहने का निर्णय इसी हताशा के कारण था, जिसे परिवार या बाहर का कोई व्यक्ति नहीं जान सका।

प्रकृति का मृदुल आंचल

हेनरी को प्रकृति प्रेम माता-पिता की रुचि तथा कानकोर्ड की भौगोलिक स्थिति से ही नहीं मिला, बल्कि परिवार के मन के प्रतिकूल वातावरण ने भी उसे मां-प्रकृति की गोद में जाने के लिए विवश किया। वह शिशुवत उसके आंचल में जाकर ही शक्ति पाता। वह घंटों अपने मन की बातें उसी से करता और उससे अपने रहस्यों को अनाबूत करने की प्रार्थना करता। उसने पाया कि प्रकृति उसकी प्रार्थना सुनती है, उसके मन को जानती-समझती है और अपनी दयालुता से उसका ज्ञानवर्द्धन करती है। तभी उसने अनुभव किया कि सीमित सामर्थ्य तथा आत्मकेन्द्रित सांसारिक मां से कहीं अधिक विशाल हृदय वाली मां भी कहीं है। इसीलिए वह अपना अधिकांश समय यात्राओं तथा प्रकृति के अध्ययन में व्यतीत करने लगा। अब उसकी निकटता झरनों, नदी की धार, पेड़ों, पक्षियों तथा जानवरों के साथ बढ़ गई और वह सूक्ष्मता से उनकी ध्वनियों का अध्ययन करने लगा। पेड़ों की आयु तथा उत्तराधिकार तथा पक्षियों की जीवन पद्धति का ज्ञान भी उसे वहीं से मिला।

प्रेम-सम्बन्ध और मित्रता

थोरो ने यद्यपि जीवनपर्यन्त विवाह नहीं किया, किन्तु नारी प्रेम ही उसमें सुकोमल अनुरागी भावनाओं को जगा सका, जिसके फलस्वरूप वह हृदयस्पर्शी लेखन कर सका।

थोरो में जिस महिला के प्रति सर्वप्रथम आसक्तिपूर्ण प्रेम जागा, वह थी एलेन सीवेल। इस परम सुन्दरी के रूपजाल में बिंधे थोरो ने प्रेम कविताएं

भी लिखीं, लेकिन पहले अपने बड़े भाई की प्रेम-प्रतिस्पर्द्धा और बाद में एलेन की माता के विरोध के कारण यह सुकोमल किशोर प्रेम-प्रसंग समाप्त हो गया।

थोरो का दूसरा अनुराग अपने बौद्धिक गुरु इमर्सन की दूसरी पत्नी लिडियन के प्रति हुआ, जिसके कारण थोरो ने प्रेम ही गहनता और अनुशासनात्मक व्यवहार की गहरी सीख पाई। इस अन्तरंगता के कारण थोरो और इमर्सन के बीच तनाव भी पैदा हुआ, लेकिन इस आदर्श प्रेम ने उसे मर्यादाओं का पालन सिखा दिया। लिडियन की पारिवारिक मर्यादाओं के कारण थोरो उससे विवाह नहीं कर सका। किन्तु इस गहन प्रेम ने ही उसे शुष्क बौद्धिकता से बचाया भी।

थोरो के जीवन को प्रभावित करने वाले कई बौद्धिक, आध्यात्मिक, दार्शनिक, प्रकृति प्रेमी लेखक एवं समाज-सुधारक मित्र भी थे। इनमें सबसे प्रमुख था प्रख्यात उपदेशक इमर्सन, जिसने थोरो की प्रतिभा को पहचाना और उसे विकसित करने के प्रयत्न किए। इस बौद्धिक गुरु के माध्यम से ही थोरो का विश्व के प्रख्यात व्यक्तियों से परिचय सम्भव हुआ। इसी की पुस्तक 'नेचर' ने थोरो की बौद्धिकता को उद्वेलित किया, जिससे वह सत्य की खोज करने के लिए प्रेरित हुआ।

इमर्सन के संसर्ग से थोरो का प्रख्यात व्यक्तियों से परिचय ही नहीं हुआ, बल्कि प्रकाशन क्षेत्र में उतरने का ज्ञान और लिडियन का प्रेम प्राप्त हुआ। वह इस मोह तथा 'नेचर' पुस्तक से प्राप्त अन्तर्ज्ञानवाद से जीवन-भर मुक्त नहीं हो पाया।

थोरो के अन्य मित्र थे अलकाट, हौथार्न, होरेस गरीले, जार्ज मिनौट, वाइटमैन और ब्राउनसन। इन मित्रों ने थोरों के जीवन को अनेक रूपों में प्रभावित किया। किसी की सादगी, किसी का सन्त स्वभाव, किसी के जागृतिपूर्ण विचार थोरो के व्यक्तित्व को गढ़ने में अनजाने ही काम करते रहे। बाद में कुछ शिष्य भी बन गए।

यद्यपि थोरो के सभी मित्र उसकी सामाजिक सीमाएं, उसकी विशिष्ट आदतों, अदम्य तर्कशीलता, दिखावटी भावनात्मक अलगाव तथा असमझौतावादी रुख से परिचित थे, किन्तु वे सभी उसके बाह्य शुष्क धरातल के नीचे बहती स्निग्ध रसधार तथा असाधारण क्षमताओं और उसकी प्रखर प्रतिभा से भी परिचित थे। भले ही वे उसकी बहुत-सी बातों को पसन्द नहीं करते थे, परन्तु वे सब उसे हृदय से चाहते थे।

थोरो की विचारधारा

थोरो ऐसी सरकार के प्रति अपना कोई उत्तरदायित्व नहीं मानता था, जो अपने नागरिकों के हितों के विरुद्ध कार्य करती है। थोरो अमेरिकी सरकार की औद्योगीकरण, यन्त्रीकरण, पूंजीवाद तथा आधुनिकीकरण की ओर झुकी नीतियों की आलोचना करता था। वह उसके दास, नीग्रो तथा रेडइंडियन लोगों की समस्याओं के प्रति उपेक्षाभाव का भी विरोध करता था। उसका विचार था कि अमेरिका ऐसा आदर्श राज्य हो जिसमें गांव आत्मनिर्भर किसानों तथा शिल्पकारों द्वारा संगठित किए जाएं जो सांस्कृतिक तथा शैक्षणिक केन्द्रों का कार्य करें। उनके कार्यों तथा व्यवस्था में सरकार न्यूनतम हस्तक्षेप करे। थोरो अपने जीवन के अन्तिम काल में समझ गया था कि उसके आदर्श राज्य की छवि का अमेरिका में बढ़ते-फैलते व्यापारीकरण, औद्योगीकरण, आधुनिकीकरण तथा शहरीकरण के कारण, साकार होना सम्भव नहीं है। फिर भी वह अपने वॉल्डन काल तक अपने विचारों की साकारता के प्रति आश्वस्त रहा।

प्रकृतिवादी थोरो

थोरो का जन्म नदियों, पहाड़ों, झरनों तथा विभिन्न पशु-पक्षियों से युक्त जंगलों से घिरे सुरम्य कानकोर्ड तथा प्रकृति-प्रेमी माता-पिता के यहां हुआ था। अपने चारों ओर फैली प्राकृतिक सुषमा उसके लिए केवल आकर्षण का ही नहीं, बल्कि सुरक्षा, दुलार तथा अन्वेषण का स्थल भी थी। बचपन मे उसके माता-पिता पिकनिक के दौरान पेड़ों, पक्षियों तथा जानवरों के विषय

में जानकारी देते थे। कई बार थोरो घर से परेशान होकर अकेला जंगल में चला जाता और 'तारों के पीछे छिपे परमात्मा को देखने का प्रयत्न' करता। किशोरावस्था में थोरो अपने भाई के साथ घंटों सेटबरी झील के उथले जल में मछलियों, कछुओं आदि जन्तुओं के जीवनवृत्त तथा आसपास के घने जंगलों में प्राप्त पशु-पक्षियों की विचित्रताओं का अध्ययन करता।

जंगल के एकान्त पथों पर चलना, जंगली सन्नाटे की झोली में अपनी हताशाओं को फेंकना, असाबेट के द्रुत वेग से अपने मनोबल को ऊंचा उठाने की प्रेरणा लेना, पशु-पक्षियों की ध्वनियों का सूक्ष्म अध्ययन करना थोरो का दैनिक क्रम बन गया था। वह नगरवासियों तथा सैलानियों द्वारा प्रकृति के किसी भी अंग के शोषण तथा जानवरों व पक्षियों को मारने का विरोधी था। वॉल्डन सरोवर के निवास-काल में उसने प्रख्यात ग्रन्थ 'वॉल्डन' की रचना की। वहीं उसने भारतीय ग्रन्थों तथा ऋषियों के अनुकरण पर अपने जीवन को अत्यन्त सरल बना लिया तथा आवश्यकताओं को कम कर दिया। वह पूर्णतया शाकाहारी हो गया तथा आत्मविश्लेषण के द्वारा अपने हृदय को शुद्ध बनाने में प्रयत्नशील रहा। उसने ऋषियों से मां प्रकृति के गूढ़ रहस्यों को अनावृत्त करने तथा परमात्मा से सत्य के साक्षात्कार के लिए प्रार्थना करनी सीखी। उसका विश्वास था कि बाह्य अस्तित्व के पीछे कहीं-न-कहीं शाश्वत सत्य विद्यमान है, जिसमें प्रभु का वास है और जिसे पाना जीवन का प्रमुख लक्ष्य है। वॉल्डन सरोवर के अपने निवास-काल में प्रकृति से संसर्ग स्थापित कर इसी सत्य का साक्षात्कार करना उसकी जिज्ञासा तथा खोज का लक्ष्य था। किन्तु धीरे-धीरे उसका झुकाव वैज्ञानिक अन्वेषण करने, आंकड़े एकत्र करने तथा सर्वेक्षण की ओर हो गया।

उसे अच्छा प्रकृतिशास्त्री माना गया है। उसके वनस्पति तथा ऋतुओं के पर्यवेक्षण आज के वैज्ञानिकों के लिए उपयोगी सिद्ध हुए हैं। 'अमेरिकी राष्ट्रीय मौसम सेवा' ने उसके द्वारा प्रतिपादित कानकोर्ड ऋतु-सम्बन्धी आंकड़ों को राष्ट्रीय आंकड़ों में सम्मिलित कर लिया है, जिससे मौसम की सही भविष्यवाणियां की जा सकें। 'द सक्सेशन ऑफ़ द फ़ारेस्ट ट्रीस' नामक

उसकी पुस्तक में दिए पेड़ों के उत्तराधिकार के सिद्धान्त तथा उनकी आयु निश्चित करने के तरीक़ों को आज भी प्रामाणिक माना जाता है। उसे 'सरोवर विज्ञान (Limnology) का जनक' कहा जाता है जिसके अन्तर्गत ताज़े पानी के विभिन्न बदलते रूपों का अध्ययन किया जाता है। यह अध्ययन उसके नदी, तालाब व झील के जल से सम्बन्धित विवरणों में निहित है। वह अमेरिकी 'परिस्थिति विज्ञान' तथा 'ऋतु जैविकी' के प्रारम्भकर्ताओं में से है। हमें थोरो की सफलता एवं असफलता का मूल्यांकन अपनी सफलता की परिभाषा के अनुसार न करके एक वैज्ञानिक के रूप में करना चाहिए।

थोरो स्वयं को वैज्ञानिक न मानकर दार्शनिक मानता था। वह विज्ञान तथा दर्शन के पृथक्करण के स्थान पर उनके विलीनीकरण पर बल देता था। उसको विश्वास था कि पृथ्वी केवल मृत इतिहास का अंश नहीं है, बल्कि जीवित काव्य है। उसका विश्वास था कि प्रकृति की भौतिक यथार्थता तथा उसमें निहित विचारों को पृथक नहीं किया जा सकता।

यायावर थोरो

उसके कानकोर्ड प्रेम, पारिवारिक मोह और सैलानी स्वभाव के मध्य की द्वन्द्वात्मक वृत्ति ने भी उसके जीवन और कला के मध्य के द्वन्द्व को बढ़ाया। थोरो को विश्वास था कि कानकोर्ड के प्राकृतिक आंचल में छिपे रहस्य और सत्य अपने उद्‌घाटन के लिए उसकी प्रतीक्षा कर रहे हैं। बाद में उसने अनुभव किया, कानकोर्ड की प्रकृति में सभी विभिन्नताएं नहीं हैं और जब वह बोस्टन का उपनगर बन गया तो शहरीकरण के कारण जंगल कम हो गया और बहुत-से विभिन्न पशु-पक्षी वहां से अन्यत्र भी चले गए। 1853 में वहां के इस प्राकृतिक ह्रास के कारण उसका मन उचाट हो गया और वह भरपूर जंगलों की खोज में अन्य स्थानों पर भटकता रहा। मेन के घने जंगलों में वह तीन बार गया। जलवायु-परिवर्तन के डॉक्टरी परामर्श के अनुमार वह कनाडा के शुष्क प्रदेश मिनीसोटा भी गया। अस्वस्थ होने पर भी उसका यायावर मन उसको जंगलों की ओर खींचता रहा, जहां उसने आदिम सभ्यता तथा रेडइंडियनों के जीवन को निकट से देखा।

उसने पर्वतारोहण भी किया और फ़िलाडेल्फ़िया, न्यूयार्क तथा न्यूजर्सी के आसपास के इलाक़े देखे।

उसकी प्रारम्भिक यात्राओं का उद्देश्य यह सिद्ध करना था कि अब भी प्रकृति का बहुत बड़ा भाग मनुष्य के शोषण से सुरक्षित है और अब भी मनुष्य में प्रकृति के साथ सौहार्दपूर्वक जीने की सामर्थ्य है। लेकिन उसके अन्तिम काल की यात्राओं का उद्देश्य स्थान-स्थान पर भाषण देकर जनता तक अपने विचारों को पहुंचाना, उन्हें शाश्वत सत्य की खोज के लिए प्रेरित करना तथा अन्वेषण व सर्वेक्षण करना था। उसने अपनी यात्रा-सम्बन्धी अनेक विवरण तथा 'द मेन वुड्स', 'वाइल्ड एपल', 'द कानकोर्ड ट्रवलर', 'ए यंकी इन कनाडा', 'ए वीक औन कानकोर्ड एंड मैरीमेक रिवर्स' आदि प्रख्यात रचनाएं विश्व को प्रदान की हैं।

अन्तर्ज्ञानवादी के रूप में

थोरो के अन्दर का गहरा आस्तिक भाव उसे आडम्बरी चर्च तथा उसकी परम्पराओं से पृथक करता रहा और सार्वभौमिक परमसत्ता की अनुभूति तथा सत्य की खोज के लिए प्रेरित करता रहा। यही दार्शनिक जिज्ञासा उसे इमर्सन के निकट ले गई। थोरो अज्ञान के अंधेरे में आस्था और अनास्था के ज्वार-भाटे में समय खोने के स्थान पर 'सत्य में जाने और होने' तथा 'सत्य को जानने और उसे जीने' में विश्वास करता था। थोरो यद्यपि इमर्सन के तर्क को त्यागने के परामर्श को स्वीकार नहीं कर सका, किन्तु उसने इमर्सन के सामान्य दर्शन का ज्ञान और अपनी सामाजिक तथा बौद्धिक स्वतन्त्रता की खोज का समर्थन अवश्य हासिल किया।

इमर्सन अन्तर्ज्ञानवादियों का नेता था, जिनका नवीन अध्यात्म तथा ब्रह्मांड के विषय में द्वैतवादी दृष्टिकोण था। वे ब्रह्मांड को प्रकृति तथा आत्मा में विभक्त करते थे और व्यक्तियों को प्रकृतिवादी तथा आदर्शवादी — इन दो वर्गों में रखते थे। वे जॉन लाक के इस सिद्धान्त के विरोधी थे कि मानव ज्ञान पूर्णतया ज्ञानेन्द्रियों द्वारा अर्जित किया जाता है। अन्तर्ज्ञानवादियों का

मत था कि मनुष्य कुछ जन्मजात विचारों तथा गुणों को बीज रूप में लेकर उत्पन्न होता है जो शिशु और परमात्मा के मध्य प्रत्यक्ष सम्बन्ध स्थापित करते हैं। अन्तर्ज्ञानवादियों के जीवन की सफलता का रहस्य तथा लक्ष्य भौतिकवादी विषयों से ऊपर उठकर नैतिक तथा आध्यात्मिक श्रेष्ठता प्राप्त करना था।

जब भी समाज और व्यक्ति में द्वन्द्व हो तो व्यक्ति को सामाजिक धारणा के स्थान पर अपनी आत्मचेतना के अनुसार कार्य करना चाहिए। इस विचारधारा ने थोरो की असमझौतावादी प्रकृति को सामाजिक अपेक्षाओं से पृथक रहने की प्रेरणा दी।

थोरो जीवन-भर अन्तर्ज्ञानवादी रहा, परन्तु उसका अन्तर्ज्ञानवाद इमर्सन से भिन्न आधार पर टिका था। इमर्सन का अन्तर्ज्ञानवाद अद्वैत पर आधारित था जिसके अनुसार सारे ब्रह्मांड में एक ही आध्यात्मिक सत्ता व्याप्त है। उसने अपनी पुस्तक 'नेचर' का प्रारम्भ प्रकृति (मानव शरीर सहित) तथा आत्मा के मध्य काल्पनिक विभाजन करके किया है। इमर्सन के अनुसार प्रभु, मनुष्य तथा प्रकृति सभी में अपनी पृथक-पृथक सृजनात्मक शक्ति है। थोरो का विश्वास था कि आदर्श भौतिक जगत से परे आन्तरिकता में रहता है। और वहीं से प्राप्त किया जा सकता है।

थोरो सुव्यवस्थित दार्शनिक न होकर अध्यवसायी, असमझौतावादी, मुमुक्षु तथा परम सत्य का जागरूक अन्वेषक था। यदि उसके लेखन का गहनता से अध्ययन किया जाए तो स्पष्ट होता है कि वह आज के पाठकों के लिए इसलिए मूल्यवान है कि उसमें परमात्मा एवं प्रकृति की अपार दयालुता की श्रेष्ठता का आशावाद निहित है। उसने उस 'उपयोगी अज्ञान' को भी सदा बनाए रखा जिसकी अभिव्यक्ति उसने 'वाकिंग' में की थी। वह किसी भी विचार को, चाहे वह कितना भी विश्वासोत्पादक क्यों न हो अथवा उसमें विश्वास करने की उसकी कितनी भी तीव्र ललक क्यों न हो, स्वीकार करने से पूर्व उसका विभिन्न परिप्रेक्ष्यों से परीक्षण करता था। यहां तक कि 'प्रभु की दयालुता', 'प्रकृति की उदारता' जैसी अन्तर्ज्ञानवाद की आधारभूत संकल्पनाओं के समक्ष भी उसने एक बार प्रश्नचिह्न लगाकर उनका विश्लेषण

किया। उसके इसी साहस ने उसे जीवन की गम्भीर, दुःखद यथार्थों का सामना करने की सामर्थ्य प्रदान की और विचारक के रूप में उसकी प्रमुख निर्णायक शक्ति बना।

सरल साधक के रूप में

अपनी जन्मराशि के गुण तथा भारतीय ऋषियों का 'सादगी' का आदर्श थोरो के जीवन तथा विचारों का आधार था जिसने जनमानस में उसकी 'सादा जीवन उच्च विचार' की छवि अंकित की। जब भी व्यक्ति अपने भौतिकवादी, असन्तुष्ट एवं आडम्बरपूर्ण जीवन से उनका व्यवच्छेदन करता हुआ आध्यात्मिक तथा आधारभूत चिन्तन में लौटा है, थोरो के सादगी के आदर्श ने उसे अपनी ओर आकृष्ट किया है। थोरो का सात्त्विक जीवन ऐसा शान्त दार्शनिक बीहड़पन का आदर्श है, जो हमारे व्यस्त जीवन को लुभाता तो है, किन्तु हम उसके समान सूनेपन में जीवनयापन का वरण नहीं कर सकते।

समाज सुधारक के रूप में

गम्भीर एकान्तप्रिय जंगलों में घूमने वाला थोरो तत्कालीन सामाजिक तथा राजनैतिक स्थिति एवं सामाजिक सम्बन्धों के प्रति सदा जागरूक रहा। वह सामाजिक व राजनैतिक समस्याओं पर गहन विचार करता था। 'ए वीक ऑन कानकोर्ड एंड मेरीमैक रिवर्स' में उसने कपड़ा उद्योग तथा स्थापित चर्च की आलोचना, 'वॉल्डन' में अमेरिका के अर्थशास्त्र की; 'द मेन वुड्स' में धार्मिक आडम्बरों की, "ए यंकी इन कनाडा' में कैथोलिक तथा कनाडा के सैनिक तन्त्र की आलोचना की है।

वह अपनी किशोरावस्था से ही सामाजिक तथा राजनैतिक सुधारों का समर्थक रहा। उसने अपने हावर्ड में अध्ययन काल में 'सभ्य राज्यों की बर्बरताएं तथा आज्ञापालन' जैसे निबन्ध लिखे। थोरो के सुधारों की जड़ें अन्तर्ज्ञानवाद के 'आत्म-संस्कृति के आदर्श में निहित थी जिसे उसने इमर्सन के अद्वैतपाद से ग्रहण किया था। इस आदर्श के अनुसार दूसरों का सुधार करने से पूर्व स्वयं को सुधारना आवश्यक है।

इस आदर्श का प्रभाव यह हुआ हुआ कि थोरो स्वयं को सुधारने में लग गया। इसलिए हृदय से सामाजिक सुधारों का समर्थक होकर भी वह सक्रिय समाज-सुधारक नहीं बन सका। आत्म-संस्कृति के आदर्श में विश्वास करते हुए भी वह सामाजिक अन्याय के प्रति कभी तटस्थ नहीं रहा। लेकिन चर्च निर्वाचन के विरोध में जेल जाने के बाद थोरो यह मानने लगा कि सुधारों की सम्भावना व्यक्तियों की संख्या पर निर्भर करती है।

एक रात की जेल यात्रा के बाद जब वह बाहर लौटा तो उसने लोगों को इस घटना से पूर्णतया अप्रभावित देख अपनी दैनिकी में लिखा, "किसी भी व्यक्ति द्वारा सही उद्देश्य के लिए आवाज़ उठाने पर भी जब तक लोगों का समर्थन नहीं मिलता, सुधार सम्भव नहीं है और इसके लिए उन्हें पहले जाग्रत करना आवश्यक है।"

इसके उपरान्त थोरो ने जनजागरण की दृष्टि से अपने लेखन में अमेरिका की सामाजिक-आर्थिक-राजनैतिक संस्थाओं की आलोचना करनी प्रारम्भ की। उसके सुधार-सम्बन्धी सभी लेखों में तीन विषयों पर विषेष रूप से विचार किया गया है — सच्चे सुधारक की विशेषताएं, नागरिक तथा अमेरिकी अर्थतन्त्र के सम्बन्ध तथा नागरिक एवं अमेरिकी राजनैतिक तन्त्र के सम्बन्ध।

थोरो अपने जेल अनुभव के बाद सामूहिक आन्दोलन की सम्भावना में सन्देह करने लगा था। वह दासता विरोधी अमेरिकी नेता पी. रोजर्स का प्रशंसक बन गया, जो सामूहिक आन्दोलन के स्थान पर व्यक्तिगत आन्दोलन का समर्थक था। उसने प्रत्येक अनुचित बात का विरोध करने के लिए रोजर्स के साहस की सराहना 'डायल' में छपे अपने लेख 'हेरल्ड ऑफ़ फ्रीडम' में की। उसने लाएड गैरिसन द्वारा प्रकाशित पत्र 'लिबरेटर' में समाज-सुधारक वेंडेल फिलिप की प्रशंसा में एक लेख में कहा, "फिलिप सिद्धान्तों वाला व्यक्ति है, जो केवल दासता विरोधी कार्य करने के लिए नहीं जन्मा, बल्कि प्रत्येक उचित कार्य करना उसका ध्येय है।" इन सुधारकों के प्रभाव से उसने 'द सर्विस' में सामाजिक व राजनैतिक बुराइयों के विरुद्ध व्यक्तिगत विरोध का समर्थन

किया। उसने 'रिफ़ार्मर्स एंड रिफ़ार्मर्स' में परम्परावादियों तथा सुधारवादियों में अन्तर दर्शाया। उसका मत था कि सुधार व्यक्तिगत होने चाहिए। व्यक्ति समाज का एक साधन के रूप में प्रयोग करे, न कि समाज व्यक्ति का। तभी समाज कुछ सीमा तक सुधर सकता है। समाज सुधार में सामूहिक प्रयत्न तभी सफल हो सकते हैं जब सुधारकों के बल का स्रोत समाज न होकर प्राकृतिक क़ानून होवे। व्यक्ति को प्रकृति के समान सरल तथा सहृदय होना चाहिए।

आर्थिक सुधारों सम्बन्धी लेखन

थोरो ने आर्थिक सुधारों के विषय में बहुत कम लिखा है। इस सम्बन्ध में उसकी एकमात्र उपलब्ध रचना 'पैराडाइज़ रीगेंड' का पुनर्परीक्षण है जो 'यूनाइटेड स्टेट्स मैगजीन एंड डेमोक्रेटिक रिव्यू' में छपी थी। थोरो का यह लेख इसलिए महत्त्वपूर्ण है क्योंकि इसमें बहुत-से महत्त्वपूर्ण प्रश्न उठाए गए थे और भविष्य के प्रति आशा व्यक्त की गई थी, लेकिन वह आइजलर के काल्पनिक स्वर्ग में अनेक दोष देखता था जैसे प्रकृति की शक्तियों पर यन्त्रों द्वारा स्वामित्व प्राप्त करना, मानवीय श्रम को निरर्थक करना तथा प्रकृति को मानव इच्छा के समक्ष झुकाना। थोरो आइजलर योजना को इसलिए भी दोषपूर्ण मानता था, क्योंकि उसमें नैतिक मूल्यों तथा आध्यात्मिकता के उच्च लक्ष्य को त्यागकर भौतिक सुख-सुविधाओं पर ध्यान दिया गया था। फिर उसमें समय, धन तथा व्यक्ति जैसे अविश्वसनीय आधारों का सहारा लिया गया था तथा आत्मनिर्भरता की आवश्यकता की उपेक्षा की गई थी।

थोरो की भौतिक प्रयत्न के स्थान पर आन्तरिक सुधारों की मांग उस समय निरर्थक सिद्ध हो गई जब उसके वॉल्डन सरोवर के निवास-काल में किसानों ने अपनी आत्मनिर्भर अर्थव्यवस्था त्यागकर अपनी फ़सलों को बेचना प्रारम्भ कर दिया और सरकार की औद्योगीकरण की नीति को स्वीकार कर लिया, जिसके अन्तर्गत भौतिक सुखों की प्राप्ति सरल जीवन तथा प्राकृतिक सम्पदा के शोषण के मूल्य पर होनी थी। इस स्थिति के प्रति उसने 'वॉल्डन' प्रकाशन के उपरान्त 'गेटिंग-लिविंग', 'वाट शैल इट प्रोफ़िट', 'लाइफ़ विदाउट प्रिंसिपल' तथा 'लाइफ़ मिसस्पेंट' जैसे भाषणों द्वारा अपना प्रतिरोध व्यक्त

किया। उसे यह देखकर दुख होता था कि उसके पड़ोसी अपने नैतिक विकास के स्थान पर व्यापार में दिन-रात लगे रहते हैं। उनका जीवन काम और कमाने में ही आन्तरिक उन्नयन के बिना समाप्त हो जाता है। व्यक्ति ऐसे साधन खोज रहा है, जिनसे कम भाग्यशाली व्यक्तियों पर अपना नियन्त्रण स्थापित कर सके। धन कमाने के साधन लोगों को नीचे की ओर घसीट रहे हैं।

उसने अमेरिका की आर्थिक विकृतियों को दूर करने के लिए सुझाव दिया कि श्रमिकों को इतने अच्छे वेतन दिए जाएं, जिससे वे सम्मानपूर्ण जीवन जी सकें। उच्च नैतिक तथा वैज्ञानिक लक्ष्यों की प्राप्ति कर सकें। वही श्रेष्ठ व्यावहारिक-आर्थिक व्यवस्था है, जो प्रभु तथा प्रकृति से साम्य रखती हैं।

अराजकतावादी या सविनय अवज्ञावादी

थोरा के आर्थिक विचारों के समान ही उसके राजनैतिक विचार भी 'आत्म-संस्कृति' की पृष्ठभूमि पर आधारित हैं। उसने 'सिविल डिसओबिडियेन्स' नामक पुस्तक में लिखा है — "वही सरकार सर्वोत्तम है जो शासन नहीं करती।" अगर प्रत्येक व्यक्ति अपने जीवन के सत्य की खोज में क्रियाशील रहे और दूसरे की जेब का सोना तथा दूसरे की कृषिभूमि पर दृष्टि न रखे तो सरकार की कोई आवश्यकता नहीं रहेगी। उसके इस लक्ष्य का अनुचित अर्थ लगाकर आलोचकों ने उसे 'अराजकतावादी' माना है। उस पर किए गए आलोचनात्मक प्रहारों का आधार उसके द्वारा सभी प्रकार की सरकारों को तुरन्त भंग करने तथा व्यक्तियों के बन्धनहीन समाज की मांग के पीछे निहित लक्ष्य के स्पष्टीकरण का सर्वथा अभाव है। वास्तव में थोरो आदर्शवादी के रूप में अराजकतावादी कहा जा सकता है। उसका विश्वास था कि व्यक्ति अपनी चेतना के माध्यम से आदर्श सत्य से जुड़ सकता है। अगर सभी इस आदर्श को प्राप्त कर लें, तो वे परस्पर मैत्री से रह सकते हैं। वह सरकार की विशिष्ट कार्यों के लिए नहीं केवल सामान्य रूप से आवश्यकता स्वीकार करता है। अगर राज्य द्वारा व्यवस्था स्थापन में नागरिकों को अन्याय मिलता है तो कोई बात नहीं। लेकिन जब सरकार व्यक्तियों की बुद्धि तथा शरीर को दास बनाकर उन्हें

अनुचित कर अदा करने तथा मत देने के लिए बाध्य करती है, तो ऐसी सरकार का समर्थन नहीं किया जा सकता। सरकार उस समय अनावश्यक हो जाती है, जब वह जनता की इच्छाओं की पूर्ति नहीं करती। सरकार अविश्वसनीय भी है, क्योंकि वह जनमत से अधिक अपनी निरंकुश शक्ति बनाए रखने का प्रयास करती है। उसके अधिकांश कार्यों के पीछे उसका अपना हित निहित होता है। वह वचन देकर भी उनका पालन नहीं करती। उसे जनता के मतों की चिन्ता होती है, उनके प्रति न्याय की नहीं।

थोरो मताधिकार को राजनीति का खिलवाड़ मानता है। उसके अनुसार मताधिकार के अतिरिक्त व्यवस्थापन तथा आवेदन भी समाज तथा सरकार में सुधार ला सकते हैं, किन्तु वे अत्यधिक समय लेते हैं जबकि व्यक्ति अल्पजीवी है।

संख्या तथा न्याय का यह समीकरण अन्तर्ज्ञानवाद के इस विचार को स्वीकार्य नहीं है कि निरपेक्ष परोपकारिता कहीं अवश्य विद्यमान है। सरकार के अपने दोषों को दूर करने की इच्छा पर विश्वास नहीं किया जा सकता। जब सरकार स्वयं को जनता की इच्छा से पृथक कर मनमानी करती है, तब इस बुराई का जनता द्वारा विरोध किया जाना चाहिए।

उसने 'सिविल डिसओबिडियेन्स' में सरकार के आडम्बरी रुख को स्पष्ट किया है। एक ओर तो सरकार अमेरिका की विद्रोहात्मक क्रान्ति की प्रशंसा करती है और दूसरी ओर सामयिक सन्दर्भो से परिवर्तन की मांग स्वीकार नहीं करती। सरकार के अन्याय के विरुद्ध क्रान्ति करने के अधिकार में राज्य के प्रति स्वामिभक्ति की समाप्ति तथा आवश्यकता होने पर हिंसा का प्रयोग आदि सम्मिलित है। यद्यपि वह इस साधन को अन्य साधनों की असफलता पर ही अपनाने में विश्वास करता था, किन्तु उसने गांधी के समान हिंसा का सिद्धान्त रूप में प्रतिरोध नहीं किया।

थोरो का कहना था कि न्याय उसकी प्रक्रिया से अधिक महत्त्वपूर्ण है। न्याय सरकार के विचारों पर नहीं, व्यक्ति की चेतना पर आधारित है। इसलिए

नागरिकों का यह अधिकार ही नहीं, कर्तव्य भी है कि वे अन्यायपूर्ण क़ानूनों की अवज्ञा करें। किन्तु वह नागरिकों के क़ानून के प्रति स्वच्छन्द व्यवहार का विरोधी है। उसने अपने सबसे अधिक पुष्ट एवं सारगर्भित भाषण में कहा, "क़ानून व्यक्ति को स्वतन्त्र नहीं बनाता, बल्कि व्यक्ति क़ानून को स्वतन्त्र बनाता है, वे व्यक्ति ही क़ानून व व्यवस्था के प्रेमी हैं, जो सरकार के तोड़ने पर भी क़ानून का पालन करते हैं।"

थोरो भोले, सरल, नीग्रो सम्प्रदाय को दासता से मुक्त कराने तथा अमेरिकी अर्थतन्त्र के शोषण से उनकी रक्षा करने का समर्थक था। लेकिन उसने अपने किसी लेख में दासता समाप्त करने के उपायों का वर्णन नहीं किया है।

प्रभावशाली लेखक

अगर थोरो लेखक न होता और उसने अपनी रचनाएं तथा डायरियां न छोड़ी होतीं, तो हम उसके विषय में कानकोर्ड के अन्य लेखकों के विवेचन से सीमित जानकारी ही प्राप्त कर सकते थे। तब वह केवल इमर्सन के शिष्य, अमेरिका के सादे जीवन का आदर्श, साधारण प्रकृतिवादी तथा दासता विरोधी के रूप में ही जाना जाता। आज जिसने उसे अमेरिकी संस्कृति के प्रमुख एवं गणमान्य व्यक्तियों की श्रेणी में लाकर खड़ा कर दिया है, वह उसका अद्भुत लेखन-संघर्ष है।

थोरो के लेखन के सम्बन्ध में विरोधी धारणाएं देखने में आती हैं। यदि कुछ लोग थोरो के लेखन को 'ऊबड़-खाबड़ तथा नीरस' मानते हैं, तो कुछ लोगों के मतानुसार — "अमेरिका में लिंकन को छोड़कर थोरो ने सर्वोत्तम गद्य लिखा है।" सन्तुलित दृष्टि से देखने पर थोरो का गद्य पढ़ने और समझने में कठिन है और कहीं-कहीं अस्पष्ट भी। किन्तु उसका लेखन प्रकृति एवं मानव जीवन के अध्ययन, मनन तथा गहन अनुभूतियों से परिपूर्ण है। उसका लेखन परिपक्व तथा सांकेतिकता से युक्त है।

थोरो स्वयं चिन्तक होने के साथ बहुत-सी पुस्तकों का अध्येता रहा और वह उस ज्ञान का प्रयोग करना भी जानता था। आज उसकी भाषा में अस्पष्टता

का दोष नहीं देखा जाता, क्योंकि अपने प्रिय एवं दुरूह विषय के अन्वेषणों की अभिव्यक्ति के लिए उसे विशिष्ट भाषा स्वयं गढ़नी पड़ी। अपने लेखन को परिमार्जित करने तथा पुनर्लेखन से भी वह नहीं चूकता था। 'वॉल्डन' का भी उसने कई बार परिष्कार किया था।

उसकी लेखन-यात्रा प्रकाशन की आकांक्षा से अन्वेषण और अन्त में धनोपार्जन तक गई। इसीलिए सन् 1844-55 तक वह जीवन को कला से श्रेष्ठ मानता था, किन्तु 1856 के उपरान्त कला को जीवन से श्रेष्ठ मानने लगा। उसकी कला उसका जीवन बन गई।

थोरो विविध दर्शनग्राही था। अपने ज्ञान को पुष्ट करने के लिए उसने समकालीन अंग्रेज़ी, फ्रेंच और जर्मन साहित्य की विविध विधाओं का गहन अध्ययन व मनन किया। उसने डी. क्विन्सी से वाक्पटुता, कार्लाइल व कालरिज से पदार्थ में निहित आत्मा का ज्ञान, हैवेट से प्रकृति-प्रेम, गिलपिन से कलाकार का प्रकृति-सम्बन्धी दृष्टिकोण, गेटे से सर्वव्यापकता की अवधारणा, स्काट से मध्यकालीन प्रेमाख्यान, वुडवर्थ से प्रकृति-प्रेम का अन्तर्ज्ञानवाद का ज्ञान प्राप्त किया।

उसने 17वीं शताब्दी के धर्म निहित गद्य व पद्य, ग्रीक नाटक, होमर की रचनाएं तथा संस्कृत के वेद, उपनिषद, मनुस्मृति तथा भगवद्गीता जैसे पावन ग्रन्थों का अध्ययन करके अपने ज्ञान को गहरा तथा विस्तृत किया। डान, हवर्ट, क्वैरलीज, सर थामस, ब्राउनी आदि लेखकों से उसने कुछ विशिष्ट लय सीखीं जिनका प्रयोग उसने अपने काव्य में किया।

वह लेखन में सिद्धान्तों की सूक्ष्मता के स्थान पर अभिव्यक्ति की सूक्ष्मता में विश्वास करता था, जिससे प्रकृति में विद्यमान परमात्मा के साक्षात्कार से उत्पन्न भावनाओं को अभिव्यक्त किया जा सके। वह मानता था कि "ग्रीक महान रचनाकार हैं और हिन्दू महान विचारक।" "प्रतिभा मात्र सहज बुद्धि है जो उसे सशक्त शब्दों से भरती रहती है।"

थोरो ने अपने अन्तर्बोध द्वारा प्रकृति के आदर्शवाद से जुड़े विचारों का प्रमाणीकरण हिन्दू ग्रन्थों में पाया। उसे लगा, हिन्दू ऋषियों ने प्रकृति में

परमात्मा की विद्यमानता की अनुभूति करने के लिए अपने जीवन को सरल तथा हृदय को शुद्ध किया था। उन्होंने बाह्य स्वरूप की ओट में छिपे परम सत्य को देखा और उसकी अनुभूति की थी, जो उनके जीवन के विकास का सिद्धान्त ही नहीं, बल्कि उनकी जीवन-पद्धति बन गई थी। उसकी मान्यता थी कि एक ही आत्मशक्ति मनुष्य तथा उसके वातावरण में समान रूप से प्रवाहित है जो समस्त विश्व को एकाकार करती है। किन्तु थोरो की आत्मा भारतीय ऋषियों के समान अतीन्द्रिय नहीं हो पाई, इसीलिए परमसत्ता-सम्बन्धी उसका ज्ञान केवल बौद्धिकता तक सीमित रहा, उसके जीवन में अवतरित नहीं हो पाया।

वॉल्डन का लेखन करते समय थोरो हिन्दू ग्रन्थों तथा विचारकों के जीवन से प्रभावित था। उसने ब्रह्मांडोत्पत्ति का विस्मयकारी दर्शन गीता से ग्रहण किया है। मनु के नियम, कन्फ़्यूशियस के कथन, चीन की चार पुस्तकें, बुद्ध के उपदेश से प्रकृति के प्रति रहस्यवादी प्रेम पाया, किन्तु वह कभी भी हिन्दू निराशावाद, संन्यास तथा हठयोग का समर्थक नहीं रहा। इसका कारण सम्भवतः उसके जीवन की पश्चिमी पृष्ठभूमि थी। पश्चिमी लेखकों का मत है कि थोरो का लेखन केवल पूर्वी विचारों से ही भरपूर नहीं है, बल्कि उसने पूर्वी प्रतीकों तथा बिम्बों का भी प्रयोग किया है।

थोरो की मानस-यात्रा बहुत ही ऊबड़-खाबड़ स्थलों, मार्गों और नाना प्रकार के विरोधाभासों के बीच सम्पन्न हुई, जिससे अन्ततः थोरो प्रबुद्ध जिज्ञासु से प्रकृतिवादी, महान लेखक, समाज-सुधारक, पक्षी विशेषज्ञ, सरोवर वैज्ञानिक तथा मानवतावादी के रूप में प्रतिष्ठित हुआ। अपने पराअहं के कारण वह किसी के सामने मनशः कभी नहीं झुका, किन्तु परमसत्ता के साक्षात्कार के लिए उसकी संवेदना के समक्ष उसका पराअहं भी समर्पित होता रहा।

उसके अन्तिम समय जब उससे पूछा गया कि क्या आप परमात्मा के साथ शान्ति से हैं? तो थोरो का मुस्कुराते हुए उत्तर था, "मुझे याद नहीं कि कभी हम झगड़े भी थे।"

वॉल्डन

वन प्रवास की अर्थव्यवस्था

जब मैंने ये पृष्ठ या इनमें से अधिकांश पृष्ठ लिखे, उस समय मैं 'वॉल्डन' सरोवर के किनारे अकेला अपने ख़ुद के बनाए मकान में रहता था, जहां से आसपास एक मील की दूरी तक मेरा कोई पड़ोसी तक नहीं था। वॉल्डन सरोवर मैसाचुसेट्स राज्य के कानकोर्ड प्रदेश में स्थित है। उन दिनों मैं अपनी जीविका अपने हाथों के परिश्रम से ही अर्जित करता था। वहां मैं दो वर्ष और दो महीनों तक रहा। अब मैं फिर से सभ्य समाज में आ गया हूं।

नगरवासियों ने उस समय के जीवन के विषय में तरह-तरह की पूछताछ की। कुछ ने पूछा कि मैं वहां क्या खाता था, तो कोई पूछ बैठा कि क्या मुझे अकेलापन खलता नहीं था या डर नहीं लगता था। कुछ यह जानना चाहते थे कि मैंने अपनी आमदनी का कितना हिस्सा दान-धर्म में दिया और कुछ धनी-मानी लोगों को पूछना था कि मैं वहां कितने दरिद्र बच्चों का पालन-पोषण करता था। इसलिए मैं पुस्तक लिखने को प्रवृत्त हुआ हूं।

अधिकतर पुस्तकें प्रथम पुरुष में नहीं लिखी जातीं। इस पुस्तक में 'मैं' को भरपूर स्थान मिलेगा और यह 'अहं' ही इस पुस्तक की विशेषता होगी। आमतौर पर लोग यह भूल जाते हैं कि अन्ततोगत्वा हर लेखन में बोलने वाला प्रथम पुरुष ही होता है। मैं यह अपेक्षा करता हूं कि प्रत्येक लेखक अपने जीवन का सरल वृत्तान्त ईमानदारी से लिखे और सुनी-सुनाई बातें न करे। ये पृष्ठ मुख्यतः ग़रीब छात्रों को लक्ष्य करके लिखे गए हैं। अन्य पाठक केवल उन्हीं अंशों को स्वीकार करें जो उन पर लागू होते हैं।

मैं अपनी दशा ख़ासकर बाह्य परिस्थितियों के विषय में बताना चाहता हूं कि वे क्या हैं। मैं कानकोर्ड में ख़ूब घूमा हूं और सभी जगह लोग मुझे हज़ारों प्रकार से तापसी साधना करते लगे। मैंने ब्राह्मणों के विषय में सुन रखा है, वे चारों ओर आग जलाए, नग्न शरीर सूर्य की ओर एकटक देखते बैठे होते हैं या अग्नि ज्वाला के ऊपर उल्टे लटके रहते हैं अथवा आकाश की ओर तब तक त्राटक अवस्था में ताकते रहते हैं, जब तक कि सामान्य अवस्था में आ पाना उनके लिए सम्भव ही न रह जाए और गर्दन इतनी अकड़ न जाए कि सामान्य पेय पदार्थों को निगलने के अलावा कुछ और न कर सकें। या वे सारा जीवन एक पेड़ तले बिता देते हैं, मानो उससे बांध दिए गए हों या विशाल साम्राज्यों का चप्पा-चप्पा पैदल चलकर नाप डालते हैं या किसी स्तम्भ के ऊपर एक पैर से खड़े रहते हैं। चेतन रूप से की गई तपस्या के ये रूप भी उन दृश्यों से अधिक आश्चर्यजनक और अविश्वसनीय नहीं लगते, जो मुझे अपने चारों ओर प्रतिदिन दिखाई देते हैं।

मैं रोज़ ही नवयुवकों और नगरवासियों को देखता हूं। यह उनका दुर्भाग्य है कि उन्हें खेत, खलिहान, मकान, चौपाये, खेती के औज़ार आदि उत्तराधिकार में मिले हैं। दुर्भाग्य इसलिए कि इन चीज़ों को हासिल करना इनसे छुटकारा पाने की अपेक्षा अधिक आसान है। आख़िर उन्हें मिट्टी का ग़ुलाम बनाया किसने? वे साठ-साठ एकड़ ज़मीन की ख़ाक क्यों छानते फिरते हैं, जबकि हर आदमी के लिए उसके भाग की ज़मीन नियत है? जन्म लेते ही वे क्यों अपनी क़ब्र खोदना आरम्भ कर देते हैं?

जो सम्पत्तिहीन हैं, जिन्हें उत्तराधिकार में मिले उस अनावश्यक भू-भार को ढोना नहीं पड़ता, उनके लिए तो हांड़-मांस के कुछ घन फ़ुट के इस आकार पर क़ाबू पा लेना और उसे जोत-बो लेना ही काफ़ी कठिन परिश्रम का काम हो जाता है।

लेकिन लोग ग़लत प्रकार का श्रम करने में पिले हुए हैं। जिससे इंसान का श्रेष्ठतर भाग थोड़े-से ही दिनों में मिट्टी में मिलकर उसकी खाद बन जाता है। 'आवश्यकता' को अवास्तविक नियति मानकर वे ऐसी निधियां जमा करने

में जुटे रहते हैं, जिन्हें अन्ततः कीड़े नष्ट कर देंगे, या जंग लग जाएगा या जो चोरी हो जाएंगी।

इस अपेक्षाकृत स्वतन्त्र देश में भी अधिकतर लोग अज्ञान और भ्रमों के कारण अस्वाभाविक चिन्ताओं में फंसे, अनावश्यक नीरस श्रम करने में इतने डूबे रहते हैं कि वे जीवन के सरस फलों का स्वाद ही नहीं ले पाते। इन महनती लोगों को रोज़मर्रा के 'सत्' आचारों के पालन की भी फ़ुर्सत नहीं होती, वे दूसरे लोगों से सहज मानवीय सम्बन्ध भी नहीं रख पाते। उन्हें तो मशीन बनने के काम से ही फ़ुर्सत नहीं है। अपने प्रकृत गुणों को भी फलों के बौर की भांति बहुत कोमलता और सावधानी से देखभाल करने से ही सुरक्षित रखा जा सकता है। फिर भी, हम स्वयं अपने और एक-दूसरे के प्रति इस प्रकार की सावधानी और कोमलता से व्यवहार ही नहीं करते।

अनुभव से पैनी हुई दृष्टि से मुझे स्पष्ट दिखाई देता है कि आपमें से बहुत-से लोग घटिया और कपट-भरा जीवन जीते हैं। कभी इस सीमा पर तो कभी दूसरी सीमा पर होते हैं और व्यापार के क्षेत्र में घुसने या ऋण से मुक्त होने की चेष्टा में लीन रहते हैं। सदैव ऋण चुकाने का वादा करते हैं। कल का वादा करते हैं और आज ही दीवालिया होकर मर जाते हैं। न जाने कितनी तिकड़मों से किसी का कृपा-पात्र होने की, कुछ सहारा पाने की चेष्टा चलती रहती है। इन सबके फलस्वरूप दुर्दिनों के लिए कुछ जमा कर लेने की कोशिश में बीमार पड़ जाते हैं।

लेकिन सबसे बुरी स्थिति तो तब आती है जब हम स्वयं को ही हांकने लगते हैं। व्यक्ति अपने विषय में स्वयं अपने ही मत का ग़ुलाम हो जाता है; उस यश का जिसे स्वयं अपने कामों से उसने अर्जित किया है। जनमत व्यक्ति पर उतना ज़ुल्म नहीं करता, जितना कि अपने बारे में स्वयं अपना मत। आदमी अपने बारे में क्या सोचता है, यही बात उसके भाग्य का निर्णय करने वाली होती है।

अधिकांश लोग आशाहीन होकर चुपचाप जीवन जीते हैं। स्वयं को 'भाग्य के भरोसे छोड़ देना' हताशा की निश्चित अवस्था है। निराशा के नगर

से निराशा के देश में प्रवेश होना है और खेल-कूद एवं मनोविनोद में भी एक प्रकार की घिसी-पिटी अज्ञात निराशा ही छिपी रहती है।

कोई भी विचारधारा या कार्य-पद्धति कितनी ही प्राचीन क्यों न हो, उस पर बिना प्रमाण के भरोसा नहीं किया जा सकता। आज जिस बात को सभी दुहराते हैं या चुपचाप सत्य के रूप में स्वीकारते हैं, वही कल असत्य या जनमत का धुआं-मात्र साबित हो सकती है। शिक्षा देने के लिए पकी उम्र जवानी से बेहतर नहीं होती, क्योंकि उसने जितना पाया है, उससे कहीं अधिक खोया है। लम्बी उम्र पाकर बुद्धिमान से बुद्धिमान व्यक्ति ने वास्तविक मूल्य की कोई बात सीखी हो, इसमें सन्देह ही है। हक़ीक़त तो यह है कि वृद्ध लोगों के पास कोई बहुत महत्त्वपूर्ण सलाह नवयुवकों को देने के लिए होती ही नहीं, क्योंकि उनका अपना अनुभव सर्वथा आंशिक होता है और व्यक्तिगत कारणों से उनका जीवन बहुत असफल होता है, शायद आज के मतलब की बात बताने की उनमें क्षमता ही नहीं होती।

कुछ लोगों को लगता है कि उनके पूर्वजों ने जीवन का सारा क्षेत्र, उसके सारे पर्वत और घाटियां नाप डाली हैं और उनका ध्यान सब चीज़ों की ओर गया था। लेकिन आदमी की क्षमता कभी नापी नहीं जा सकी और हम यह अनुमान नहीं कर सकते कि आगे कितना कुछ किया जा सकता है। "मेरे बच्चे, दुखी न हो, क्योंकि तुझे कौन बता सकता है कि अभी तुझे क्या करना शेष है।"

हम अपने जीवन को छोटी-छोटी हज़ारों कसौटियों पर कस सकते हैं। जिन सूर्य-किरणों से सेम की फली पकती है, उसी से हमारा पृथ्वी ग्रह भी आलोकित होता है। यदि मैं इस बात को याद रखता तो अनेक ग़लतियां मैं करता। प्रकृति और मानव-जीवन उतने ही विचित्रता युक्त हैं, जितने हमारे अपने-अपने शरीर। कौन बता सकता है कि किसी दूसरे के भविष्य के लिए जीवन ने क्या नियत कर रखा है? क्षण-भर के लिए हम एक-दूसरे की आंखों में देख सकें, इससे बड़ा चमत्कार क्या नहीं हो सकता है? हम एक पल में ही संसार के सभी युगों में रहें, हां, सभी युगों के विभिन्न संसारों में।

मैं समझता हूं कि हम सहज में जितना भरोसा किया करते हैं, बिना किसी हानि के उससे कहीं अधिक विश्वास कर सकते हैं। कुछ लोगों की सतत चिन्ता और परिश्रम असाध्य बीमारी की सीमा तक पहुंच जाती है। जो भी काम हम करते हैं, उसका महत्त्व बहुत बड़ा-चढ़ाकर बताते हैं। फिर भी, हमारे न जाने कितने काम हो ही नहीं पाते। अपने जीवन की प्रसंशा में लीन और परिवर्तन की हर सम्भावना को नकारते हुए, हम पूर्णता के साथ निष्ठापूर्वक जीवन जीने को बाध्य होते हैं। हम कहते हैं कि जीने का यही एकमात्र रास्ता है, जबकि वस्तुतः इसके उतने ही रास्ते हो सकते हैं, जितने कि एक केन्द्र बिन्दु से वृत्त खींचे जा सकते हैं। परिवर्तन का विचार करना एक चमत्कार लगता है, लेकिन एक ऐसा चमत्कार जो प्रतिपल घटित होता रहता है। कन्फ़्यूशियस का कथन इस सम्बन्ध में कितना सच है — "यह जान लेना कि जो कुछ हम जानते हैं, उसका हमें ज्ञान हैं; और जो कुछ हम नहीं जानते, उसका हमें ज्ञान नहीं है। यह समझ पाना ही सच्चा ज्ञान है।"

बाहरी तौर पर सभ्य समाज में रहते हुए हमारे लिए आदिम या आदिमों जैसा ही जीवन बिताना लाभदायक होगा, क्योंकि इससे हम जान पाएंगे कि जीवन की स्थूल आवश्यकताएं क्या हैं और उनकी पूर्ति करने के लिए कौन-से साधन अपनाए गए हैं।

'जीवन की आवश्यकताओं' से मेरा तात्पर्य सामग्री के उस अंश से है, जो प्रारम्भ से अथवा लम्बे अरसे से प्रयोग करते रहने के कारण जीवन के लिए इतना महत्त्वपूर्ण हो गया है कि शायद ही कोई उसके बिना काम चलाने की चेष्टा करे, चाहे वह ग़रीबी के कारण हो, या जंगलीपन या दार्शनिकता के कारण। इस दृष्टि से बहुत-से प्राणियों की केवल एक ही मूल आवश्यकता है — भोजन। पशुओं को भोजन और वास-स्थान से आगे किसी चीज़ की आवश्यकता नहीं होती। इस जलवायु में मनुष्य की 'जीवन की आवश्यकताओं' को सही तौर पर भोजन, वस्त्र, वास-स्थान और ईंधन इन भागों में बांटा जा सकता है। आदमी ने न केवल घर का, बल्कि कपड़ों और पकाए हुए भोजन का भी आविष्कार किया है। उस अग्नि और उसकी

गर्मी के नानाविध प्रयोगों का संयोगवश आविष्कार हो गया होगा। जिसे हम 'प्राण' कहते हैं वह भी उष्णता का ही पर्याय है क्योंकि भोजन वह ईंधन है जो हमारे अन्दर अग्नि जलाए रखता है। वास-स्थान और वस्त्र इस उष्णता को केवल बनाए रखने में सहायक होते हैं।

इस तरह उष्णता हमारी सबसे बड़ी आवश्यकता है। इसके लिए हम न केवल भोजन, वस्त्र और वास-स्थान की ही चिन्ता करते हैं और कष्ट उठाते हैं, बल्कि बिस्तर के लिए भी कष्ट उठाते हैं, जो हमारे रात के वस्त्र होते हैं। अत्यन्त धनी लोग न केवल अपने को 'उष्ण' रखते हैं, बल्कि अस्वाभाविक तौर पर उत्तप्त रखते हैं।

विलासिता की अधिकतर और तथाकथित आरामदेह चीज़ों में से बहुत-सी अपरिहार्य नहीं हैं, बल्कि कुछ तो मानव-जाति के उत्थान में बाधक भी हैं। इसी दृष्टि से सुधीजन ग़रीबों से भी अधिक सादा-आडम्बरहीन जीवन सदा बिताते आए हैं। प्राचीन हिन्दू, चीनी, फारसी और यूनानी दार्शनिक इसी श्रेणी के लोग थे। बाह्याडम्बरों में इनसे अधिक दरिद्र और आन्तरिक रूप से इनसे अधिक सम्पन्न कोई नहीं हुआ। विलासिता के जीवन का फल भी विलासिता ही है, फिर वह चाहे कृषि के क्षेत्र में हो या व्यापार, कला और साहित्य में।

आजकल दर्शन-शास्त्र के पंडे तो मिलते हैं, दार्शनिक नहीं। केवल सूक्ष्म विचार कर लेने या किसी मत का प्रवर्तन करने-भर से ही कोई दार्शनिक नहीं हो जाता। बल्कि दार्शनिक तो वह है जिसे बुद्धिमत्ता से इतना प्रेम हो जाए कि उसी के आदेश से जीवन बिताया जाए। दार्शनिक होने का अर्थ है जीवन की गुत्थियों को सुलझाना; न केवल सैद्धान्तिक रूप से बल्कि व्यावहारिक रूप से भी। जीवन के बाह्य रूपों में भी दार्शनिक सदा अपने समय से आगे चलता है। यह कैसे सम्भव है कि कोई व्यक्ति दार्शनिक हो और जीवन की उष्णता प्राप्त करने का उसका ढंग दूसरे लोगों के ढंग से अधिक श्रेष्ठ न हो। जीवन की ज़रूरी चीज़ें जुटा लेने के बाद और अतिरिक्त सामग्री जुटाने के बजाय व्यक्ति के सामने अन्य विकल्प यह है कि वह इस निम्न कोटि के श्रम से फ़ुर्सत पा लेने

के बाद जीवन को आगे बढ़ाए।

मेरे दिमाग़ में वह वर्ग भी है, जिसने धातुओं का बहुत-सा कूड़ा-करकट तो इकट्ठा कर लिया है, लेकिन वह न तो यह जानता है कि इसे कैसे प्रयोग करे और न यह कि इससे छुटकारा कैसे पाएं। यह वर्ग बाहरी तौर पर तो अत्यन्त सम्पन्न है, लेकिन वास्तव में सबसे दरिद्र है। इस वर्ग के लोगों ने सोने-चांदी की ज़ंजीरों का अपने लिए ख़ुद ही निर्माण कर लिया है।

विगत वर्षों में प्रत्येक क्षण और हरेक मौक़े का पूरा लाभ उठाने और दो अनन्तों — विगत एवं अनागत अथवा भूत और भविष्य — के सन्धि-बिन्दु पर खड़ा होने को सदा आतुर रहा हूं। यह सन्धि-बिन्दु है वर्तमान काल, जिसकी सीमा-रेखा पर खड़े होकर मैं हमेशा दौड़ पड़ने को तैयार रहा हूं।

यह सच है कि मैं भौतिक रूप से सूर्य के उदय में कोई सहायता नहीं कर पाता, किन्तु निस्सन्देह, सूर्योदय के समय उपस्थित रहना ही सर्वाधिक महत्त्व की बात है। वायु में जो सन्देश है, उसे सुनने और दूसरों तक तुरन्त पहुंचाने के लिए न जाने कितने पतझड़, न जाने कितने जाड़े मैंने शहर छोड़कर बिताए हैं। कई वर्षों तक मैंने बर्फ़ और मेंह के तूफ़ानों में निरीक्षक जैसा काम किया और अपना कर्तव्य पूरी निष्ठा से निभाया है। लोग जिस जीवन की प्रशंसा करते हैं, जिसे सफल मानते हैं, वह जीवन का केवल एक प्रकार ही होता है। हम जीवन के किसी एक प्रकार की अतिरंजना दूसरे प्रकारों की क़ीमत पर क्यों करें?

जब मैंने पाया कि अपने नगरवासियों से कोई वास-स्थान पाने की भी सम्भावना नहीं, तो मैंने वन की दिशा पकड़ी जिससे मैं अपेक्षाकृत अधिक परिचित था। जो कुछ साधन मेरे पास थे, उन्हीं से तुरन्त व्यापार में लग जाने का निश्चय मैंने किया। वॉल्डन के किनारे रहने का मेरा उद्देश्य सस्ते-महंगे में जीवन निर्वाह करने का नहीं, बल्कि अपना कोई धन्धा जमाने का था, जिसमें कम-से-कम बाधाएं हों। धन्धे के लिए वॉल्डन सरोवर इसलिए उत्तम स्थान नहीं था कि वहां से रेल गुज़रती है और बर्फ़ का व्यापार होता है।

इस व्यापार को सामान्य पूंजी के बिना ही शुरू करना था। फिर भी, इस प्रकार के कामों के कुछ साधन तो होने ही चाहिए। सबसे पहला साधन था वस्त्र। लोग वस्त्रों के मामले में वास्तविक उपयोगिता की बजाय नवीनता के प्रेम और दूसरों की राय से ही अधिक चलते हैं। वस्त्रों का पहला उपयोग जीवन की ऊष्मा बनाए रखना व दूसरा उपयोग, समाज की वर्तमान अवस्था में, नग्नता को ढंके रखना है। इसे ध्यान में रखें तो समझा जा सकता है कि व्यक्ति आवश्यक या महत्त्वपूर्ण काम का कितना अंश अपने वस्त्र-भंडार में वृद्धि किए बिना ही पूरा कर सकता है।

केवल कपड़ों में पैबन्द लगा होने के कारण ही मेरी दृष्टि में कभी किसी का सम्मान कम नहीं रहा। फिर भी, मैं जानता हूं कि लोगों को साधारणतः फ़ैशनेबल दिखने या कम-से-कम साफ़ और बग़ैर पैबन्द वाले वस्त्र पहनने की अधिक चिन्ता होती है और स्वच्छ अन्तःकरण की कम। हमारा परिचय केवल गिनती के इंसानों से होता है, जबकि कोट-पतलून वाले बहुत लोगों को हम जानते होते हैं।

एक बड़ा दिलचस्प सवाल यह है कि अगर लोगों के कपड़े छीन लिए जाएं तो उनमें आपस में सामाजिक भिन्नता कितनी रह जाएगी। इस अवस्था में, क्या आप सभ्य समाज के सबसे सम्मानित वर्ग को निश्चियपूर्वक बता पाएंगे? इसके अलावा, वस्त्र पहनने के कारण सिलाई का सिलसिला भी शुरू हुआ। और आज यह धन्धा 'अनन्त' की श्रेणी में आ गया है। कम-से-कम औरतों की पोशाकों की सिलाई का तो कभी अन्त ही नहीं होता।

अगर किसी व्यक्ति को करने के लिए कुछ काम मिल गया है, तो उसे वह काम करने के लिए नए सूट की आवश्यकता कहां है? उसका काम तो पुराने सूट और पुराने जूतों से बख़ूबी चल जाएगा। जो लोग फ़ैशनेबल गोष्ठियों या विधान-सभाओं में जाते हैं, केवल उन्हीं को नए कोटों की ज़रूरत हो सकती है, ताकि वे अपने मानसिक बदलाव के साथ ऊपरी कोट भी बदल सकें। लेकिन मेरी पोशाक यदि इस योग्य है कि मैं उसे पहनकर ईश्वर की आराधना

कर सकूं तो मेरा काम उसी से चल जाएगा। मेरी तो मान्यता है कि जिन कामों के लिए नए कपड़ों की ज़रूरत हो, नए पहनने वालों की नहीं, उन कामों से सावधान रहिए।

नया काम सामने आने पर उसे पुराने वस्त्रों से ही करने की चेष्टा कीजिए। लोगों को ज़रूरत तो ऐसे कार्य की है, जो वे कर सकें बल्कि जिससे वे कुछ बन सकें। हमारे वस्त्र चाहे कितने ही गन्दे हो जाएं, भले ही चिथड़े हो जाएं, हमें तब तक नए वस्त्र नहीं लेने चाहिए, जब तक हमारा आचरण ऐसा नहीं कि हमें लगे कि हमारा 'नया आदमी' पुराने कपड़ों में है। पक्षियों की भांति हमारा भी 'रोआं बदलने का समय' हमारा संक्राति काल होना चाहिए।

हम कपड़ों के ऊपर कपड़े पहनते चले जाते हैं। छाल के ऊपर छाल धारण करने वाले पौधे की भांति हमारा विकास होता है। हमारे महीन बाहरी वस्त्र हमारी बाह्य या नक़ली त्वचा होते हैं — जिसका हमारे प्राणों से कोई सम्बन्ध नहीं होता। उचित यही है कि आदमी इतने सादे कपड़े पहने कि अंधेरे में भी अपने-आप को छू सके। अधिकतर कामों के लिए एक मोटा वस्त्र तीन महीन वस्त्रों का काम करता है और सस्ते कपड़े क़ीमत कम होने से सबके माफ़िक भी होते हैं।

मेरी दर्जिन मेरे कपड़ों का नाप लेती है तो वह केवल मेरे कन्धों की चौड़ाई नापती है, मानो वे कपड़े टांगने की खूंटी हों। अगर वह मेरे चरित्र का नाप नहीं लेती तो वह नाप-जोख किस काम की? हम न तो सौन्दर्य की पूजा करते हैं, न भाग्य-देवता की; हम सब तो फ़ैशनपरस्त हो गए हैं। और लोगों को जो कुछ मिलता है, पहनने लगते हैं।

प्रत्येक पीढ़ी पुराने फ़ैशन पर हंसती है और नए फ़ैशन की पूजा परम धर्म-भाव से करती है, लेकिन आदमी के शरीर के बिना हरेक पोशाक हास्यास्पद दिखाई देती है। मानव किसी भी जाति की वेश-भूषा में हो, उसमें से झांकने वाली गम्भीर आंख उसकी ईमानदारी की ज़िन्दगी है। केवल वही उसको हास्यास्पद होने से बचाती है, वही उसे पवित्रता प्रदान करती है।

फ़ैशन या वस्त्रों का मुख्य ध्येय यह नहीं होता कि लोग अच्छी तरह ईमानदारी से कपड़े पहन सकें, बल्कि मुख्य ध्येय होता है मिल मालिकों की अधिक-से-अधिक आमदनी हो। अन्ततोगत्वा तीर दस्तकार के ही लगता है। दिनोदिन हमारे दस्तकारों की हालत वही होती जाती है, जो इंग्लैंड में हुई थी।

जहां तक निवास का प्रश्न है, मैं इस बात का विरोध नहीं करूंगा कि अब यह जीवन के लिए आवश्यक हो गया है। घर में रहने से जो आराम और सुविधा होती है, उसका आविष्कार किए बिना आदमी इस पृथ्वी पर बहुत समय तक नहीं रहा। मूलतः 'गृह सुख' का अर्थ 'गृहस्थी के सुख' के बजाय घर में रहने का सुख रहा होगा। 'घर' का विचार जहां मुख्यतः जाड़े और वर्षा से जुड़ा होता है, वहां साल के दो तिहाई भाग में 'घर' सर्वथा अनावश्यक होता है, घर की बजाय केवल छाते से काम चल सकता है।

मानव प्रारम्भ में नंगा और खुली हवा में रहता था और वह स्थिति शान्त एवं गरम मौसम के दिनों में सुखकर भी होती थी। उसे ऐसे घर, ऐसे स्थान की ज़रूरत थी, जहां उसे उष्णता मिल सके; पहले शारीरिक उष्णता और फिर स्नेह की उष्णता। हम उस काल की कल्पना कर सकते हैं; जब मानव-जाति के शैशव में कोई साहसी इंसान सुरक्षा की ख़ातिर किसी चट्टान की गुफ़ा में जा घुसा होगा। गुफ़ाओं से हम छतों की ओर अग्रसर हुए, खजूर के पत्तों, पेड़ की डाल एवं छाल, कपड़ों, घास-फूस से लकड़ी के तख़्तों, शहतीरों और पत्थरों के चौकों की छतों की ओर बढ़ते चले गए और अन्त में अब ऐसा हो गया है कि आज हमें पता नहीं कि खुली हवा में रहना कैसा होता है। हमारा जीवन इतना घरेलू हो गया है कि हम सोच भी नहीं सकते।

फिर भी यदि किसी का घर बनाने का इरादा हो ही, तो सर्वप्रथम इस पर विचार कीजिए कि कम-से-कम कितना वास-स्थान नितान्त आवश्यक है। हवा में उड़ने वाले पक्षियों का अपना-अपना नीड़ होता है, लोमड़ियों की अपनी मांद होती है, जंगली लोगों का अपना झोपड़ा होता है; जबकि

आज के सभ्य समाज में ऐसे परिवारों की संख्या आधे से अधिक नहीं होती, जिनका अपना घर हो। 'सभ्य' माने जाने वाले क़स्बों और नगरों में ऐसे लोगों की संख्या बहुत कम होती है, जिनका अपना घर हो। बाक़ी के लोग अपने बाह्यतम आवरण — मकान — के लिए सालाना टैक्स देते हैं। किराया देने के लिए तंग होते-होते मरते रहते हैं।

लेकिन असभ्य लोगों का अपना घर होता है, क्योंकि उसकी क़ीमत बहुत कम होती है। सभ्यजन साधारणतः किराये पर रहते हैं, क्योंकि वे अपना निजी घर नहीं बना सकते और आगे चलकर भाड़े के मकान में रहने के योग्य भी नहीं रह जाते। ऐसा क्यों होता है कि बड़े कमरों, अंगीठी, झाड़-फानूस, पम्प, बड़ा तहख़ाना आदि का उपभोग करने वाला तो अधिकतर निर्धन 'सभ्य' रहता है, जबकि वह जंगली आदमी जो चीज़ों का उपभोग नहीं कर पाता, असभ्य जन के तुलनात्मक स्तर से सम्पन्न होता है।

यह कहा जाता है कि मानव की स्थितियों की वास्तविक उन्नति ही सभ्यता है और सभ्यता ने बिना क़ीमत बढाए, अपेक्षाकृत अच्छे वास-स्थान दिए हैं। मेरे हिसाब से किसी चीज़ की क़ीमत जीवन की वह राशि है जो हमें उसके बदले अभी या आगे चलकर चुकानी होती है। मेरे पड़ोस में औसत दर्जे के मकान की क़ीमत 800 डॉलर होती है और इस धन को इकट्ठा करने में एक मज़दूर को (जिस पर परिवार पालन का बोझ न हो) जीवन के पन्द्रह वर्ष लगाने पड़ते हैं। अर्थात मामूली कुटिया का स्वामी बनने के लिए उसे सामान्यतया आधी ज़िन्दगी गुज़ार देनी होगी। किराये के मकान में रहने और जीवन-भर किराया चुकाने या अपनी कुटिया के लिए आधे जीवन श्रम होम देने — इन दो बुराइयों में से किसी एक को उसे चुकाना होगा।

इसमें सन्देह नहीं कि राष्ट्र के लोगों के जीवन को संस्था का रूप हमारे ही लाभ के लिए दिया गया है, जिसमें व्यक्ति के जीवन का एक बड़ी सीमा तक सामवेश हो जाता है, ताकि जाति का जीवन समृद्ध हो और वह सुरक्षित रह सके। किन्तु मैं यह बताना चाहता हूं कि यह लाभ उठाने के लिए हमें वर्तमान में कितना बड़ा बलिदान करना होता है। मैं यह भी बताना चाहता हूं

कि सम्भवतः हम इस प्रकार भी रह सकते हैं, जिससे बुराइयों की हानि उठाए बिना ही अच्छाइयों का पूरा लाभ उठा लें।

जब मैं कानकोर्ड के किसानों की हालत देखता हूं तो पाता हूं कि उनमें से अधिकतर पिछले बीस, तीस या चालीस वर्ष से मेहनत करते आए हैं, ताकि वे ऋणग्रस्त दशा में उत्तराधिकार में पाए या उधार के पैसे से ख़रीदे खेत के मालिक बन जाएं। कभी-कभी क़र्ज़ का भार खेत की क़ीमत से भी अधिक हो जाता है और इस तरह खेत स्वयं एक बड़ा बोझ बन जाता है।

किसान अपनी जीविका की समस्या को और भी उलझे हुए एक गुर से सुलझाने की चेष्टा में जुटा रहता है। वह बड़ी सावधानी से 'आराम' और 'स्वतन्त्रता' को फंसाने के लिए पिंजरा लगाता है, लेकिन उसमें उसका अपना ही पैर फंस जाता है। यही कारण है कि वह निर्धन रहता है। यही बात विलासिता के उपदानों पर भी लागू होती है। मकान प्राप्त करके भी वह निर्धन हो जाता है। वस्तुतः वह मकान को प्राप्त नहीं करता, बल्कि मकान उसको प्राप्त करता है। अकसर हम उसमें रहने के बजाय, उसमें क़ैद हो जाते हैं। जिस पड़ोसी से बचना है, वह है हमारी अपनी निकृष्ट आत्मा।

सभ्यता हमारे घरों में सुधार करती रही है और इसने राजमहलों का भी सर्जन किया है। किन्तु निर्धन लोगों की हालत क्या है? एक वर्ग की विलासिता का सन्तुलन दूसरे वर्ग की निर्धनता से होता है। एक ओर राजभवन हैं तो दूसरी ओर दरिद्रावास भी हैं, 'भूख-कंगाल' भी हैं। जिन असंख्य लोगों ने मिस्र के शाही मकबरों के लिए पिरामिडों का निर्माण किया, वे स्वयं प्याज-लहसुन खाकर जीते थे और शायद ठीक ढंग से दफ़नाए भी न गए हों। जो कारीगर राजमहल की कोरनिस की पच्चीकारी करता है, वह शायद काम से लौटकर झोंपड़ी में ही विश्राम करता है। निश्चय ही उस वर्ग की ओर ध्यान देना उचित है; जिसकी मेहनत से वे सब काम हुए हैं, जिनसे पीढ़ी सुर्खरू बनी है।

सम्भवतः कभी इस पर विचार नहीं किया गया कि घर क्या चीज़ है और लोग अनावश्यक रूप से आजीवन (मनशः) निर्धन बने रहते हैं। जो घर हमारे पास है, उससे ज़्यादा शानदार और आरामदेह मकान का आविष्कार करना

सम्भव है जिसके बारे में सब मानते हैं कि क़ीमत को देखते हुए वैसा घर पा लेना उनके बूते के बाहर है। क्या हम हमेशा अधिकाधिक चीज़ों को प्राप्त करना ही सीखते रहेंगे और कभी भी कुछ कम से सन्तुष्ट न होंगे?

विलासी और छिछोरे लोग ही फ़ैशन चलाते हैं और शेष लोग भेड़-चाल के साथ झटपट उनकी नक़ल करने लगते हैं। मेरा ख़याल है कि रेल के डिब्बों में हमारा झुकाव सुरक्षा और आराम के बजाय विलासिता के उपादानों पर ख़र्च करने की ओर अधिक रहता है, जिसमें निरापद और आरामदेह याला के स्थान पर रेल का डिब्बा एक आधुनिक ड्राइंग रूम हो गया है। रेलगाड़ी के फैंसी डिब्बे में बैठकर दूषित वायु में रास्ते-भर सांस लेते हुए याला करने की अपेक्षा मैं बैलगाड़ी पर सवार होकर, खुली वायु में सांस लेते हुए याला करना कहीं अधिक पसन्द करूंगा।

आदिम काल में मानव जीवन की जो नग्नता और सादगी थी, उसमें कम-से-कम यह लाभ तो था ही कि उसको प्रकृति के अंचल में डेरा डालने की स्वतन्त्रता थी। भोजन और नींद से तरोताज़ा होकर वह फिर अगली याला की सोचता था। मानो वह इस संसार में एक तम्बू में रहता था और घाटियों में रास्ता बनाने, मैदान नाप डालने या पर्वतों की चोटियों पर चढ़ने के लिए आता था। आज लोग अपने ही औज़ारों के औज़ार बनकर रह गए हैं। भूख लगने पर मनमर्जी से फल तोड़कर खा लेने वाला इंसान किसान बन गया है और शरीर-रक्षा के लिए किसी पेड़ के नीचे खड़ा हो जाने वाला इंसान अब मकानों की देखभाल करने लगा है। अब हम कहीं रात-भर बसेरा नहीं करते, बल्कि ज़मीन पर बस गए हैं और स्वर्ग को भूल गए हैं। हमने इस दुनिया के लिए पारिवारिक कोठी बना ली है, साथ ही, उस दुनिया के लिए एक पारिवारिक मक़बरा।

मुझे तो यही दिखता है कि समृद्ध और परिष्कृत जीवन के लिए छलांग लगानी पड़ती है। सारा-का-सारा ध्यान इस छलांग पर लग जाता है। ललित कलाओं का आनन्द हम नहीं ले पाते। सुन्दर वस्तुओं से घर सजाने से पहले दीवारें ख़ाली करनी होंगी — अपने जीवन को उघारना होगा, तब कहीं जाकर

सुन्दर गृहस्थी एवं सुन्दर जीवन की नींव डालनी होगी। जब मैं शानदार भवनों में से एक का मालिक बन जाने की बात सोचता हूं, तो ठिठक जाता हूं। क्योंकि देश अभी तक मानवीय संस्कृति के अनुकूल नहीं बन पाया है। आख़िर आज का सभ्य मानव अधिक अनुभवपूर्ण और अधिक बुद्धिमान जंगली ही तो है।

अब मैं अपने अनुभव की बात पर आता हूं। 1845 के मार्च के अन्त में एक कुल्हाड़ी उधार लेकर जंगल में वॉल्डन सरोवर के पास उस स्थान पर पहुंचा, जहां मैं अपना घर बनाना चाहता था। कुल्हाड़ी के मालिक ने मुझे कुल्हाड़ी थमाते हुए कहा था कि यह उसकी आंख का तारा है। (बाद में जब मैंने कुल्हाड़ी उसे लौटाई तो उसकी धार और भी तेज़ हो चुकी थी) इस कुल्हाड़ी से मैंने मकान के लिए चीड़ के लम्बे पेड़ काटे थे।

चीड़ के तन से ढ़के पहाड़ी ढाल पर अत्यन्त मनोरम स्थान पर मैं काम करता था, जहां से सरोवर की झलक दिखती थी। अभी सरोवर की बर्फ़ पिघली नहीं थी, पर कहीं-कहीं ख़ाली जगह दिखाई देती थी, जो जल युक्त होने के कारण गहरे रंग की थी। अकसर घर लौटते समय रेल की पटरियों पर धुंध चमकती दिखती और मधुऋतु की धूप फैली होती। वसन्त के सुहाने दिन थे। पृथ्वी के साथ-साथ मानव के असन्तोष का जाड़ा भी गल रहा था और अब तक चेतनाशून्य पड़ा जीवन फिर से अंगड़ाई ले रहा था। यदि लोग जगाने वाली मधुऋतुओं के उल्लास का अनुभव कर सके तो अवश्य ही उच्चतर और दिव्यतापूर्ण जीवन के प्रति जाग्रत हो जाएंगे।

इस प्रकार कई दिनों तक मैं लकड़ी काटता-चीरता रहा और बढ़िया शहतीर बनाता रहा। इन दिनों कोई ख़ास पांडित्यपूर्ण विचार मेरे मन में नहीं आए। मैं तो बस ये पंक्तियां गुनगुनाता रहता —

देखो तो, मानव है अपनी ही तानता
ज्ञान का अभिमान,
कलाएं, विज्ञान,
औ' हज़ारों उपादान —
लेकिन सब उड़ानें हैं —

हवा जो बहती है,
उसके अतिरिक्त कोई
कुछ नहीं जानता

वन में मेरा दिन बहुत लम्बा नहीं होता था। अकसर मैं एक अख़बार में मक्खन और रोटी लपेटकर ले जाता। दोपहर को मैं अख़बार पढ़ता था और जब रोटी खाता तो मेरे हाथों में समाई चीड़ की राल की ख़ुशबू उनमें से आती थी।

मैंने काम में जल्दबाज़ी नहीं की, बल्कि पूरा आनन्द उठाता हुआ काम कर रहा था, इसलिए अप्रैल के मध्य तक घर का बाहरी ढांचा तैयार हो सका। लकड़ी के लिए फिचबर्ग रेल मार्ग पर काम करने वाले एक आयरिश मज़दूर से उसकी कुटी मैंने पहले ही ख़रीद ली थी। उससे सौदा भी जल्दी ही पट गया था। मुझे चार डॉलर पच्चीस पेंस देने थे। कीलें निकालकर मैं उस घर को थोड़ा-थोड़ा करके गाड़ी में ढोकर वॉल्डन के किनारे ले गया और तख़्तों को साफ़ एवं सीधा करने के लिए धोकर घास पर सुखा दिया।

मैंने अपना तहख़ाना एक पहाड़ी के ढाल पर खोदा, जहां किसी जानवर ने पहले अपनी मांद बनाई थी। मैं छह फ़ुट लम्बा, छह फ़ुट चौड़ा और सात फ़ुट गहरा गड्ढा खोदा, जिसके नीचे बढ़िया रेत की सतह थी। सूर्य का प्रकाश कभी न पहुंचने के कारण रेत अपनी सतह पर जमी हुई थी। बाज़ुओं को ढलान में बनाकर ऐसे ही छोड़ दिया था — पत्थर नहीं जमाए थे।

अन्त में मई के आरम्भ में मैंने कुछ साथियों की सहायता से घर का चौखटा खड़ा किया। (यह सहायता भी मैंने केवल इसीलिए ली ताकि इस प्रकार पड़ोसियों से सम्बन्ध स्थापित किया जा सकता था) चौखटे पर तख़्ते जड़ने और छत डालने के बाद चार जुलाई को मैंने गृह-प्रवेश किया। इस बीच मैं सवेरे-सवेरे ही अपना भोजन बाहर ज़मीन पर बना लेता था।

पक्षी स्वयं अपने नीड़ का निर्माण करता है। इसमें जो औचित्य है, वही कुछ अंशों में मानव का अपना घर अपने-आप बनाने में भी है। यदि लोग अपना घर अपने हाथों बनाने लगें और अपने एवं अपने परिवार की ज़रूरतों के लिए सादा और ईमानदारी से अपने हाथों खाने की चीजें पैदा करने लगें तो

सृष्टि-भर में उसी प्रकार विकसित हो जाए जैसे पक्षी गाते हैं। अपने भ्रमण में मुझे ऐसा कोई व्यक्ति नहीं मिला, जिसने अपना घर स्वयं बनाने जैसा सरल-स्वाभाविक काम किया हो। कौन यह सोचेगा कि कछुए ने अपनी पीठ पर छापे या घोंघे ने इन्द्रधनुषी रंग किसी और से लगवाए होंगे।

वास्तुकला का जो कुछ सौन्दर्य है, वह सब धीरे-धीरे भीतर से बाहर आया है, रहने वाले के चरित्र और उसकी आवश्यकताओं से निकला है, किसी अचेतन सत्य और श्रेष्ठत्व से उपजा है। भविष्य में भी जो सौन्दर्य आने वाला है, उस सबके पीछे इसी प्रकार जीवन का अचेतन सौन्दर्य रहेगा। चित्रकार के लिए इस देश के सबसे मनोरम वास-स्थान हैं सामान्य ग़रीब लोगों के सादा ढंग के दीन-हीन लकड़ी के झोपड़े। इन झोपड़ों को जो चीज़ इतनी चित्रमयता प्रदान करती है, वह इनकी सतही कारीगरी नहीं, बल्कि इनके निवासियों का यह जीवन है, जिसके ये बाहरी खोल हैं। वास्तुकला की अधिकांश सजावट तो असल में खोखली होती है।

सर्दियां आने से पहले ही मैंने अपनी चिमनी तैयार कर ली थी। दीवारों पर मैंने और तख़्ते जड़ दिए थे और उनके किनारों को समतल करने के लिए मुझे रन्दा लगाना पड़ा था।

इस प्रकार अब मेरे पास कसा-कसाया, तख़्ते जडा, पलस्तर किया हआ, पन्द्रह फ़ुट चौड़ा, पन्द्रह फ़ुट लम्बा और आठ फ़ुट ऊंचा घर है। जिसमें एक अटारी है, एक कोठरी है, हर एक तरफ़ एक-एक खिड़की है, दो आड़े दरवाज़े हैं, एक द्वार और उसकी सीध में ईंटों की एक अंगीठी है। बग़ल में एक छोटा-सा छप्पर भी है। मेरे घर की कुल लागत 28 डॉलर साढे बारह पेंस है जिसमें सारे प्रयुक्त सामान की क़ीमत लगाई गई है, केवल मेहनत-मज़दूरी की क़ीमत शामिल नहीं है, क्योंकि वह सब-कुछ केवल स्वयं किया था। बहुत कम लोग ऐसे होते हैं जो अपने मकान की ठीक से क़ीमत बता सकें।

कैम्ब्रिज अथवा अन्य विद्यालयों में विद्यार्थियों को जिन सुविधाओं की ज़रूरत होती है, उनका काम चलाने लायक प्रबन्ध करने पर जितना ख़र्च करना चाहिए, उससे कम-से-कम दस गुना अधिक जीवन खपाना पड़ता है।

मेरे विचार से विद्यार्थियों या इनसे लाभ उठाने वाले अन्य लोगों के लिए कहीं अच्छा तो यह हो कि वे स्वयं अपने हाथों से विद्यालय की नींव भरें। जो विद्यार्थी परिश्रम से जी चुराकर वांछित अवकाश प्राप्त करता है, वह निकृष्ट अवकाश है और इस प्रकार वह उस अनुभव से वंचित रह जाता है, जो इस अवकाश को सफल बना सकता है। यह कहने का मेरा उद्देश्य यही है कि वे ज़िन्दगी को खेल न बना डालें या केवल अध्ययन ही न करें, जबकि सारा समाज उनके इस क़ीमती खेल के दौरान उनका भरण-पोषण करता रहे। वे आदि से अन्त तक इसी ईमानदारी से जिएं।

नवयुवकों के लिए जीने का ढंग सीखने का इससे अच्छा कौन-सा और तरीक़ा हो सकता है कि वे पढ़ने के साथ-ही-साथ जीवन जीने का ढंग भी सीखें। इससे उनके दिमाग़ को वही अभ्यास मिलेगा जो गणित से मिलता है। विद्यालय में उन्हें दुनिया खुर्दबीन या दूरबीन से देखने की शिक्षा मिलती है, अपनी आंखों से देखने की नहीं। रसायनशास्त्र और अन्य शास्त्रों की शिक्षा मिलती है। लेकिन यह नहीं सिखाया जाता कि रोटी कैसे बनती है या उससे रोटी कैसे बनाई जा सकती है। वरुण के नए उपग्रहों को खोजने की शिक्षा तो मिलती है, अपनी आंख की फुल्ली देखने की या यह पता लगाने की शिक्षा नहीं मिलती कि वह स्वयं किस 'ग्रह' का अनुगामी है। निर्धन विद्यार्थी तक 'राजकीय अर्थनीति' की शिक्षा पाता है, लेकिन 'जीवन की अर्थनीति' का हमारे कॉलेजों में ईमानदारी से प्रतिपादन नहीं किया जाता। परिणामस्वरूप अध्ययन करते-करते वह अपने पिता को अगाध ऋण में डुबो देता है। जिससे उद्धार पाना असम्भवप्राय होता है।

जो भ्रम कॉलेजों के बारे में है, वही सैकड़ों 'आधुनिक सुधारों' के विषय में भी सत्य है। उनसे सदा ही निश्चित प्रगति नहीं होती। शैतान शुरू में जीवन-व्यापार में शामिल हो गया था और बाद में उसने इसमें बार-बार जो पूंजी लगाई, उसका चक्रवृद्धि ब्याज वह वसूल करता रहता है। हमारे नए-नए आविष्कारों की प्रकृति खिलौनों जैसी है, जो गम्भीर बातों की ओर से हमारा ध्यान बंटा देते हैं। वे केवल 'अनुन्नत लक्ष्य' के उन्नत साधनभर हैं।

अपने घर का निर्माण समाप्त करने से पहले मैं ईमानदारी युक्त तरीक़े से अपना असाधारण ख़र्च पूरा करने के लिए 10-12 डॉलर कमा लेना चाहता था। इसलिए पास की दो-ढाई एकड़ ज़मीन में बींस और थोड़े-से हिस्से में आलू, मक्का, मटर और शलजम लगा दिये। मैं इस ज़मीन का मालिक नहीं था, और भविष्य में भी इतनी ज़मीन पर खेती करने का इरादा नहीं था, इसलिए इसमें मैंने न तो खाद डाली और न पूरी तरह गुड़ाई की। जुताई के समय बहुत-से ठूंठ जरूर निकाल लिए थे, जिससे काफ़ी दिनों तक ईंधन का काम चला। इस खेती से मुझे 23 डॉलर 44 पेंस की आमदनी हुई और इस पर कुल 14 डॉलर 72.5 पेंस ख़र्च हुए। इस तरह 8 डॉलर 71.5 पेंस का लाभ हुआ।

अगले वर्ष मैं इसमें अधिक सफल हुआ, क्योंकि आवश्यकता के अनुसार क़रीब एक तिहाई एकड़ ज़मीन का ही मैंने प्रयोग किया और उसे अपने हाथों फावड़े से खोदा। इन दो वर्षों के अनुभव से मैंने सीखा कि यदि आदमी सादगी से रहे और जो उगावे, वही खाए, तथा जितना खाए उतना ही उगाए — और क़ीमती एवं विलासिता की चीज़ों के विनिमय के चक्कर में न पड़े तो उसे कुछ कट्ठा ज़मीन पर ही खेती करने की ज़रूरत होगी। मैंने यह भी सीखा कि पशुओं की सहायता से जुताई करने की अपेक्षा, फावड़े से भूमि खोदना सस्ता पड़ता है और पुरानी ज़मीन में बार-बार खाद देकर पैदावार बढ़ाने की बजाय, नई ज़मीन तोड़ना अधिक लाभप्रद होता है। मैंने यह भी पाया कि खेती का ज़रूरी काम आदमी गर्मियों के बेकार समय में आसानी से पूरा कर सकता है। इस प्रकार वह आज की तरह गाय, बैल, घोड़े या सुअर से बंधा नहीं रहेगा।

मेरा विचार है कि आदमी अपने पशुओं का उतना स्वामी नहीं होता, जितना पशु उसके स्वामी बन जाते हैं और आदमी की अपेक्षा वे कहीं अधिक स्वतन्त्र होते हैं। सच तो यह है कि आदमी और बैल अपने-अपने काम की अदला-बदली कर लेते हैं। मैं तो किसी घोड़े या बैल को अपने किसी काम के लिए घर पर इस भय से नहीं बांधूंगा कि कहीं मैं ही उनका सईस या चरवाहा बनकर न रह जाऊं। जब लोग इनकी सहायता से अनावश्यक विलासितापूर्ण

और फालतू काम करने लगते हैं, तो यह भी आवश्यम्भावी हो जाता है कि कुछ लोगों को बदले में इन बैलों का सारा-का-सारा काम करना होगा या शक्ति-सम्पन्न लोगों की ग़ुलामी भी उन्हें करनी ही होगी। इस प्रकार आदमी केवल अपने भीतर के पशु का ही नहीं, बल्कि इसके प्रतीक स्वरूप इन बाहरी पशुओं की भी सेवा करने को बाध्य होता है।

भवनों का निर्माण न करके, राष्ट्र अभौतिक विचारों द्वारा अपने स्मारक बनाने का उद्योग क्यों न करें? प्राचीन खंडहरों की तुलना में भगवद्गीता कितनी अधिक महिमामयी है! ये ऊंची-ऊची मीनारें और मन्दिर तो राजा-महाराजाओं की विलासिता-मात्र होते हैं। सरल जीवन जीने वाला और स्वतन्त्र मत रखने वाला व्यक्ति कभी किसी राजा-महाराजा के आदेशों पर नहीं चलता। प्रतिभा किसी शहंशाह के आश्रय में नहीं पलती। जातियां इस पागल आकांक्षा से ग्रस्त होती हैं कि जितने प्रस्तर के स्मारक वे अपने पीछे छोड़ जाएंगे, वे उनकी स्मृति को जीवित रखेंगे। स्मारकों के निर्माण में जितना परिश्रम किया जाता है, यदि उतना परिश्रम अपने आचरण को सुधारने में किया जाए तो क्या हो! बुद्धिमानी की एक बात भी आकाशचुम्बी स्मारकों से कहीं अधिक स्मरणीय होती है।

जहां तक पिरामिडों का सवाल है, उनमें कोई भी चीज़ इतनी आश्चर्यजनक नहीं जितनी कि यह बात कि आकांक्षा वाले मूर्ख का मक़बरा बनाने में ही अपना सारा जीवन लगाने वाले इतनी बड़ी संख्या में निरीह लोग मिल जाते थे। स्मारकों के निर्माणकर्ताओं का कला-प्रेम या धर्म-प्रेम संसार-भर में क़रीब-क़रीब एक-सा ही होता है। इन स्मारकों के निर्माण का प्रेरक होता है निर्माण कराने वालों का दम्भ और निर्माण करने वालों का दाल-रोटी से प्रेम। बहुत-से लोग चिन्तापूर्वक आतुर रहते हैं कि पूरब और पश्चिम के स्मारकों का निर्माण किसने कराया था। मैं तो सिर्फ़ यही जानना चाहूंगा कि उन दिनों कौन-कौन लोग ऐसे थे, जो इस तुच्छ चीज़ से ऊपर उठ सके।

वॉल्डन सरोवर प्रवास के अपने दो वर्षों के अनुभव से मैंने यह सीखा कि अपने लिए आवश्यक भोजन जुटाने के लिए बहुत ही कम परिश्रम

करना पड़ेगा। यदि आदमी सादा भोजन करे, जैसा कि पशु करते हैं, तो उसके स्वास्थ्य एवं शक्ति में कमी नहीं आएगी। कई बार मैंने अपने मक्का के खेते से ही कुल्फा का साग लेकर उसे उबालकर और नमक मिलाकर सन्तोषपूर्ण भोजन किया है। भोजन में मैं जो थोड़ा परिवर्तन करता था, वह स्वास्थ्य की आवश्यकताओं के कारण नहीं, 'स्वाद वृत्ति' के अधीन होकर करता था।

शुरू में मैं सिर्फ़ मक्का में नमक मिलाकर रोटी बनाता था। लेकिन इसमें लकड़ियों के धुएं और चीड़ की गन्ध आ जाती थी। मैंने गेहूं के आटे की भी रोटी बनाकर देखी। अन्त में इस निष्कर्ष पर पहुंचा कि जई और मक्का मिलाकर सबसे सुविधाजनक और स्वादिष्ट भोजन बनता है। आटे के इस मिश्रण की छोटी-छोटी बटियां बनाकर सावधानी से उलटकर पकाने में कम आनन्द नहीं आता। वास्तव में ये एक प्रकार के 'अन्न के फल' होते, जिन्हें मैं स्वयं पकाता था और इन्हें खाने में दूसरी अच्छी जाति के फलों की भांति, पूरा स्वाद एवं सुगन्धि मिलती थी। उस रोटी में खमीर उठाना मुझे अनावश्यक लगता।

अपने को सभी जलवायु और परिस्थितियों के अनुकूल बना लेने की क्षमता मानव में दूसरे प्राणियों की अपेक्षा अधिक है। जई और मक्का की रोटी पकाने की सामग्री आसानी से पैदा की जा सकती है और लोगों को सुदूरवर्ती, उतार-चढ़ाव वाले बाज़ारों पर आश्रित नहीं होना पड़ेगा। किन्तु हम सादगी और स्वतन्त्रता से बहुत दूर चले गए हैं। आज किसान बहुधा अपनी पैदा की हुई चीज़ें तो पशुओं को खिला देता है और स्वयं आटा ख़रीदता है जो क़ीमत अधिक होने के अलावा उतना स्वास्थ्यप्रद भी नहीं होता।

मैं एक-दो बुशल जई और मक्का आसानी से पैदा कर लेता था, क्योंकि इन चीज़ों को उगाने के लिए बहुत अच्छी ज़मीन की ज़रूरत नहीं होती। इन अनाजों को मैं हाथ की चक्की से पीस लेता और चावल तथा सुअर के गोश्त के बिना भी मेरा कार्य बख़ूबी चल जाता था। मिठाई खाने की इच्छा होने पर मैंने

पाया कि चुकन्दर या कद्दू से बढ़िया शीरा तैयार किया जा सकता है।

अन्त में सबसे आवश्यक मसाला है नमक जिसे प्राप्त करने के लिए समुद्र-तट तक की यात्रा का अच्छा मौक़ा निकल आता है। अगर मैं नमक का प्रयोग ही छोड़ दूं तो शायद पानी भी कम पीना पड़े। पता नहीं इंडियन इसके लिए क़भी परेशानी उठाते भी हैं या नहीं।

इस प्रकार अपने जीवनक्रम में मैंने सारे व्यापार और विनियम की आवश्यकता समाप्त कर दी थी। घर मेरे पास था ही। केवल कपड़े और ईंधन जुटाने की बात रह गई थी। जो पत्तलून इस समय पहन रहा हूं, उसका कपड़ा एक किसान परिवार में बुनवा लिया था। नए देश में ईंधन ही एक बड़ा बोझ होता है।

मेरा कुल फ़र्नीचर था एक चारपाई, एक मेज, एक डेस्क, तीन कुर्सियां, एक छोटा दर्पण, एक चीमटा, अंगीठी की एक छड़, एक केतली, एक देगची, एक कढ़ाई, एक लोटा, हाथ धोने का एक बर्तन, तीन तश्तरियां, दो छुरी-कांटे, एक प्याला, एक चम्मच, तेल की एक हांडी, शीरे की एक हांडी और एक लैम्प। इनमें से कुछ सामान मैंने तैयार कर लिया और बाक़ी के लिए मुझे कोई क़ीमत नहीं देनी पड़ी। गांव में ऐसी बहुत-सी कुर्सियां पड़ी हैं, जो मुझे बहुत पसन्द हैं और जब चाहूं, उठाकर ला सकता हूं।

लगे हाथ यह भी बता दूं कि पर्दों पर मेरा कोई ख़र्च नहीं है, क्योंकि मेरे घर में झांकने वाला कोई नहीं, जिनसे छिपाव रखना पड़े। सूर्य और चन्द्रमा ही मेरे घर में झांक सकते हैं, जिनका मैं स्वागत ही करता हूं। एक बार एक महिला ने मुझे एक पांवपोश भेंट किया। मेरे घर में उसे रखने के लिए स्थान नहीं था और न मेरे पास उसकी झाड़-पोंछ के लिए फालतू समय था, इसलिए मैंने उसे अस्वीकार कर दिया और दरवाज़े की घास पर ही पैर पोंछना अधिक पसन्द किया।

पांच वर्ष से अधिक काल तक मैं इस प्रकार अपने हाथों की मेहनत पर रहा और मैंने देखा कि वर्ष में लगभग छः सप्ताह काम कर लेने से ही मेरा सारा

ख़र्च निकल आता और सारा शीतकाल एवं अधिकांश ग्रीष्मकाल मुझे अबाध अध्ययन के लिए मिल जाता था।

मैंने यह समझ लिया है कि व्यापार जिस चीज़ में भी हाथ लगाता है, उसे बर्बाद कर देता है। आप चाहें 'दिव्य' सन्देशों का ही धन्धा क्यों न करते हों, इसमें भी व्यापार का पूरा-पूरा अभिशाप लग जाता है। मैं अपनी स्वतन्त्रता को विशेष महत्त्व देता था और अभावों में भी अपना काम सफलता से चला लेता था। इसीलिए गलीचे और फ़र्नीचर, स्वादिष्ट पकवान आदि जुटाने और 'ग्रीक' या 'गोथिक' शैली का मकान बनवाने में मैं अपना समय नष्ट नहीं करना चाहता था।

संक्षेप में कहूं तो स्वनिष्ठा तथा अनुभव दोनों के आधार पर मुझे विश्वास हो गया है कि सादगी और बुद्धिमानी से रहने पर इस पृथ्वी पर अपना भरण-पोषण कर लेना कठिन नहीं है, बल्कि मनोरंजक ही है। यह क़तई ज़रूरी नहीं है कि आदमी चोटी से एड़ी तक पसीना बहाकर ही जीविका का उपार्जन करे।

एक परिचित नवयुवक ने मुझे बताया कि यदि उसके पास साधन हों, तो वह भी 'मेरे' ढंग से रहना चाहता है। मैं नहीं चाहता कि कोई भी, किसी भी कारण से जीवन का मेरा ढंग अपनाए, क्योंकि सम्भव है कि जब तक वह पूरी तरह मेरे ढंग सीख पाए, तब तक मैं अपने लिए कोई दूसरा ढंग चुन लूं। यही नहीं, मैं तो यह चाहता हूं कि संसार में यथासम्भव अधिक-से-अधिक प्रकार के लोग हों, लेकिन प्रत्येक व्यक्ति 'अपना' रास्ता बेहद सावधानी से तलाश करें और 'अपने' रास्ते पर चले, अपने माता-पिता या पड़ोसी के रास्ते पर नहीं। जो व्यक्ति अकेला जाना चाहता है, वह तुरन्त रवाना हो सकता है, लेकिन जो व्यक्ति किसी दूसरे के साथ यात्रा करता है, उसे उसके तैयार होने तक प्रतीक्षा करनी होगी और उसकी यात्रा आरम्भ होने में ही अधिक समय लग सकता है।

लोग कहते हैं कि 'जहां कहीं भी आप हों, जैसे भी हों निष्काम भाव से, मन में दयालुता की पूर्वधारणा लिए भलाई करते चलिए।' लेकिन इस बारे में

मैं सिर्फ़ यही कहूंगा कि आप स्वयं भला बनने के प्रयास कीजिए। दूषित हो जाने पर परोपकार से जैसी सड़ान्ध आने लगती है, वैसी दुर्गन्ध दूसरी कोई नहीं होती। यदि मुझे पक्का पता हो जाए कि कोई व्यक्ति मेरे घर मेरा उपकार करने आ रहा है तो मैं उससे प्राण बचाकर भाग जाऊंगा, ताकि कहीं कोई उपकार करा न बैठूं और इस प्रकार मेरे ख़ून में इस बीमारी का ज़हर न फैल जाए। इस मामले में मैं प्राकृतिक ढंग से बुराई सहना ही पसन्द अधिक करूंगा।

दरिद्र जन की सहायता में यदि आप धन देते हैं, तो उसके साथ आत्मदान कीजिए। कभी-कभी हम अजीब तरह की ग़लतियां कर बैठते है। बहुधा ग़रीब आदमी जितना गन्दा या चिथड़ों से लदा होता है, उतना नंगा-भूखा नहीं होता। ग़रीबी उसका दुर्भाग्य ही नहीं है, बल्कि उसकी कुछ रुचि भी होती है। ऐसे व्यक्ति को यदि आप धन दे भी देंगे, तो उससे वह कुछ चिथड़े और ख़रीद लेगा।

परोपकार ही एक ऐसा गुण है, जिसकी मानव जाति बड़ी प्रशंसा करती है, उसका मूल्य बड़ा-चढ़ाकर आंका जाता है। परोपकार की जितनी प्रशंसा होनी चाहिए, वह की जाए। लेकिन जो लोग अपने जीवन और कृतित्व से मानव जाति का कल्याण करते हैं, उनके प्रति भी न्याय किया जाए। मैं सदाचार और दानशीलता को विशेष महत्त्व नहीं देता — ये तो उसके तना और पत्तियां हैं। मैं तो आदमी के फूल और फल की कामना करता हूं, ताकि उसकी कुछ सुगन्ध मेरे पास तक आ सके और पक्वता का कुछ रस हमारे जीवन-व्यवहार में भी भर जाए। उसकी अच्छाई आंशिक और क्षणिक न हो वरन निरन्तर प्रवाहित होने वाली हो, जिसके लिए उसे कुछ देना नहीं पड़ता और जिसका उसे स्वयं पता नहीं चलता। दानशीलता पापों को छिपाने वाली न हो, वरन् वह हमें साहस प्रदान करे, निराशा नहीं; अपना स्वास्थ्य और सुख प्रदान करे, अपना रोग नहीं। और इस बात की सावधानी बरतनी चाहिए कि वह रोग छूत की तरह फैल न जाए। सुधारक को जो बात इतना दुख देती है, वह अपने बन्धुओं के कष्टों के प्रति संवेदना नहीं, बल्कि उसका व्यक्तिगत कष्ट होता है। उसे ठीक होने दीजिए, उसके भीतर वसन्त का आगमन होने दीजिए।

सन्तों के संसर्ग से हमारे सहज ढंग दूषित हो गए हैं। हमारी प्रार्थना की पुस्तकों में परमात्मा को सुरीले शाप देने और उसको सदा-सर्वदा सहन करते जाने की बात गूंजती रहती है। सन्तों और उद्धारकों ने मानव की आशाओं को पुष्ट करने के बजाय उसके भय को ही कम करने की चेष्टा की थी। यह जो जीवन मिला है, उसके प्रति सरल और अदम्य सन्तोष की भावना का उल्लेख उनमें कहीं भी नहीं मिलता।

शेख़ सादी ने 'गुलिस्तां' में लिखा है कि लोगों ने एक बुद्धिमान व्यक्ति से पूछा कि परमात्मा के बनाए हूंए बहूंत-से बड़े और छायादार वृक्षों में, 'सरो' के अलावा किसी को 'आज़ाद' नहीं माना जाता, जिसमें कोई फल तक नहीं लगता, इसका रहस्य क्या है? उसने उत्तर दिया कि "हरेक वृक्ष की अपनी-अपनी फ़सल होती है, अपनी-अपनी ऋतु होती है, जिसमें वह हरा-भरा रहता है, फूलता है और उसके बाद वह सूख जाता है या कुम्हला जाता है। लेकिन सरो का पेड़ सदा हरा-भरा रहता है, वह ऋतुओं की दशाओं में नहीं बंधता। स्वतन्त्र लोगों की भी यही प्रकृति होती है। जो क्षणिक है, उसमें अपना मन मत रमाओ। ख़लीफ़ाओं की परम्परा का अन्त हो जाने पर भी दजला नदी बगदाद से होकर बहती ही रहेगी। अगर तेरे हाथों में देने के लिए प्रचुर धन-धान्य हो तो खजूर के पेड़ की तरह दानशील बन। लेकिन अगर तेरे पास देने के लिए कुछ भी नहीं है, तो 'सरो' के पेड़ की तरह आज़ाद बन।"

वास-स्थान और जीवन-ध्येय

हमारे जीवन में एक ऐसी ऋतु आती है, जब हमें हर स्थान अपने घर का सम्भावित स्थान लगता है। जहां मैं रहता हूं, उसके आसपास के बारह-बारह मीलों तक का इलाक़ा मैंने छान मारा। जहां भी मैं बैठ जाता, वहीं मेरे बस जाने की सम्भावना हो जाती थी। आख़िर घर एक 'आसन' के सिवा और है भी क्या? यदि वह ग्राम्य स्थल हो तो और भी अच्छा।

कितने ही स्थलों को मैंने एक घर बनाने के लिए ढूंढ़ निकाला, जिसके बनने की फ़िलहाल कोई आशा नहीं। ज़मीन लेने की वास्तविक स्थिति में मैं तब आया, जब मैंने हौलवेल फ़ार्म का सौदा कर लिया। बोने के लिए मैं बीज छांटने लगा और सामान ढोने के लिए एक ठेला बनाने की सामग्री भी जुटा ली। लेकिन खेत के मालिक से इसकी लिखा-पढ़ी हो, उससे पहले ही उसकी पत्नी ने अपना विचार बदल लिया और खेत अपने ही पास रखना चाहा। सौदा छोड़ने के लिए वह मुझे दस डॉलर देने को भी तैयार था। मैंने उसके दस डॉलर उसी के पास छोड़ दिए और फ़ार्म भी उसी का रहने दिया। हालांकि उस समय मेरे अपने पास केवल दस सेंट ही थे, किन्तु मैंने अपनी ग़रीबी को ठेस पहुंचाए बिना रईसी दिखा डाली।

हौलवेल फ़ार्म ख़रीदते समय मेरे लिए प्रमुख आकर्षण की चीज़ थी, उसका एकान्त क्योंकि वह गांव से कोई दो मील दूर पड़ता था और सबसे पास का पड़ोसी भी आधा मील दूर था। पास ही सड़क थी और इस फ़ार्म के बीच में बड़ा खेत था। इसके एक ओर नदी का किनारा था। इसके घर और खलिहान

का धूसर रंग और भग्नावस्था, टूटी-फूटी बाड़, खोखले और काई लगे सेब के पेड़ इस फ़ार्म के अन्य आकर्षण थे। लेकिन सबसे बड़ा आकर्षण था इस नदी के साथ जुड़ी मेरी पहली यात्राओं की स्मृतियां। इसलिए मैं इसे जल्दी ख़रीद लेना चाहता था, ताकि सब-कुछ ज्यों-का-त्यों मुझे मिल जाए, लेकिन उस फ़ार्म को ख़रीदने की नौबत ही नहीं आ पाई।

बड़े पैमाने पर खेती करने के बारे में, मैं अपने बन्धुओं से हमेशा के लिए एक बात कह देना चाहता हूं कि जहां तब सम्भव हो, स्वतन्त्र और बिना बंधे रहिए। यह बन्धन चाहे खेत का हो या जेलख़ाने का, बात एक ही है।

जब मैंने पहली बार वन-प्रवास आरम्भ किया यानी 4 जुलाई, 1845 से वहां दिन-रात रहना शुरू किया तो मेरा मकान जाड़े के दिनों के लिए पूरी तरह तैयार नहीं हो पाया था। न चिमनी लग पाई थी, न पलस्तर हुआ था और न दीवारों के तख़्ते एकसार हो पाए थे। उसमें दरारें थीं जिनसे रात को ठंडी हवा आती थी। हां, रन्दी हुई किवाड़ों और खिड़कियों की चौखटों में सफ़ाई और ताज़गी दिखाई देती थी। मेरे घर के ऊपर से गुज़रती हवाएं वैसी ही थीं, जैसी पर्वतों के शिखरों के ऊपर बहती हवाएं, जो पार्थिव संगीत के दिव्य अंशों को लिये रहतीं। प्रातःकालीन वायु सदा ही बहती रहती, सृष्टि की कविता अबाध गति से प्रवाहित रहती। कमी है तो केवल उसके ग्रहण करने वाले कानों की। इस पृथ्वी के बाहर ही सर्वत्र देवलोक है।

बरसात में संरक्षण देने योग्य यह जो हल्का-सा ढांचा था, वह मेरे चारों ओर एक प्रकार का स्फुटन था। यह सब-कुछ एक चित्र की रूपरेखा की भांति विचारोत्तेजक था। हवाख़ोरी के लिए मुझे बाहर जाने की ज़रूरत ही नहीं थी क्योंकि भीतर के वातावरण की ताज़गी में ज़रा भी कमी नहीं आई थी। ख़ूब बरसात के समय भी मैं जिस स्थान पर बैठता था, वह घर के भीतर नहीं, किवाड़ के पीछे था।

कानकोर्ड ग्राम के क़रीब डेढ़ मील दक्षिण में, एक झील के किनारे, ऊंचाई पर कानकोर्ड और लिंकन नगर के बीच फैले वन में मेरा वास-स्थान

था। चारों ओर घना जंगल था। आधे मील की दूरी तक ही घने जंगलों से युक्त क्षितिज दिखता था। पहले सप्ताह में जब भी मैं इस सरोवर की ओर देखता तो मुझे वह किसी पहाड़ी ढलान पर बनी छोटी-सी झील-सा लगता, जिसकी तली दूसरी झीलों की सतह से कुछ अधिक ऊंचाई पर हो। ज्यों-ज्यों सूरज आसमान में ऊपर उठता था, मुझे लगता जैसे झील रात्रिकालीन वस्त्र उतार रही हो और धीरे-धीरे उसकी कोमल ऊर्मियां खुल रही हों अथवा उसकी चिकनी प्रतिबिम्बयुक्त सतह अनावृत्त हो रही हो।

अगस्त के बीच-बीच में जब हवा और मेंह दोनों थम जाते और मेघों वाले आकाश के नीचे तीसरे पहर की नीरवता छा जाती तथा पक्षियों का संगीत इस किनारे से उस किनारे तक गूंज उठता, उस समय मुझे इस छोटी-सी झील का सान्निध्य सबसे मूल्यवान लगता। झील ऐसे समय में सबसे शान्त रहती है। ऊपर का वातावरण हल्का और मेघश्याम होने के कारण जल प्रकाश और छाया से मिलकर स्वयं इस पृथ्वी तल का आकाश बन जाता — ऊपर के आकाश से भी अधिक गरिमामय।

पास की पहाड़ी की चोटी से, झील के पार दक्षिण दिशा में, किनारे वाली पहाड़ियों की विस्तृत घाटियों में होकर बहुत दूर तक वृक्षावली का मनोरम दृश्य दिखाई देता था और लगता था, जैसे इन पहाड़ियों के बीच वनाच्छादित घाटी में होकर कोई नदी बह रही हो। उस तरफ़, पास की हरी-भरी पहाड़ियों के ऊपर से और उनके बीच में से क्षितिज को छूती हुई नीलाभ चोटियां भी दिखाई देती थीं। पंजों के बल खड़े होकर देखने पर और भी दूर की नीली पर्वत-चोटियों की झलक उत्तर-पश्चिम दिशा में भी दिखाई दे जाती थी। साथ ही, गांव का कुछ भाग भी देख पाता था, लेकिन इसी स्थान से अन्य दिशाओं की ओर नज़र डालने पर जंगल के सिवा कुछ भी नहीं दिखता था। यद्यपि मेरे दरवाज़े से दिखने वाला दृश्य और भी संकीर्ण होता था, फिर भी, मुझे कभी यह नहीं लगता था कि मैं घिरा हुआ हूं या क़ैद हूं।

काल और स्थान, दोनों में परिवर्तन हो गया था और मैं विश्व के उन प्रदेशों एवं युगों के निकट वास करने लगा था, जो मुझे सबसे अधिक

आकर्षित करते हैं। प्रत्येक प्रभात मेरे लिए जीवन को प्रकृति के समान ही सरल-सहज बनाने का उल्लासमय आमन्त्रण बनकर आता था। मैं उषा का उतना ही निष्ठावान उपासक रहा हूं, जितने कि यूनानी लोग। उषाकाल में, जब मैं अपने सब दरवाज़े और खिड़कियां खोलकर बैठ जाता तो कमरे में एक अदृश्य मच्छर की भनभनाहट में भी मैं उतना ही प्रभावित होता था, जितना यशोगान वाले किसी तूर्यनाद से प्रभावित होता। इसमें कोई ब्रह्मत्व होता था, अनन्त शक्ति और उर्वरता का एक स्थायी विज्ञापन होता था। प्रातःकाल दिवस का सबसे स्मरणीय काल — जागरण का काल — होता था। इसी काल में हममें सबसे कम सुषुप्ति होती है, और कम-से-कम एक घंटे के लिए हमारा वह अंश जाग्रत हो उठता है, जो दिन-रात बाक़ी के सारे समय सोता रहता है।

यदि किसी व्यक्ति के मन में यह विश्वास नहीं है कि दिन के जिस अंश को उसने अपवित्र कर दिया है, उससे अधिक पवित्र उषाकाल प्रत्येक दिन आता है, तो समझिए कि वह जीवन से निराश हो गया है, पतन के अन्धकारपूर्ण मार्ग पर चल रहा है। ऐन्द्रिक जीवन के अधिकांश विराम के बाद आदमी की आत्मा का प्रतिदिन अंशतः कालाकल्प होता है और उसकी 'प्रतिभा' पुनः उसके जीवन को यथासाध्य श्रेष्ठ बनाने की चेष्टा करती है। सभी स्मरणीय घटनाएं प्रातःकालीन वातावरण में ही घटित होती हैं। वेद कहते हैं — "सम्पूर्ण प्रज्ञा प्रातःकाल में जाग्रत होती है" कविता और कला का, मानव के सबसे सुन्दर और स्मरणीय कृतित्व का समारम्भ इसी समय होता है। सारे- के-सारे कवि और सूरमा उषा की सन्तान होते हैं और सूर्योदय के काल में अपना संगीत प्रवाहित करते हैं। जिस व्यक्ति के स्फूर्तिमय और सशक्त विचार सूर्य के साथ गतिशील होते हैं, उसका तो सारा दिन ही एक शाश्वत प्रातःकाल होता है। जब मैं जाग्रत होऊं और मेरे अन्तःकरण में प्रभात हो, तभी प्रातःकाल। सुसुप्ति के निवारण का प्रयास ही नैतिक उत्थान होता है। जागृति ही जीवन है। अभी तक मुझे किसी ऐसे व्यक्ति के दर्शन नहीं हुए, जो सम्पूर्णतः जाग्रत हो।

प्रयासपूर्वक अपने जीवन का उत्थान करने की जो संशयहीन क्षमता मानव में है, उससे अधिक उत्साहवर्द्धक कोई चीज़ मुझे ज्ञात नहीं। अपने दिवस के स्वरूप को बदल लेना श्रेष्ठतम कला है। अपने जीवन को, विशद रूप से, अपने सर्वोत्तम क्षणों को चिन्तन-योग्य बना लेने का काम हर व्यक्ति को स्वयं ही करना होता है।

मैंने वन-प्रवास आरम्भ किया, क्योंकि मैं विमर्शपूर्वक जीवन व्यतीत करना चाहता था, जीवन के सारभूत तथ्यों का ही सामना करना चाहता था, क्योंकि मैं देखना चाहता था कि जीवन जो कुछ सिखाता है, उसे मैं सीख सकता हूं या नहीं। मैं यह भी नहीं चाहता था कि जीवन की सन्ध्यावेला में मुझे पता चले कि अरे, मैंने तो जीवन जिया ही नहीं! मैं तो गहरे में उतरना चाहता था। यदि जीवन का सार तत्त्व निकष्ट सिद्ध हो, तो उस सम्पूर्ण एवं विशुद्ध निकृष्टता को अपना लूं और सारे संसार के सामने उसे प्रकाशित कर दूं। यदि जीवन कोई महिमामंडित वस्तु है, तो अनुभव के द्वारा उसका ज्ञान प्राप्त कर लूं और अपनी जीवन-यात्रा में उसका सही-सही विवरण दे सकूं। मुझे लगता है कि अधिकतर व्यक्ति जीवन के विषय में विचित्र प्रकार की अनिश्चितता में रहते हैं कि जीवन शैतान की कृति है या ईश्वर की। वे जल्दबाज़ी में यह निष्कर्ष निकाल बैठते हैं कि संसार में मनुष्य का जीवन परमात्मा की स्तुति करने और मौज उड़ाने के लिए है।

मानव योनि मिलने पर भी हमारा जीवन छोटी-छोटी बातों में ही नष्ट हो जाता है। मैं कहता हूं कि सैकड़ों-हज़ारों कामों में उलझने के बजाय दो-तीन काम हाथ में ले लीजिए। इस सभ्य जीवन के सागर में अनगिनत बादल और तूफ़ान होते हैं और ज़बर्दस्त दलदल है। इसमें ऐसी हज़ारों चीज़ें हैं कि यदि आदमी रसातल को नहीं जाना चाहता तो उसे बड़े हिसाब से रहना पड़ता है। अपने जीवन को सरल बनाइए, सरल। दिन में तीन बार खाने की जगह, आवश्यक हो तो एक ही बार खाइए। सौ पकवानों की जगह पांच ही रखिए और इसी अनुपात में और सभी चीज़ों की संख्या भी घटाइए।

तमाम आन्तरिक सुधारों के बावजूद समूचे राष्ट्र की हालत एक ऐसे घर जैसी है, जिसे बढ़ने के कारण संभालना मुश्किल हो गया है। साज-सामान से अंटा, अपने ही पिंजरे में फंसा, विलासिता और अपव्यय तथा ठीक हिसाब और समुचित ध्येय के बिना दुर्दशाग्रस्त। देश के लाखों परिवारों की भी यही हालत है। इसका एक ही इलाज है सुदृढ़ अर्थव्यवस्था, जीवन की कठोर सादगी और ऊंचा लक्ष्य। अभी तो वह बर्बादी के रास्ते चल रहा है।

हम इतनी हड़बड़ी में, जीवन की इतनी तबाही में, क्यों रहते हैं? हमने तो मानो भूख लगने से पहले ही भूखों मर जाने का निश्चय कर लिया है। ठीक समय पर एक टांका लगा लेने से बाद के नौ टांके लगाने की नौबत नहीं आती। इस कहावत को अपनाकर हम आज ही सौ टांके लगा डालते हैं। हमारे पास एक भी महत्त्वपूर्ण काम नहीं है, फिर भी हम क्षण-भर को शान्त नहीं रह पाते।

मेरा काम तो डाकघर के बिना ही आसानी से चल जाता है। मैं तो समझता हूं कि डाक से बहुत कम महत्त्वपूर्ण संवाद भेजे जाते हैं। विशुद्ध विश्लेषण करके कहूं तो ज़िन्दगी-भर में मेरे पास जो पत्र आए हैं, उनमें से ऐसे पत्रों की संख्या एक-दो से अधिक नहीं होगी, जो डाक टिकट का मूल्य ख़र्चने योग्य हो।

आज तक अख़बार में मैंने कोई भी स्मरण रखने योग्य समाचार नहीं पढ़ा। यदि हमने एक बार यह ख़बर पढ़ ली कि एक आदमी लुट गया या मारा गया या दुर्घटनाग्रस्त हो गया या एक घोड़ा आग में जल गया तो दूसरी पढ़ने की ज़रूरत नहीं, एक ही बहुत काफ़ी है। जिसे आप 'ख़बर' कहते हैं, वह दार्शनिक के लिए कोरी बकवास है। जो व्यक्ति बहुत कम अख़बार पढ़ता है, यदि वह ध्यान से देखे तो पता चलेगा कि विदेशों में कुछ भी नया घटित नहीं होता।

लोग भ्रम और नक़ली चीज़ों को असली सत्य समझ बैठते हैं और ठोस यथार्थ को असत्य मान लेते हैं। यदि लोग बराबर वास्तविकताओं पर ही नज़र रखें और अपने-आप को भ्रम में न फंसने दें तो जीवन परी-कथाओं

या अलिफ-लैला के क़िस्सों जैसा हो जाए। जो अपरिहार्य है और जिसको अस्तित्व का अधिकार है, यदि हम उसी का आदर करें तो हमारे मार्ग काव्य से गुंजायमान हो जाएं। जब हम धैर्यपूर्वक बुद्धिमानी से देखते हैं तो पता चलता है कि स्थायी और निर्विकल्प अस्तित्व तो केवल महान और महत्त्वपूर्ण चीज़ों का ही है। बाक़ी तो तुच्छ भय और तुच्छ आनन्द है जो वास्तविकता की छाया-मात्र होते हैं।

एक हिन्दू ग्रन्थ में मैंने पढ़ा है कि 'एक राजपुत्र को शैशवकाल में ही निर्वासित कर दिया गया था। उसका पालन-पोषण एक वनवासी ने किया और बड़े होने पर वह अपने को उन जंगली जातियों का सदस्य मानने लगा, जिनमें वह रहता था। एक बार उसके पिता के मन्त्री ने उसे पहचान लेने पर बताया कि वह वास्तव में राजपुत्र है, तब कहीं उसके भ्रम का निवारण हुआ और उसे भान हुआ कि वह राजकुमार है। इसी प्रकार आत्मा अपने आसपास की परिस्थितियों के कारण अपने-आप को तब तक पहचान नहीं पाती, जब तक गुरु उसे वास्तविकता का ज्ञान प्रदान न कर दे। इस ज्ञान प्राप्ति के बाद ही वह जान पाता है कि वह ब्रह्म है।'

लोग समझते हैं कि सत्य कोई बहुत दूर की, दूसरे छोर की — दूर तक तारे के उस पार की, आदम से पूर्व और अन्तिम मनुष्य के बाद की वस्तु है वास्तव में 'अनन्त' में भी कुछ सत्य है, महिमामय है। किन्तु ये स्थान, काल, अवसर आदि सभी यहीं पर हैं, अभी इसी क्षण हैं। स्वयं ईश्वर का महानतम रूप वर्तमान में ही प्रकट होता है। युगों के बीत जाने पर भी वह और अधिक दिव्यता ग्रहण नहीं करेगा। महिमामय और श्रेष्ठ को ग्रहण करने की शक्ति हमें मिलती है केवल अपने चारों ओर की वास्तविकता को निरन्तर अपने-आप में समेटते रहने से, उसे पीते रहने से।

हम अपना एक दिन ही प्रकृति के समान संकल्पपूर्वक बिताकर तो देखें और छोटी-मोटी बाधा से पथ-भ्रष्ट न हों। प्रातः जल्दी उठें और शान्त भाव से बिना किसी विक्षोभ के व्रत रखें (या व्रत तोड़ें), लोगों को आने-जाने दें, बच्चों को रोने दें, घंटे बजने दें अर्थात दिन को वास्तव में दिन बना ही रहने देने का

निश्चय लेकर चलें। अपने स्नायुओं को ढीला किए बिना प्रातःकालीन स्फूर्ति के साथ, मस्तूल के साथ बंधे यूलिसीज की भांति इसे पार कर जाइए। तब सोचिए कि उस दिन की किस प्रकार के संगीत से तुलना की जा सकती है।

हम स्थिर होकर खड़े हो जाएं। समय की धारा ने मिट्टी ला-लाकर समूचे संसार की सतह पर जनमत, पूर्वग्रह, रूढ़ियों, भ्रम और ढोंग की जो कीचड़ बिछा दी है, उसमें लन्दन, पेरिस, न्यूयार्क, बोस्टन और कानकोर्ड में चर्च और राज्य में, काव्य-दर्शन और धर्म में हम अपने पैर दृढ़तापूर्वक धंसाते चले जाएं, जब तक वे यथार्थ की ठोस चट्टानी ज़मीन पर न जा टिकें और हम कह उठे कि 'हां, यह आधार है, इसमें कोई गड़बड़ नहीं।' अग्नि, तुषार और बाढ़ के नीचे के इसी ठोस धरातल पर नींव डालिए। मृत्यु हो, जीवन हो, हमें तो केवल यथार्थ ही चाहिए। यदि हमारी मृत्यु भी हो रही है तो अपने गले की घर्राहट सुनें, अपने हाथ-पैरों का ठंडापन अनुभव करें अर्थात जब तक जीवित हैं, अपने काम में लगे रहें।

समय केवल एक सरिता है, जिसमें मैं मछलियां पकड़ता हूं, उसका जल पीता हूं, किन्तु जल पीते समय मैं उसकी रेतीली तली को भी देखता हूं और जान लेता हूं कि वह कितनी उथली है। इसकी पतली धारा सतत प्रवाहित रहती है, किन्त अनन्त शेष रहता है। मैं इसके जल को और भी छककर पिऊंगा, आकाश में बंसी डालूंगा, जिसकी तली में सितारों में कंकड़ बिछे हुए हैं। इनको गिन डालने की क्षमता मुझमें नहीं है, उस वर्णमाला के प्रथम अक्षर का भी ज्ञान मुझे नहीं है।

बुद्धि एक तेज़ धार वाली छुरी है, जो वस्तुओं के रहस्य को खोलकर रख देती है। मैं अपने हाथ के काम में उतना ही व्यस्त रहना चाहता हूं, जितना नितान्त आवश्यक हो। मेरा मस्तिष्क ही मेरे हाथ-पैर हैं। मैं अनुभव करता हूं कि उसी में मेरी सारी, मेरी सर्वोत्तम क्षमता केन्द्रित है। मैं समझता हूं कि यहीं कहीं वह सम्पन्नतम स्थान है जिसमें सर्वाधिक मूल्यवान पदार्थ दबा-छिपा पड़ा है।

अध्ययन

अपनी कार्य-वृत्तियां चुनने में यदि लोग कुछ और विचार से काम लें, तो शायद सभी मूलतः विद्यार्थी या पर्यवेक्षक बन जाएंगे। अपने लिए या अपनी सन्तति के लिए सम्पत्ति जमा करते समय, परिवार या राज्य की स्थापना करते समय, यहां तक कि यश अर्जित करते समय भी हम मरणधर्मा प्राणी ही होते हैं, किन्तु 'सत्य' मार्ग का अनुसरण करें तो हम अमर हो जाते हैं; हमें न किसी परिर्वतन का भय रहता है और न किसी दुर्घटना का।

प्राचीनतम हिन्दू या मिस्री दार्शनिक ने दिव्यता की प्रतिमा के मुख पर पड़े आवरण का एक कोना उठाया था। वह कम्पित वस्त्र अब तक उठा हुआ है। उस प्रतिमा की कान्ति मुझे उतनी ही अभिनव दिखती है, जितनी उस प्रथम दार्शनिक ने अनुभव की होगी। इस आवरण पर तनिक भी धूल नहीं जमी है। दिव्यत्व के प्रकटन के बाद से समय जहां का तहां है। जिस काल-क्षण का हम लाभ उठाते हैं या जिसका लाभ उठाया जा सकता है, वह न तो अतीत होता है, न वर्तमान और न आगत भविष्य।

मेरा निवास स्थान चिन्तन की दृष्टि से ही नहीं, वरन गम्भीर अध्ययन की दृष्टि से भी किसी विश्वविद्यालय से भी अधिक उपयुक्त था। यद्यपि मैं पुस्तकालयों के क्षेत्र से निकल आया था, तथापि यहां पर मैं विश्व-भर में संचरित उन महान ग्रन्थों के सर्वाधिक प्रभाव में आया जिनके वाक्य वृक्षों की छाल पर पहले पहल लिखे गए थे और अब समय-समय पर उनकी प्रतिलिपि-मात्र कर ली जाती है। कवि मीर कमरुद्दीन 'मस्त' ने कहा है, "एक ही स्थान पर बैठकर समूचे आध्यात्मिक जगत की यात्रा का लाभ मुझे ग्रन्थों में

मिला है। शराब के एक ही प्याले से मदहोश हो जाने के आनन्द का अनुभव मुझे रहस्यवादी सिद्धान्तों की शराब पीने में हुआ है।" गर्मियों-भर होमर के महाकाव्य 'इलियड' की प्रति मेरी मेज़ की शोभा बढ़ाती रही, और मैंने कभी-कभी ही उसके एक-दो पृष्ठ पढ़े। प्रारम्भिक शारीरिक श्रम के कारण इससे अधिक पढ़ना मेरे लिए असम्भव ही था।

होमर या ईस्किलस के ग्रन्थों का अध्ययन विद्यार्थी यदि ग्रीक भाषा में ही करें, तो शक्ति के अपव्यय का ख़तरा नहीं रहेगा। अपनी बुद्धि, शौर्य और उदारता के सीमित भंडार के आधार पर जो सामान्य अर्थ हम ग्रहण करते हैं, उससे कहीं अधिक व्यापक एवं गूढ़ अभिप्राय होने की कल्पना करके हमें बड़े ही परिश्रम से इसके प्रत्येक शब्द और प्रत्येक पंक्ति का मनन करना होगा। इतने अनुवादों के होते हुए भी आज का उर्वर प्रकाशन-कर्म प्राचीन काल के गौरव-ग्रन्थों के रचयिताओं के मूल भावों के निकट नहीं पहुंच सका है। कभी-कभी लोग कहते हैं कि अन्ततोगत्वा 'क्लासिक' ग्रन्थों के अध्ययन छोड़कर हमें अपेक्षाकृत व्यावहारिक और आधुनिक अध्ययन को प्रतिष्ठित करना होगा। किन्तु साहसी विद्यार्थी सदैव प्राचीन ग्रन्थों का अध्ययन करता रहेगा, क्योंकि ये 'क्लासिक' ग्रन्थ ही मानव के श्रेष्ठतम संगृहीत विचार हैं। जो देववाणी उनमें है, केवल वही अक्षय रही है। सच्ची भावना से सद्ग्रन्थों का अध्ययन एक प्रकार का अभ्यास है, जिसमें पाठक को आज के किसी भी सम्मानित अभ्यास से अधिक परिश्रम करना होता है और विशिष्ट प्रशिक्षण की भी ज़रूरत होती है। जितने विमर्श और सावधानी से इन ग्रन्थों को रचा जाता है, उतने ही विमर्श और सावधानी से इनका अध्ययन भी करना चाहिए। ग्रन्थों की भाषा को बोल लेने की योग्यता ही पर्याप्त नहीं है, क्योंकि बोली जाने वाली भाषा और लिखित भाषा में तथा श्रव्य एवं पठ्य भाषा के बीच एक उल्लेखनीय अन्तर होता है। बोली जाने वाली भाषा साधारणतः अल्पकालिक होती है, लिखित भाषा उसकी पक्व और अनुभवयुक्त होती है। यह ऐसी संचित और प्रखर अभिव्यक्ति होती है, इतनी साभिप्राय होती है। कि कान से नहीं सुनी जा सकती। इसे बोलने के लिए तो फिर से जन्म लेना आवश्यक होता है।

अब अनेक यूरोपीय जातियों ने अपनी-अपनी लिखित भाषा प्राप्त कर ली जो उनके उदीयमान साहित्य की अभिव्यक्ति के लिए पर्याप्त थी, तभी प्राचीन ग्रीक और लैटिन भाषा में व्यक्त प्रथम पांडित्य का पुनरुत्थान हुआ और विद्वान लोग सुदूर अतीत में दबी इस प्राचीन निधि को पहचान सके। ग्रीस और रोम के लोग जिसे 'सुन' नहीं सके, उसे अनेक युग बीतने के बाद गिनती के विद्वानों ने पढ़ा और आज भी 'गिनती' के ही अध्येता उन्हें पढ़ रहे हैं।

मंच पर जिसे 'वक्तृत्व' की संज्ञा दी जाती है, साधारणतः वह अध्ययन में केवल 'अलंकार' होता है। लेखक के लिए समान गति से बहती ज़िन्दगी ही 'अवसर' होती है। वह तो मानव-जाति की बुद्धि और हृदय को उन सब लोगों को सम्बोधित करता है, जो उसकी बात 'समझ' सकते हैं, भले ही वे किसी युग में जन्मे हों। लिखित शब्द सर्वोत्तम प्रकार का अवशेष होता है। जो हमसे अन्य कलाकृतियों की अपेक्षा कहीं अधिक घनिष्ठ तथा कहीं अधिक सार्वभौम होता है। यह वह कलाकृति होती जो स्वयं जीवन के सबसे नज़दीक होती है और जिसे किसी भाषा में अनुवाद किया जा सकता है। प्राचीन व्यक्तियों के विचारों का वह प्रतीक अर्वाचीन युग के लोगों की वाणी बन जाता है।

ग्रन्थ सारे संसार की संचित निधि तथा पीढ़ियों और जातियों की सबसे क़ीमती विरासत होते हैं। प्राचीनतम सर्वोत्तम ग्रन्थ स्वाभाविक और कुछ अधिकारिक रूप से झोंपड़ियों तक में स्थान पाते हैं। वे ग्रन्थ अपने विषय में कुछ नहीं कहते, लेकिन जब वे पाठक के ज्ञानाकाश को आलोकित करते हैं, उसे पोषित करते हैं तो उनकी बुद्धि उन्हें अस्वीकार नहीं कर पाती। इन ग्रन्थों के प्रणेता प्रत्येक समाज के स्वाभाविक रूप से मूर्धन्य विद्वान होते हैं और मानव-जाति पर उनका प्रभाव राजा-महाराजाओं से कहीं अधिक होता है।

जो लोग प्राचीन ग्रन्थों को मूल भाषा में पढ़ना नहीं सीख पाए हैं, उनका मानव-जाति के इतिहास का ज्ञान निश्चय ही अधूरा रहेगा। किसी भी आधुनिक भाषा में उनकी अनुलिपि नहीं की जा सकी है। अभी तक होमर, ईस्किलस

और वर्जिल के ग्रन्थ अंग्रेज़ी भाषा में प्रकाशित नहीं हो सके हैं। ये ग्रन्थ प्रभात वेला की भांति ही निर्मल, ठोस और सुन्दर हैं। बाद के लेखक कभी भी प्राचीन लेखकों के विराट सौन्दर्य, उनके शिल्प, उनकी आजीवन साहित्य-साधना की बराबरी नहीं कर पाए हैं। उन ग्रन्थों को भूल जाने की बात वे ही लोग करते हैं जिन्होंने उन्हें कभी जाना ही नहीं।

वास्तव में वह युग बहुत सम्पन्न होगा, जब वे सब अवशेष जिन्हें हम 'क्लासिक' कहते हैं, और उनसे भी अधिक प्राचीन और अधिक 'क्लासिक' (किन्तु अपेक्षाकृत अज्ञात) धर्मग्रन्थ और भी एकत्र हो पाएंगे, जब पोप के प्रासाद वेदों. जेन्दाबेस्तों और बाइबिलों तथा होमरों दांतों शेक्सपियरों के ग्रन्थों से भर जाएंगे और आने वाली सभी शताब्दियां क्रम से अपने विजय चिह्न इस विश्व-मंच पर चुन देंगी। इस ज्ञानराशि के द्वारा हम अन्त में स्वर्गारोहण की आशा कर सकते हैं।

मानव-जाति ने अभी तक महान कवियों की कृतियों को पढ़ा ही नहीं है, क्योंकि ऐसी रचनाओं को महान कवि ही पढ़ सकते हैं। अधिकतर लोगों ने किसी मामूली सुविधा की दृष्टि से पढ़ना-लिखना-भर सीख लिया है। जो शिक्षा श्रेष्ठ बौद्धिक अभ्यास के लिए होती है, वह उन्हें बहुत कम मात्रा में मिली है या बिलकुल ही प्राप्त नहीं हुई है। श्रेष्ठ अर्थों में वह शिक्षा ही वास्तविक शिक्षा होती है। वह शिक्षा शिक्षा नहीं होती जो विलास की वस्तु बनकर क्षण-भर के लिए हमारी श्रेष्ठतर प्रवृत्तियों को सुला देती है। सच्ची शिक्षा के लिए हमें पंजों के बल खड़ा होना पड़ता है और जिसके लिए हमें अपने सबसे जागरूक और सतर्कतम क्षण अर्पित करने होते हैं।

हमें चाहिए कि अक्षर-ज्ञान होने के बाद सर्वश्रेष्ठ साहित्य पढ़ें, न कि जीवन-भर प्राथमिक कक्षाओं में बैठे एक स्वर वाले शब्दों का घोखते रहें। हम 'बहुत मांग है, अपनी प्रति सुरक्षित करा लें', सरीखे विज्ञापन वाली पुस्तकों को आंखें फाड़े बड़ी सतर्क और आदिम जिज्ञासा से, बिना अघाए पढ़ते हैं बिना कोई शिक्षा ग्रहण किए। नतीजतन, हमारी दृष्टि धुंधली हो जाती है, जीवन-प्रवाह अवरुद्ध हो जाता है, कमज़ोरी आ जाती है और सारी बौद्धिक क्षमता नष्ट हो जाती है।

जिन लोगों को 'अच्छा पाठक' कहा जाता है, वे भी सर्वोत्तम ग्रन्थ नहीं पढ़ते। कॉलेजों में पढ़े और 'सांस्कृतिक शिक्षा प्राप्त' लोगों तक का कहीं भी अंग्रेज़ी भाषा के 'क्लासिक' ग्रन्थों से मामूली-सा भी परिचय नहीं होता। मानव की समुच्चयित बुद्धिमत्ता यानी प्राचीन 'क्लासिक' ग्रन्थों, बाइबिल आदि से परिचित होने का तनिक भी प्रयास नहीं किया जाता। वास्तव में हमारे कॉलेजों में मुश्किल से ही ऐसा कोई प्रोफ़ेसर निकलेगा, जिसने भाषा पर आधिकार प्राप्त करके किसी ग्रीक कवि की भाव-प्रवणता और उसके काव्य की दुरुहता पर भी अधिकार प्राप्त कर लिया हो और जो किसी भी जागरूक एवं साहसी पाठक को उसकी मूल अनुभूति से परिचित करा सके। अधिकतर लोग यह तक नहीं जानते कि यहूदियों के अलावा किसी अन्य जाति के भी धर्मग्रन्थ लिखे गए हैं। व्यक्ति चांदी का डॉलर उठा लेने के लिए काफ़ी दूर का चक्कर लगा लेगा, किन्तु प्राचीनकाल के सबसे बुद्धिमान व्यक्तियों की स्वर्णिमवाणी युक्त उन ग्रन्थों तक नहीं पहुंचेगा जिनके महत्त्व का विश्वास हमें हर युग के विद्वज्जनों ने दिलाया है। हमारी पढ़ाई, हमारी बातचीत, हमारे विचार सब-कुछ निम्न कोटि के हैं, जो केवल बौद्धिक बोनों के ही उपयुक्त हैं।

प्लेटो के विचारों में जो कुछ कालजयी है, वह सब उसकी पुस्तक 'डायलॉग्स' (संवाद) में संचित हैं। वह ग्रन्थ हमारी अलमारी में पड़ा रहता है और हम कभी उसका अवलोकन नहीं करते। हम लोग कुसंस्कृत, अशिक्षित और घटिया स्तर के हैं। हमारी जाति बहुत छोटे-छोटे आदमियों की जाति है, बौद्धिक उड़ान में हम दैनिक समाचारपत्रों के कालमों से भी ऊपर नहीं उठ पाते।

सभी पुस्तकें उतनी नीरस नहीं होती हैं, जितने नीरस उनके पाठक होते हैं। उनके शब्द ऐसे होते हैं, जो सम्भवतः हमीं को सम्बोधित करके कहे गए हैं। उन्हें यदि हम सचमुच सुनें और समझें तो वे हमारे जीवन के लिए प्रातःकाल और मधुऋतु से भी अधिक स्वास्थ्यकर सिद्ध होंगे और हमें सर्वथा नई दृष्टि दे सकेंगे। न जाने कितने लोगों ने किसी एक ग्रन्थ का गहन अध्ययन करके अपने जीवन में नए युग का प्रारम्भ किया है। ग्रन्थ सम्भवतः ऐसा होता है, जो हमारे चमत्कारों को खोलकर रख दे और नए चमत्कार हमारे आगे प्रकट कर दे।

हम लोग इस बात की डींग हांकते हैं कि हम उन्नीसवीं सदी में रहते हैं और सभी जातियों से अधिक लम्बे डग रखते उन्नति-पथ पर अग्रसर हो रहे हैं। लेकिन सोचिए तो कि वह कानकोर्ड गांव अपनी संस्कृति के सम्बन्ध में कितना कम प्रयत्नशील है, हम अपने शारीरिक रोगों पर मानसिक रोगों की तुलना में अधिक ख़र्च करते हैं। समय आ गया है, जब हम 'असामान्य विश्वविद्यालय' खोल दें, हम स्त्री या पुरुष बनते ही पढ़ना-लिखना बन्द न कर दें, प्रत्येक ग्राम एक विश्वविद्यालय बन जाए और वहां के बड़े-बूढ़े इन विश्वविद्यालयों के फेलो हों और यदि फ़ुर्सत सुलभ हो तो अपनी शेष ज़िन्दगी संस्कारी शिक्षा ग्रहण करने में बिताएं। क्या संसार सदा ही एक पेरिस या ऑक्सफ़ोर्ड विश्वविद्यालय तक ही अटका रहेगा? विद्यार्थी यहां रहकर कानकोर्ड के आकाश तले 'संस्कारी शिक्षा' प्राप्त नहीं कर सकते? इस देश के गांव को कुछ अर्थों में यूरोप के अभिजात वर्ग का स्थान ले लेना चाहिए। गांव ललित कलाओं का संरक्षक बन जाए। गांव में धन की उतनी कमी नहीं होती, जितनी उदारता और परिष्कृत रुचि की।

यदि हम उन्नीसवीं सदी में रहते हैं, तो इस सदी के सारे लाभों का उपयोग क्यों नहीं करें। हमारा जीवन किसी प्रकार सीमित क्यों हो? विभिन्न सभ्य समाजों की विवरण पत्रिकाओं से हमें पता चलेगा कि इन समाजों ने ज्ञान का कितना संचय किया है। जिस प्रकार सुरुचिसम्पन्न अभिजात व्यक्ति अपने सांस्कृतिक स्तर के अनुकूल प्रतिभा, विद्वता, ग्रन्थ, चित्र, संगीत, शिल्प आदि का संग्रह कर लेता है, उसी प्रकार हमारे ग्रामों को भी करना चाहिए। वे एक अध्यापक, एक पादरी, एक पुरोहित या छोटा-सा पुस्तकालय लिए ही क्यों बैठे रहें? सामूहिक रूप से काम करना हमारी संस्थाओं की आत्मा के अनुकूल है। 'अभिजात व्यक्ति के बजाय हमें' 'अभिजात ग्रामों' की आवश्यकता है। भले ही नदी पर एक पुल मत बनाइए, थोड़ा चक्कर ही काट लीजिए, लेकिन अन्धकार की जो अलंकृत खाड़ी हमारे चारों ओर फैली है, उसके ऊपर पुल या कम-से-कम एक दर तो बना ही लीजिए।

असंख्य ध्वनियां

यदि हम ग्रन्थों तक ही सीमित रहते हैं (चाहे वे सर्वश्रेष्ठ प्राचीन महाग्रन्थ ही क्यों न हों) और कुछ विशेष लिखित भाषाओं का ही अध्ययन करते हैं, तो उस भाषा के भूल जाने का ख़तरा रहता है, जिसमें सभी बातें और घटनाएं अलंकाररहित रूप में बोलती हैं (जो सर्वाधिक प्रामाणिक होती है)। इस भाषा में प्रकाशित बहुत होता है, लेकिन मुद्रित बहुत कम। सवाल यह है कि आप केवल एक पाठक या एक विद्यार्थी ही बने रहना पसन्द करते हैं या तत्त्वद्रष्टा बनना चाहते हैं? सदैव सतर्क रहने की आवश्यकता का स्थान किसी प्रकार अनुशासन ग्रहण नहीं कर सकता। अपनी नियति का अध्ययन कीजिए, जो कुछ आपके आगे है, उसे पढ़िए और भविष्य में पदार्पण कीजिए।

अपने जीवन के लिए एक चौड़ा हाशिया मुझे प्रिय है। कभी-कभी गर्मियों में अभ्यासानुसार स्नान के बाद मैं खुले दरवाज़े से दिखने वाले नाना प्रकार के वृक्षों के बीच शान्त, एकान्त और नीरवतापूर्वक दोपहर तक दिवास्वप्नों में डूबा रहता था। पक्षी चहचहाते या निःशब्द उड़ते रहते थे। जब सूर्य की किरणें पश्चिमी खिड़की पर पड़तीं या दूर सड़क पर यात्रियों के सामान से भरी गाड़ियों की आवाज़ आती तो मुझे समय बीतने का पता चलता। उन क्षणों में मैं ठीक उसी प्रकार विकसित होता, जिस प्रकार रात को अनाज की बढ़वार होती है। ये क्षण हाथों से किए गए किसी भी काम की अपेक्षा अधिक श्रेष्ठ होते थे। यह काल मेरे जीवन में से घट जाने वाला समय नहीं होता था, यह तो मेरे निर्धारित समय के अतिरिक्त होता था। पूर्वी देशों के लोग जिसे 'चिन्तन' अथवा 'कर्म

रहित' होना कहते हैं, उसी अवस्था को मैं प्राप्त कर लेता था। मुझे इस बात की तनिक चिन्ता न होती थी कि समय बीत रहा है। दिन मानो मेरे किसी कर्म को आलोकित करने के लिए ही आगे बढ़ता था।

जिन लोगों को अपने मनोरंजन के साधन अपने से बाहर, समाज और नाटक आदि में खोजने पड़ते हैं, उनकी तुलना में मुझे अपनी जीवन-प्रणाली में यह भी लाभ तो था ही कि मेरा जीवन स्वयं ही मनोरंजन बन गया था — चिर नवीन मनोरंजन। यह अगणित अंकों वाला नाटक था जो निरन्तर चलता रहता था। वास्तव में यदि हम अपनी प्रतिभा का अनुसरण करें तो वह हर क्षण आपके आगे नई सम्भावनाएं प्रस्तुत करेगी। मेरे लिए तो घर का काम भी मनोरंजन का साधन था। सफ़ाई के दौरान घर का सामान बाहर रख देने पर, उसके ऊपर सूरज को चमकते देखना, उस पर स्वच्छन्द वायु की सरसराहट सुनना बड़ा अच्छा लगता था। सबसे परिचित वस्तुएं घर के बाहर जितनी मनोरम लगती हैं, उतनी घर के भीतर नहीं।

मेरा घर पहाड़ी ढाल पर, बड़े जंगल के छोर पर चीड़ और हिकौरी के एक जंगल के मध्य में था — वॉल्डन सरोवर से साठ-पैंसठ गज दूर। मेरे आंगन में स्ट्राबेरी, ब्लैकबेरी और सदाबहार आदि पौधे उगे थे। दो-दो, तीन-तीन जंगली कबूतर सरसराते हुए निकल जाते या घर के पिछवाड़े के चीड़ के पेड़ पर बैठकर शोर करते। उनकी आवाज़ जैसे वायु की वाणी है। कभी चिड़ियों या रेलगाड़ी की आवाज़ भी सुन पड़ती जो कभी धीमी होती और कभी तेज़।

मेरे रहने के स्थान से लगभग 550 गज की दूरी पर फिचबर्ग रेलवे लाइन सरोवर को छूती है। बहुधा इसी से मैं गांव जाया करता हूं, मानो मैं इसी कड़ी के द्वारा समाज से जुड़ा हुआ हूं। किसी किसान के खेत पर मंडराते बाज की चीख़ की भांति इंजन की सीटी गूंज उठती है, जिससे मुझे ज्ञात होता है कि बहुत-से उतावले शहरी व्यापारी इधर आ गए हैं। अथवा दूसरी ओर अनेक ग्रामीण व्यापारी आ पहुंचे हैं। बीस मील की रफ़्तार से इमारती लकड़ी शहर को जाती है। एक ओर से रुई जाती है, दूसरी ओर से कपड़ा आता है, एक

ओर से किताबें जाती हैं, किन्तु दूसरी दिशा को किताबें लिखने वाली बुद्धि निकल जाती है।

काश, वैसा ही होता, जैसा दिखाई पड़ता है। और मानव ने प्रकृति के तत्त्वों को कल्याणकारी लक्ष्य प्राप्त करने के लिए वश में किया होता! यदि इंजन के ऊपर लहराने वाला बादल महान कार्यों का श्रम-सीकर होता या किसान के खेतों पर तैरते बादल जैसा कल्याणकारी होता, तो सारे भौतिक तत्त्व और स्वयं प्रकृति बड़ी उमंग से आदमी का साथ देती और उसकी रक्षा करती।

सबेरे-सबेरे गुज़रने वाली रेलगाड़ी को मैं उसी भाव से देखता हूं, जिससे सूर्योदय को देखता हूं। दिन-भर यह अग्नि-अश्व देश में उड़ता-फिरता है, कहीं रुकता है तो अपने स्वामी को आराम देने की ख़ातिर। आधी रात को जंगल में जब सुदूर संकरी घाटी में बर्फ और कोहरे के बीच पहुंचता है तो उसकी चाल तथा हिनहिनाहट से मैं जाग जाता हूं। शुक्र तारे के उदय से पूर्व ही वह अपने अस्तबल में पहुंच जाएगा और फिर बिना सोये, बिना आराम किए, अपनी अगली यात्रा पर चल पड़ेगा।

नगर के चारों ओर के सघन वनों से होकर रात के प्रगाढ़ अन्धकार में ये डिब्बे उड़े चले जाते हैं जिसका पता, डिब्बों में बैठने वालों को चलता तक नहीं। रेलगाड़ियों के आने-जाने का समय गांव के दिन का महत्त्वपूर्ण समय होता है। वे नियम से इतने ठीक समय पर आती-जाती हैं कि उनकी सीटी सुनकर किसान अपनी घड़ियां मिला लेते हैं। जब से रेल चली है, तब से क्या लोग वक़्त के अधिक पाबन्द नहीं हो गए? गाड़ी की सरसराहट सुनकर मैं किताब से नज़र उठाता हूं, तो मुझे लगता है जैसे उत्तरी पहाड़ियों से काटा हआ लम्बा पेड़ ऊपर से उड़कर आया और तीर की तरह उस नगर को दस मिनट में पार कर गया होगा।

देखो, ये पशुओं के डिब्बे आ रहे हैं। हज़ारों पहाड़ी चौपाये बाड़े में बन्द चले जा रहे हैं। साथ में लाठी लिए चरवाहे हैं, भेड़ों के चरवाहे हैं। पहाड़ी चरागाहों के सिवाय सब-कुछ है। बछड़ों और भेड़ों के रम्भाने की आवाज़

और बैलों का धक्कम-धक्का वायुमंडल में भर गया है, मानो कोई चरागाहों की घाटी चली जा रही हो।

अब गाड़ी के डिब्बे गुज़र गए हैं। साथ ही वह बेचैन दुनिया भी चली गई है। सरोवर की मछलियां अब उसकी गड़गड़ाहट से चौंकती नहीं हैं। मैं फिर सर्वथा अकेला रह गया हूं और बची हुई लम्बी सन्ध्या। अब मेरे चिन्तन में केवल दूर सड़क पर गुज़रने वाली गाड़ियों की धीमी आवाज़ भले ही बाधा डाले।

कभी-कभी रविवार को, इधर की हवा चलने पर मुझे लिंकन, ऐक्टन, बेडफ़ोर्ड या कानकोर्ड के घंटों की आवाज़ भी सुन पड़ती है। यह धीमी मधुर ध्वनि मानो प्राकृतिक संगीत हो जिसे इस वन में आयात कर लेना चाहिए। काफ़ी दूरी से वन के ऊपर तक आते-आते इसमें एक विशेष झंकार पैदा हो जाती है। अधिकतम दूरी से सुनने पर सभी ध्वनियों का एक-सा ही प्रभाव पड़ता है, किसी विश्वव्यापी वीणा की झंकार उसमें समा जाती है, ठीक वैसे ही जैसे दूरस्थ दृश्य को मध्यवर्ती वायुमंडल नीलिमा प्रदान करके मनोरम बना देता है। यह मधुर लय वायु में छनने, वन की प्रत्येक पत्ती से बात कर लेने के बाद मुझ तक पहुंचती थी। उसका वही अंश मुझ तक पहुंचता था, जिसे मूल तत्त्वों ने आत्मसात, स्वर भेद के साथ घटी-घाटी में गुंजा दिया होता है। एक सीमा तक यह मौलिक ध्वनि ही होती है, इसी में इसका जादू है, आकर्षण है। घंटे की ध्वनि में केवल उसकी आकृति-मात्र नहीं होती, अंशतः वन की ध्वनि भी मिली होती है, वे शब्द जिन्हें वन-देवी गाती है।

ग्रीष्म के एक भाग में, शाम की गाड़ी निकल जाने के बाद ठीक साढ़े सात बजे दरवाज़े के एक ठूंठ पर या छप्पर की बल्ली पर बैठकर 'हिप पूअर विल' (अमेरिकी पक्षी) आधे घंटे तक सन्ध्या-वन्दना करते थे। सूरज डूबते ही पांच मिनट के अन्दर वे रोज़ ही गाना शुरू कर देते थे। इस प्रकार मुझे उनके स्वभाव से परिचित होने का दुर्लभ अवसर मिला था। कभी-कभी मुझे वन में एक-दूसरे के पीछे बैठे चार-पांच पक्षियों का गाना एक-साथ सुन पड़ता था। अगर मैं अंडों के पास जा पहुंचता, तो कोई पक्षी मेरे चारों ओर कुछ फुट

की ऊंचाई पर चक्कर काटता रहता। कुछ पक्षी थोड़ी-थोड़ी देर रात-भर गाते रहते थे।

जिस समय सब पक्षी शान्त हो जाते, तब घुग्घू तान छोड़ते, मानो शोकाकुल स्त्रियां क्रन्दन कर रही हों। उनकी निराशा-भरी पुकार को तो क़ब्रिस्तान का मर्सिया ही समझिए। सारे वन में फैला उनका क्रन्दन, उनका शोकग्रस्त उत्तर-प्रत्युत्तर मुझे सुनने में अच्छा लगता, मानो यह संगीत का अन्धकारपूर्ण, अश्रुपूर्ण पहलू हो, निःश्वास हो, शोक हो जो गीत में उमड़ना चाहता हो।

मुझे प्रसन्नता है कि उल्लुओं का भी अपना अस्तित्व है। उनकी ध्वनि ऐसी है, जो दलदलों और गहन वनों के लिए ही ठीक है, जहां दिन का आलोक नहीं पहुंच पाता, जो उस विस्तीर्ण एवं अविकसित प्रकृति की ओर संकेत करते हैं जिससे मानव का अभी परिचय नहीं हो पाया है। वे मानो धुंधले और अतृप्त विचारों के प्रतीक हैं, जो हम सभी में होते हैं।

कुत्तों का भौंकना सुन पड़ता था और कभी किसी दूर खलिहान से किसी अकेली दुखी गाय का रम्भाना सुनाई पड़ता। बीच-बीच में सारे तट पर मेंढकों की टर्र-टर्र की आवाजें गूंज उठतीं, मानो प्राचीन शराबियों की पश्चात्तापहीन हठीली आत्माएं वैतरणी में गाने की चेष्टा कर रही हों। मेरे घर की छत और फ़र्श पर गिलहरियां थीं, खिड़की के नीचे नीलकंठ आता, घर के नीचे खरगोश या बुडचक, घर के पीछे घुग्घू और उल्लू सरोवर में हंसों का झुंड और रात को बोलने वाली लोमड़ी ही आती।

मेरे अहाते में न मुर्गा बांग देता था, न मुर्ग़िया कुड़कुड़ाती थीं — अहाता ही न था। यहां तो प्रकृति चौखट तक बिना किसी बाधा के पहुंचती थी। खिड़की के नीचे उगता हआ नया जंगल था और तहख़ाने तक पहंचती हुई बेलें। चीड़ के बड़े-बड़े वृक्ष घर के पटाव से रगड़ खाते और उनकी जड़ें घर के नीचे तक पहुंची हुई थीं। तूफ़ान में खिड़की का शीशा टूटने का सवाल ही नहीं था। बर्फ गिरने पर फाटक का रास्ता गुम होने की गुंजाइश नहीं थी और न सभ्य संसार की ओर ले जाने वाला कोई रास्ता था।

एकान्त

बहुत ही मनोरम सन्ध्या है, सारा शरीर एक इन्द्रिय बन गया है और रोम-रोम से मैं आनन्द पान कर रहा हूं। प्रकृति का एक अंग बना अद्भुत स्वतन्त्रता से मैं उसकी गोद में आ-जा रहा हूं। थोड़ी ठंड है, बदलौठी है और तेज़ हवा चल रही है, फिर भी मैं बांहों वाली कमीज़ पहने सरोवर के पथरीले किनारे पर टहल रहा हूं। इस समय मुझे सारे-के-सारे भौतिक तत्त्व असाधारण रूप से सुहावने लग रहे हैं। फिर भी सरोवर की ही भांति मेरी शान्ति में लहरियां तो उठ रही हैं, किन्तु उसे गड़बड़ा नहीं रही हैं। अंधेरा हो गया है, फिर भी हवा चल रही है। लहरें अब भी किनारों से टकरा रही हैं और कछ प्राणी अपने संगीत से दसरों को थपकियां दे रहे हैं। यहां पूर्ण विराम कहीं नहीं होता।

आमतौर पर हमारे चारों ओर पर्याप्त रिक्त स्थान होता है। हमारा क्षितिज हमारी कोहनियों तक ही फैला नहीं है। घना जंगल या सरोवर भी ठीक हमारे द्वार पर कभी नहीं होता – बीच में थोड़ी-बहुत ख़ाली जगह तो रहती है। प्रकृति से लेकर कुछ जगह साफ़ कर ली जाती है और किसी-न-किसी प्रकार की बाड़ उसमें लगा दी जाती है। कई वर्ग मील लम्बा-चौड़ा सर्वथा एकाकी स्थान, मानव द्वारा परित्यक्त स्थल अपने एकान्त वास के लिए मैंने चुना है। मेरा सबसे पास का निवासी भी एक मील की दूरी पर रहता है और मेरे घर से आधा मील दूर पहाड़ के अलावा कोई भी घर कहीं नजर नहीं आता। जंगल से घिरा मेरा क्षितिज मुझी तक सीमित है। लगता है जैसे मेरा अपना सूर्य हो, चांद-सितारे हों और मेरा अपना छोटा-सा विश्व हो। रात को कोई यात्री कभी मेरे घर के पास से नहीं गुज़रता, कोई दरवाज़ा

नहीं खटखटाता मानो, मैं ही प्रथम या अन्तिम व्यक्ति होऊं।

मैं अनुभव करता कि मानव-मात्र से घृणा करने वाले सबसे मनहूस आदमी को भी प्राकृतिक उपादानों में मधुर, कोमल, सबसे निर्दोष और उत्साहवर्द्धक संग-साथ मिल सकता है। सही होश-हवास वाले व्यक्ति पर प्रकृति की गोद में आने पर मनहूसियत की बहुत काली छाया कभी नहीं रह सकती। साहसी और सरल इंसान को कोई भी चीज़ बलपूर्वक मनहूस नहीं बना सकती। मुझे विश्वास है कि जब तक मैं ऋतुओं की मैत्री का आनन्द ले पाता हूं, तब तक कोई चीज़ मेरे जीवन के लिए बोझ नहीं बन सकती। दूसरों से तुलना करने पर मैं पाता हूं कि जैसे देवगण उनकी अपेक्षा मेरे कहीं अधिक अनुकूल हैं। मानो मुझे उनका संरक्षण और पथ-प्रदर्शन ख़ासतौर पर प्राप्त हो।

जिन दृश्यों को हम जंगली और नीरस मानने के आदी हैं, उनमें भी मुझे अपने प्रति आत्मीय तत्त्व का स्पष्ट आभास हुआ है। मुझे यह भी लगा है कि मेरे या सर्वाधिक मानवीय व्यक्ति के रक्त का निकटतम सम्बन्ध किसी व्यक्ति से या किसी ग्रामीण से ही नहीं है। इस आभास के बाद मैंने सोचा कि अब कोई स्थान मेरे लिए अपरिचित नहीं रह जाएगा।

जब वसन्त ऋतु या पतझड़ में मेंह के लम्बे दौर के कारण मुझे दोपहर से शाम तक घर में कैद रहना पड़ता था. तो वे मेरे सबसे आनन्दप्रद क्षण होते थे। अविराम बौछार और गर्जन से चित्त प्रसन्न हो जाता। दिन जल्दी छिप जाता था, जिससे लम्बे सन्ध्याकाल में अनेक विचारों को जनमने का अवसर मिल जाता था।

यह पृथ्वी जिस पर हम रहते हैं, समस्त ब्रह्मांड का बिन्दु-भार है। वह जो दूर दिखने वाला तारा है, जिसके वृत्त की चौड़ाई यन्त्र भी नहीं नाप पाते, उसमें सबसे अधिक दूर रहने वाले व्यक्तियों के बीच की दूरी कितनी होगी? तब मैं अकेलेपन का अनुभव क्यों करूंगा? क्या हमारा ग्रह आकाशगंगा में नहीं है? वह कौन-सा आकाश है, जो एक व्यक्ति को अपने साथियों से अलग करके उसे एकाकी बनाता है?

मरे हुए व्यक्ति के पुनर्जीवित होने की सम्भावना सभी काल तथा स्थान में एक जैसी है। जहां यह होता है, हमारी इन्द्रियों के लिए अवर्णनीय रूप से सुखकर होता है। प्रायः हम ऊपरी और क्षणिक परिस्थितियों को अवसर बना देते हैं। जबकि वे हमारा ध्यान बांटने-भर का कारण होती हैं। सभी वस्तुओं के सबसे निकट वह शक्ति होती है, जो उसके अस्तित्व का निर्माण करती है। चारों ओर महानतम नियमों का अधिकतम गति से पालन होता है। हमारे समीप तो वह कारीगर होता है, जिसकी कृति हम स्वयं हैं।

आकाश और पृथ्वी की गूढ शक्तियों का बहुत व्यापक और गहरा प्रभाव होता है। हम इन शक्तियों को देखने का प्रयत्न करते हैं और देख नहीं पाते। हम उनको सुनने का प्रयत्न करते हैं, और सुन नहीं पाते। ये शक्तियां प्रकृत तत्त्वों में अभिन्न रूप से व्याप्त है, जिन्हें अलग नहीं किया जा सकता। इन्हीं शक्तियों के कारण सृष्टि-भर के लोग अपने हृदय को शुद्ध और पवित्र करते हैं। यह परिव्याप्ति बुद्धि का सागर है। ये शक्तियां सर्वव्यापी हैं और हमारे चारों ओर व्याप्त हैं।

चिन्तन के द्वारा हम समुचित अर्थों में अपने-आप से पृथक हो सकते हैं। मन की सविवेक चेष्टा द्वारा हम कर्मों और उनके फल से दर रह सकते हैं और भली-बुरी सभी चीजें हमारे पास से एक धारा की भांति गुज़र जाती हैं। हम पूर्ण रूप से प्रकृति में अन्तर्भूत नहीं होते। हम या तो बहती धारा की लकड़ी हो जाते हैं या ऊपर से देखने वाला आकाश स्थित 'इन्दु'। मैं स्वयं को एक मानवीय अस्तित्व के रूप में जानता हूं और मैं अपने 'द्वित्व' से भी परिचित हूं, जिससे मैं स्वयं से किसी अजनबी व्यक्ति की भांति दूर खड़ा हो सकता हूं। यह अनुभूति चाहे जितनी गहरी हो, मुझे अपने एक अंश की उपस्थिति और उस अंश के द्वारा की गई आलोचना का ज्ञान रहता है, जो दर्शक-मात्र होता है, जो अनुभूतियों का उपभोक्ता न होकर उन पर नज़र रखता है। जब जीवन का नाटक समाप्त हो जाता है, तो दर्शक अपने रास्ते चल देता है। उस अवस्था में यह द्वैत बड़ी आसानी से हमें कभी बुरा पड़ोसी लग सकता है और कभी अच्छा मित्र।

अधिकांश समय मुझे एकाकी रहना स्वास्थ्यकर प्रतीत होता है। सर्वोत्तम संग-साथ भी जल्दी ही नीरस और ह्रासकारी लगने लगता है। मुझे एकान्त प्रिय है। मुझे कभी कोई साथी उतना 'साथ रहने योग्य' नहीं मिला, जितना कि एकान्त। प्रायः तो हम घर पर रहने की अपेक्षा जनसमूह में अधिक एकाकी होते हैं। चिन्तनरत या कार्यरत व्यक्ति कहीं भी रहे, सदा एकाकी ही रहता है।

साधारणतः 'संग-साथ' बहुत सस्ती क़िस्म का होता है। हम एक-दूसरे से जल्दी-जल्दी मिलते रहते हैं, इसलिए एक-दूसरे के लिए कोई नई चीज़ सुलभ करने का मौक़ा ही नहीं मिलता। दिन में तीन बार भोजन पर मिलते हैं और एक-दूसरे से पुरानी बातें करते हैं। हम झुंझलाकर लड़ न बैठें, इसलिए हम कुछ निर्धारित नियमों का पालन करते हैं, जिन्हें हम शिष्टाचार और विनम्रता की संज्ञा देते हैं। कम बार मिलने पर ही हमारी सबसे महत्त्वपूर्ण और हार्दिक बातचीत हो सकती है।

अपने घर में ही मुझे बहुत-सा संग-साथ मिल जाता है। मैं पूछता हूं कि इस एकाकी सरोवर का साथी कौन है? फिर भी इसे भूत नहीं घेरता, उल्टे इसके आसमानी जल में परियां वास करती हैं। सूर्य भी अकेला रहता है, ईश्वर भी अकेला ही है, किन्तु शैतान अकेला नहीं है, उसके बहुत-से साथी हैं — एक विशाल सेना है।

प्रकृति की — सूर्य, वायु और वर्षा की, जाड़े और गर्मी की — अवर्णनीय सरलता और उदारता से सदा ही कितना स्वास्थ्य और कितना उल्लास प्राप्त होता है! हमारी मानव-जाति से उन सबको इतनी सहानुभूति है कि यदि सही कारण से किसी व्यक्ति को शोक होता है, तो सारी प्रकृति प्रभावित हो उठती है। सूर्य की चमक धुंधली हो जाती है, वायु करुणा से दीर्घ निःश्वास लेने लगती है, मेघ अश्रु वर्षा करते हैं और वृक्ष शोक में अपनी पत्तियों का परित्याग कर देते हैं। तब क्या मैं अपनी पृथ्वी से बातचीत न करूं?

कौन-सी वह गोली है जो हमें स्वस्थ, शान्त और सन्तुष्ट बनाए रखेगी? प्रकृति से ही वह औषधि मिलेगी। मेरे लिए तो सब रोगी की एक ही महौषधि है — प्रातःकालीन वायु! मुझे तो विशुद्ध प्रातःकालीन वायु की खुराक ही चाहिए।

मेरे अतिथिगण

राष्ट्रों की भांति व्यक्तियों की भी विस्तृत और प्राकृतिक सीमारेखा होनी चाहिए, उनके बीच में पर्याप्त तटस्थ भूमि होनी चाहिए। सरोवर के इस किनारे खड़े होकर दूसरे किनारे पर खड़े साथी से बात करने में मुझे अनुपम आनन्द आता है। हममें से प्रत्येक के भीतर वार्तालाप से परे जो है, उससे यदि हम अधिकतम आनन्द प्राप्त करना चाहते हैं तो हमारे लिए न केवल मौन रहना आवश्यक है, बल्कि शारीरिक रूप से भी इतनी दूर रहना आवश्यक है कि हम किसी प्रकार एक-दूसरे की आवाज़ न सुन सकें। वाणी तो आत्म-बहरों की सुविधा के लिए है। बहुत-सी सूक्ष्म बातें ऐसी होती हैं, जिन्हें चिल्लाकर, बोलकर व्यक्त नहीं किया जा सकता।

जब कोई अतिथि मेरे पास आता था, तो वह मेरे सादा भोजन में हिस्सा बांट लेता था। इस बीच लपसी बनाते या अंगारों पर रोटी सेंकते हुए बातचीत में कोई बाधा नहीं पडती थी। यदि बीस व्यक्ति मेरे घर आ जाते तो भोजन का ज़िक्र ही नहीं होता था, मानो हम लोगों ने भोजन करने की आदत छोड़ दी हो। वस्तुतः हम लोग स्वाभाविक संयम करते थे। मुझसे भेंट के बाद यदि कोई सज्जन निराश या भूखे भी लौटे हों, तो भी उनकी सहानुभूति मेरे साथ रही है।

कोई भी, कहीं भी हो, आदमियों की कमी नहीं होती। वन प्रवास के दिनों में जितने अतिथि मेरे पास आए थे, उतने जीवन में कभी नहीं आते। यहां जैसी अनुकूल अवस्था में अतिथियों से मेरी भेंट हुई, वैसी कहीं और नहीं हो सकती थी। मामूली बातों के लिए कम लोग ही मेरे पास आते। मेरा

निवास नगर से दूर होने के कारण मेरा 'संग-साथ' मेरे पास तक छनकर आता था।

आज ही, मेरे यहां एक कैनेडावासी लकड़हारा लट्ठे बनाने आया। वह बड़ा होशियार लकड़ी काटने वाला था। वह अपने काम में दक्षता और दस्तकारी भी दिखाता जाता था। पेड़ों को वह ज़मीन के समतल काटता था, जिससे आगे फूटने वाले कल्ले मज़बूत हों। उसने भी होमर का नाम सुन रखा है। वह कहता है कि 'अगर किताबें नहीं होतीं, तो पता नहीं बरसात के दिनों में क्या करता।' हालांकि कितनी ही बरसातें बीत गईं, वह एक भी किताब पूरी नहीं पढ़ सका।

मै उसकी ओर आकर्षित हुआ, क्योंकि वह इतना एकाकी था, फिर भी बहुत सुखी था, सदभाव और सन्तोष का स्रोत उसकी आंखों में उमड़ता दिखाई देता था। उसका आनन्द विशुद्ध था। उसको काम पर पहुंचने की चिन्ता या हड़बड़ी नहीं होती थी। यदि केवल अपने रहने-भर की भी कमाई कर ली, तो फिर उसे कोई फ़िक्र नहीं। मैं कभी-कभी जंगल में उसे काम करते, पेड़ काटते देखने जाता था; वह हमेशा परम सन्तोषपूर्ण हंसी से मेरा स्वागत करता और 'कैनेडियन फ्रैंच' में ही मेरा अभिवादन करता था. हालांकि वह अंग्रेज़ी भाषा बोल लेता था। मेरे पहुंचने पर वह अपना काम बन्द कर देता और अर्द्ध-दमित उल्लास से अपनी काटी चीड़ की डाल के सहारे लेट जाता था। उसमें आदिम प्रवृत्ति इतनी अधिक थी कि वह गुदगुदाने वाली बात पर हंसते-हंसते लोट-पोट हो जाता था।

उसमें 'पशु-मानव' विशेष विकसित था। शारीरिक सहन-शक्ति और सन्तोष में वह चीड़ और चट्टान का भाई ही था। मेरे पूछने पर एक बार उसने निष्कपट भाव से गम्भीरतापूर्वक उत्तर दिया, 'मैं उम्र-भर कभी नहीं थका।' बौद्धिक और आध्यात्मिक मानव उसमें उसी भांति सुप्तावस्था में था, जैसे एक शिशु में। उसे उसी निर्दोष और प्रभावहीन ढंग से शिक्षा मिली थी, जैसे कैथोलिक पादरी आदिवासियों को शिक्षा देते हैं, जिससे शिष्य को जागृति की नहीं, केवल निष्ठा और आदर की अवस्था तक ही शिक्षा मिलती है। वह

इतना प्रकृत, इतना अकृत्रिम था कि किसी भी तरह से उसका पूरा परिचय नहीं दिया जा सकता। जिस व्यक्ति के मन में कोई आकांक्षा न हो, उसे यदि 'शालीन' कहा जाए बस, ऐसी ही बात थी। वह इतने सरल एवं प्रकृत रूप से शालीन था कि शालीनता उसका कोई विशेष गुण नहीं था और उसे स्वयं ही उसका पता न था।

एक बार एक प्रमुख समाज-सुधारक ने उससे प्रश्न किया कि क्या वह संसार में कोई परिवर्तन चाहता है। उसने आश्चर्य से खिलखिलाते हुए कहा था कि 'नहीं, मुझे तो संसार बहुत पसन्द है।' उससे बातचीत करने पर उसके सम्पर्क में आने पर दार्शनिक के मन में बहुत-सी बातें आ जातीं। किसी अपरिचित व्यक्ति के मन में यह भाव उठता कि उसे सामान्यतः किसी भी चीज़ का ज्ञान नहीं, लेकिन मुझे तो उसमें कभी-कभी ऐसा व्यक्ति बैठा दिखाई देता था, जिसे मैंने पहले कभी नहीं देखा था।

उसमें एक निश्चित मौलिकता दिखती थी; चाहे वह कितनी ही थोड़ी मात्रा में क्यों न हो। कभी-कभी मुझे लगता है कि वह स्वयं भी विचार करता था और अपना निजी मत ही व्यक्त करता था। यह सब ऐसी दुर्लभ घटना है जिसे देखने के लिए मैं दस-बीस मील चला जाऊं। इसे तो समाज की कितनी ही संस्थाओं की पुनः उत्पत्ति ही समझिए। उसे देखकर लगता था कि जीवन के निम्नतम स्तर पर भी प्रतिभावान व्यक्ति हो सकते हैं। भले ही वे दीन-हीन या अशिक्षित ही क्यों न हो। जिनका हमेशा अपना दृष्टिकोण होता है, जो लोग कुछ भी देखने का बहाना नहीं करते, वे अत्यन्त गहराई वाले होते हैं।

पानी पीने के बहाने या मेरा घर देखने के लिए बहुत-से यात्री रास्ता छोड़कर मेरे पास आते थे। उन्हें सरोवर का रास्ता दिखाकर उन्हें लोटा थमा देता था, क्योंकि मैं स्वयं सरोवर का ही जल पीता था। पहली अप्रैल को वार्षिक भेंट के लिए भी लोग आते थे, जिनमें अजीब-अजीब क़िस्म के लोग भी होते। कुछ अधपगले भी मुझसे मिलने आते। बातचीत में मेरी चेष्टा रहती थी कि उनमें जो कुछ भी बुद्धि है, उसका प्रयोग करके वे अपने मन की बात

ही मुझसे कहें। जहां तक बुद्धि की बात है, 'अल्प' और 'पूर्ण' बुद्धि में कोई अन्तर नहीं होता।

एक दिन मेरे यहां एक सरल हृदय, निरीह दरिद्र आया। उसने मेरे ढंग से रहने की इच्छा प्रकट की। उसने मुझे बताया कि उसमें बुद्धि की कमी है। फिर भी, वह सोचता था कि भगवान को उसकी उतनी ही फ़िक्र है जितनी किसी और आदमी की। वह मेरे लिए एक आध्यात्मिक पहेली था। ऐसी आशाजनक मनोभूमि वाले बहुत से लोग मुझे मिले हैं। वह जो कुछ कहता, एकदम सरल सत्य और साफ़ होता और जितना ही अधिक दीन-हीन वह अपने को दिखाता, मेरी दृष्टि में उतना ही ऊंचा उठता जाता था।

मेरे कुछ अतिथि ऐसे होते थे, जिनकी गणना साधारणतः नगर के दरिद्रों में नहीं होती, किन्तु होनी चाहिए। वे तो संसार के दरिद्रों में होते हैं। वे लोग आपसे 'अतिथि सत्कार' नहीं चाहते, उदारता चाहते हैं। और वे सचमुच सहायता की याचना करते हैं। ऐसे लोग भी मेरे पास आते थे, जिन्हें यह पता नहीं रहता कि उनका आतिथ्यकाल कब का समाप्त हो गया। इस प्रवासकाल में सभी बौद्धिक स्तर के व्यक्ति मिलने आते थे। कुछ में तो आवश्यकता से अधिक बुद्धि होती, इतनी अधिक कि वे यह नहीं जानते कि उस अतिरिक्त बुद्धि का कैसे प्रयोग करें।

एक बार वास्तव में एक भगोड़ा ग़ुलाम भी आया था, जिसे मैंने ध्रुव तारे की दिशा में भाग जाने में मदद की थी। इस प्रकार तरह-तरह के लोग आते थे — कछ के पास अपना एक ही विचार होता और कछ हज़ारों विचार और अस्त-व्यस्त सिर वाले आते थे, जो पैरों की बजाय विचारों के बल चलते। बौद्धिक कानखजूरों की तरह जिनका रेंगना समूचे शरीर पर अनुभव हो।

मैं अपने अतिथियों की विशेषताओं की ओर ध्यान दिए बिना नहीं रहता था। सामान्यतः लडकियां, लड़के और युवा लोग तो वन में आने पर प्रसन्न लगते थे। वे सरोवर को ताकते, फूलों को देखते और समय का सदुपयोग करते। व्यापारी और किसान तक केवल एकान्त की और धन्धे की बात सोचते

और हिसाब लगाते थे कि मैं इस या उस वस्तु से कितनी दूरी पर पड़ा हूं। कुछ ऐसे व्याकुल-व्यस्त लोग होते, जिनका सारा समय जीविका कमाने या धन संग्रह में खप जाता है। कुछ पादरी तो परमात्मा के विषय में एकाधिकारपूर्वक बातें करते और दूसरों का मत सह नहीं सकते। डॉक्टर, वकील और बेचैन गृहस्थ मेरी गैर-मौजूदगी में मेरी अलमारी और बिस्तर देखकर सफ़ाई की बातें करते। रोज़गार के घिसे-पिटे रास्ते पर चलना ही सबसे सुरक्षित समझने वाले अकाल-वृद्ध नवयुवक भी होते। ये सब आमतौर पर यही कहते कि मेरी स्थिति में रहकर इतना नेक कार्य कर पाना सम्भव नहीं।

आदमी जब तक जीवित रहेगा, उसके 'मरने' का ख़तरा बना ही रहेगा, लेकिन आदमी जितना मरा-सा होगा, अनुपाततः ख़तरा भी उतना ही कम होगा। मरने का खतरा घर बैठे भी उतना ही होता है, जितना बाहर। अपने को सुधारक कहने वाले लोग सबसे अधिक उबाने वाले होते हैं और इनसे मेरी तबीयत सबसे अधिक ऊबती भी।

इन लोगों से भी अधिक आनन्ददायक अतिथि मेरे यहां आते रहते थे। बच्चे बेर तोड़ने के लिए आते थे। रविवार को रेल लाइन के मज़दूर साफ़ कपड़े पहनकर आते थे। कुछ मछुए, शिकारी, कविगण और दार्शनिक भी आते। संक्षेप में ये सच्चे यात्री होते जो स्वतन्त्रता का उपयोग करने के लिए वन में आते थे। ये लोग वास्तव में गांव को पीछे छोड़कर आते थे, उसे अपने साथ नहीं लाते थे। मैं इन सबका स्वागत करता था।

सेम का खेत

इस बीच मेरी सेमें, जिनके पांतों की समग्र लम्बाई सात मील होगी, गोड़ाई के लिए अधीर हो रही थीं, क्योंकि बाद में बोई गई सेमों से पहले बोई गई सेमें काफ़ी बढ़ चुकी थीं। अब इस कार्य को और स्थगित नहीं किया जा सकता था। अपनी सेमों से मुझे प्रेम हो गया था, हालांकि वे मेरी आवश्कयता से अधिक ही थीं। गर्मियों-भर में इसी मनोरंजक श्रम में लगा रहा। पहले जहां जंगली फल-फूल उगते थे, वहां मैंने पहली बार अनाज उगाया था।

मैंने लगभग ढाई एकड़ ज़मीन में खेती की थी। पन्द्रह वर्ष पहले यह जंगल साफ़ किया गया था, किन्तु गर्मियों में गोड़ाई करते समय मिले कुछ चिन्हों से लगता था कि प्राचीनकाल में कोई जाति यहां रह चुकी हो। लोगों द्वारा ज़मीन साफ़ किए जाने से पूर्व यहां मक्का और सेम की खेती होती थी। जंगली पौधों को निकालकर सेम के तनों पर नई मिट्टी डलवा और अपने बोये जंगली पौधों को प्रोत्साहित करना, ज्वार आदि के स्थान पर सेम के फूल-पत्तियों को प्रकट करवाना, पृथ्वी की चिह्वा से घास के बजाय सेम कहलवाना, मेरा नित्य-प्रति का कार्य था। इस प्रकार अपनी सेमों से मेरी असाधारण घनिष्ठता हो गई थी। मैंने जो सेमें उगाई थीं, वे बड़े आनन्द से अपनी वन्य और मूल अवस्था की ओर लौट रही थीं। मेरी कुदाली से वही संगीत निकलता था, जो एक युग में गायों और भेड़ों को बुलाने के लिए प्रयोग होता था।

गोड़ाई करके सेम की पांतों पर और नई मिट्टी डालते समय मैं उन जातियों की भस्म खोद रहा था, जिनका इतिहास में उल्लेख नहीं है और जो आदिम

युग में इसी आकाश के नीचे रहती थीं। उनके शिकार और युद्ध के हथियार को मैं आधुनिक युग के आलोक में ला रहा था, जो दूसरे प्रकृत पत्थरों के बीच मिले-जुले पड़े थे, साथ ही उन बर्तनों के अवशेष भी निकले, जिन्हें आसन्न भूत के किसान इधर लाए होंगे।

सेम को बोने-गोड़ने, काटने-पीटने और बेचने एवं (साथ-ही-साथ) खाने में मैंने जो लम्बा परिचय उससे प्राप्त किया, वह अद्वितीय अनुभव था। जब वे उग रही थीं, तब से मैं सुबह पांच बजे से दोपहर तक उनकी गोड़ाई करता और दिन का शेष भाग दूसरे काम में गुज़ारता। एक जाति के जंगली पौधों की पूरी पांत को खोद-निकालकर दूसरी जाति के पौधों को सायास लगाने में आदमी उनसे कितना घनिष्ठ, कितना अनोखा परिचय पा जाता है!

सेम की खेती का मेरा अनुभव यह है कि छोटी झाड़ी वाली सफ़ेद सेम तीन फुट की पांत में हाथ-भर की दूरी पर बोइए और सावधान रहिए कि ताज़ा, गौला, बिना मिलावट का ही बीज लें। यदि आप उसे तुषार से बचाना चाहते हैं, तो जितनी जल्दी सम्भव हो, फ़सल काट लीजिए। यह तरीक़ा अपनाने पर आप हानि से बच सकते हैं।

इसके अतिरिक्त मुझे यह अनुभव भी हुआ कि अगली गर्मियों में इतनी मेहनत से सेम और मक्का नहीं बोऊंगा। उसके स्थान पर ईमानदारी, सत्य, सरलता, विश्वास, भोलापन सरीखे गुणों का बीजारोपण करूंगा और देखूंगा कि इससे भी कम श्रम और खाद से ये गुण उगकर मुझे पोषित करते हैं या नहीं। निश्चय ही इस भूमि की उर्वरता इन फ़सलों के लिए समाप्त नहीं हुई है।

जब हमें कोई ऐसा व्यक्ति दिखे, जिसके बारे में निश्चय हो कि उपर्युक्त गुणों में से कुछ के बीज उसके मन में पनप रहे हैं, जिन्हें हम अन्य उत्पादनों से अधिक मूल्यवान मानते हैं, किन्तु जो प्रायः वातावरण में बिखरे ही रहते हैं, तो हमें वास्तव में तृप्त और आनन्दित होना चाहिए। ईमानदारी के विषय में हम औपचारिकता के फेर में न पड़ें। बन्धुत्व और श्रेष्ठता हमारे पास हों, तो

हम नीचता दिखाकर औरों को ठगें नहीं, अपमानिक न करें और न एक-दूसरे की उपेक्षा करें।

मानव और प्रकृति की उदारता को पहचानने से, किसी विशुद्ध और वीरोचित आनन्द में भागीदार होने से सदा ही मंगल होता है। हममें लोच और उल्लास पैदा हो जाता है।

प्राचीन काव्य और पौराणिक कथाओं से इतना तो स्पष्ट है कि एक ज़माना था जब कृषि को एक पवित्र कला माना जाता था। आज हम बड़ी अश्रद्धा एवं जल्दबाजी और लापरवाही से खेती करते हैं। हमारा कार्य केवल बड़ी फ़सल लेना और बड़े-बड़े फ़ार्म बनाना रह गया है। न कोई उत्सव, न त्यौहार, न मेले। और 'धन्यवाद उत्सव' तक में ऐसा कुछ नहीं होता जिससे कृषि धन्धे की पवित्रता या एक पवित्र आरम्भ का स्मरण किया जाता हो। दावत के प्रलोभन से बंधा व्यक्ति पृथ्वी माता या पार्थिव देवराज की पूजा नहीं करता; वरन कुबेर की पूजा करने लगता है। लोभ और स्वार्थ के कारण सारा भू-दृश्य ही बेरूप हो गया है। किसान सबसे ख़राब जीवन जी रहा है और वह प्रकृति का लुटेरा-भर रह गया है।

यह भूल जाने का हमारा स्वभाव बन गया है कि सूर्य हमारी खेती की भूमि, मैदानों और जंगलों को बिना किसी भेदभाव के समान रूप से आलोकित करता है। वे सब भी उसकी किरणों को प्रतिबिम्बित करते हैं, उनका समान रूप से पान करते हैं। अपनी दैनिक यात्रा में सूर्य देव जिस विराट चित्र का अवलोकन करते हैं, कृषि-भूमि उसका केवल लघु अंश-मात्र है। उसकी दृष्टि में तो समूची पृथ्वी एक उद्यान की भांति समान रूप से जोती-बोई गई है। इसलिए हमें उसके आलोक और ताप का लाभ विश्वास तथा उदारता से उठाना चाहिए। सच्चा किसान तो प्रत्येक दिन के साथ, अपने खेत के उत्पादन के स्वत्व का परित्याग करके अपने मन में अपने प्रथम और अन्तिम सभी फलों का अर्पण कर, अपना दैनिक श्रम समाप्त करेगा।

ग्राम यात्रा

गुड़ाई करने के बाद या कभी लिखने-पढ़ने के पश्चात मैं बहुधा दोपहर से पहले एक बार सरोवर में स्नान करता था। कभी-कभी तैरता भी था। एक-दो दिन बीच में देकर मैं टहलता हुआ गांव की ओर निकल जाता था। जिस प्रकार मैं पक्षियों और गिलहरियों को देखने के लिए वन में टहलता था, उसी प्रकार आदमियों और बालकों को देखने गांव जाता, जहां चीड़ की सरसराहट की जगह गाड़ियों की खड़-खड़ सुनाई देती थी। गांव मझे समाचारों का भंडार लगता। कछ लोगों को समाचार की इतनी भयंकर भूख होती है कि वे घंटों सड़कों पर बैठे रह सकते हैं और तीखी हवा की तरह समाचार उनके भीतर उमड़ता-घुमड़ता रहता है। घर से बाहर रहने के कारण ऐसे लोग हवा में भी जो कुछ होता है, उसे सुन लेते हैं। ये मोटी चक्कियों के समान होते हैं, जिनमें फोड़कर हर ख़बर को महीन किया जाता है।

गांवों में घरों की व्यवस्था भी ऐसी ही थी। गलियों के आमने-सामने घर ऐसे बने थे, जिससे प्रत्येक यात्री को घेरा जा सके। कुछ लोग घरों की पंक्ति के सिरे पर प्रमुख स्थानों पर रहते, जहां से वे सबसे अधिक देख सकें, स्वयं दिखाई दे सकें और हर आने वाले पर पहला वार कर सकें। यात्री को लुभाने के लिए चारों ओर नामपट्ट के रूप में चिह्न लटके रहते थे। इन सबसे भीषण होता था घरों में आने का चिर निमन्त्रण और लोगों के घर आने की आशा। अकसर मैं इन सब ख़तरों से आश्चर्यजनक रूप से बचकर निकल आता। यथेष्ट सत्कार वाले स्थान से मैं सबसे जहीन चक्की से निकली ख़बरों का सार लेकर

पीछे की गलियों से निकलकर पुनः वन चला जाता था।

देर तक बस्ती में रह जाने के बाद रात को समुद्र के पास के घने अंधेरे और तूफ़ान में निकलना बड़ा आनन्ददायक लगता था। उस समय मैं विचारों के नाविक दल के साथ जहाज़ के तलघर में चला जाता था। इस प्रकार की यात्रा में केबिन में बैठे-बैठे अनेक सुखकर विचार मेरे मन में आते थे। सामान्य रूप से जंगल में, अनुमान से कहीं अधिक अंधेरा रहता है। रात पहचानने के लिए मुझे बराबर देखना पड़ता था। ख़ुद के चलने से बनी हल्की पगडंडियों को भी पैरों से टटोलना पड़ता और कभी-कभी तो विशेष पेड़ों का सहारा लेकर चलना पड़ता, जिन्हें घोर अंधेरी रात में भी मैं हाथ से छूकर जान जाता था। इस प्रकार रास्ते-भर सपनों में खोया हुआ बेसुध-सा घर पहुंचता और जमकर सोता था।

वन में भटक जाना एक आश्चर्य-भरा स्मरणीय और मूल्यवान अनुभव होता है। अकसर बर्फ के तूफ़ान में दिन में ही ऐसा हो जाता है कि सुपरिचित मार्ग पर पहुंचकर भी आदमी यह नहीं जान पाता कि गांव तक कौन-सा मार्ग जाता है, हालांकि वह उस सड़क पर हज़ारों बार आ गया होता है, लेकिन उसे तनिक भी पहचान नहीं पाता। रात को यह परेशानी बहुत बढ़ जाती है। अपनी मामूली यात्राओं में भी हम सुपरिचित प्रकाश-स्तम्भों के सहारे चलते रहते हैं।

इस संसार में भटक जाने के लिए सिर्फ एक बार आंखें मूंदकर घूम आने की ही ज़रूरत होती है। जब तक हम एकदम भटक नहीं जाते, तब तक प्रकृति के विस्तार और वैचित्र्य का आनन्द नहीं पा सकते। हर व्यक्ति को दिशा-ज्ञान के लिए उतनी ही बार कुतुबनुमा की सुइयां देखनी पड़ती हैं, जितनी बार भी वह नींद अथवा अचेतना से जागता है। जब तक हम खो नहीं जाते या यों कहें कि दुनिया को खो नहीं देते, तब तक हम अपने-आप को पाना प्रारम्भ नहीं करते और यह जान नहीं पाते कि हम कहां हैं और हमारे सम्बन्धों का विस्तार कैसा अनन्त है। व्यक्ति जहां भी जाता है, लोग उसका पीछा करते हैं और अपनी गन्दी संस्थाओं का पंजा उसके ऊपर डाल ही देते

हैं। जहां तक सम्भव होता है, वे उसे अपने ऊटपटांग समाज का अंग बनने को बाध्य कर देते हैं।

दिन हो या रात, कभी भी मैं दरवाज़े पर ताला नहीं लगाता, भले ही कई दिनों के लिए बाहर जाना पड़े। पिछले पतझड़ में मैं मुख्य वन में रहा, तब भी ताला नहीं लगाया। कोई भी थका हुआ घुमक्कड़ मेरी अंगीठी के पास बैठकर आराम से ठंड छुड़ा सकता था। यदि कोई साहित्यिक मेरे पीछे आ जाए, तो मेरी पुस्तकों का आनन्द ले सकता था और जिज्ञासु मेरी कोठरी का दरवाज़ा खोलकर मेरे खाने-पीने का प्रबन्ध का जायजा ले सकता था।

हर वर्ग के बहुत-से लोग इधर से सरोवर तक आते थे, लेकिन उनके कारण मुझे कभी असुविधा नहीं हुई। मेरी कोई भी चीज़ नहीं गुमी सिर्फ़ सुनहरी जिल्दवाली होमर की पुस्तक ही खोई है, जो शायद हमारे कैम्प के किसी सिपाही के हाथों पहुंच गई थी। मेरा दृढ़ विश्वास है कि जितनी सादगी से मैं उन दिनों रहता था, उसी तरह यदि सभी लोग रहने लगें तो चोर-डकैती का नाम ही न रहे। चोरी-डकैती उन्हीं समाजों में होती है, जहां कुछ लोगों के पास आवश्यकता से अधिक होता है और दूसरों के पास ज़रूरत-भर के लिए भी नहीं।

जनता के मामलों को नियन्त्रित करने वालों को सज़ा देने की आवश्यकता क्यों होती है? सदाचार से प्रेम कीजिए, लोग सदाचारी हो जाएंगे। श्रेष्ठतर व्यक्ति का गुण वायु की भांति होता है और जनता का गुण दूब की भांति होता है। वायु ऊपर से गुज़रती है तो दूब झुक जाती है।

सरोवर आसपास के

कभी-कभी अतिरिक्त मानव-संसर्ग तथा गप्प-गोष्ठी के बाद नगर के ऐसे स्थानों की ओर चला जाता था, जहां बहुत कम लोग जाते हैं। कभी-कभी दिन-भर गोडाई करके मैं ऐसे व्यक्ति के पास पहुंच जाता, जो सवेरे से सरोवर में मछली पकड़ने के प्रयासों में अधीर हो गया हो। एक और बूढ़ा आदमी था, जिसने मेरे घर को ऐसी इमारत समझ लिया था, जिसे मछली मारने वालों की सुविधा के लिए ही बनाया गया हो। कभी-कभी हम झील की सतह पर साथ-साथ बैठते थे। नाव के एक छोर पर मैं और दूसरे छोर पर वह, किन्तु हममें अधिक बातचीत नहीं होती थी। वह कभी-कभी एक भजन गुनगुना उठता था, जो मेरे जीवन-दर्शन से काफ़ी मेल खाता था। गरमी की सन्ध्या को अकसर मैं नाव में बैठकर बांसुरी बजाता था और 'पर्च' मछलियों को देखा करता। रात में लहरियोंदार सरोवर तल में चलता हुआ चन्दमा दिखाई देता था।

कितनी ही बार गांव की किसी बैठक में देर तक रहने के बाद, जब मैं वन में लौटा हूं तो अगले दिन के भोजन का जुगाड़ करने के उद्देश्य से आधी रात को मछली पकड़ने के लिए चांदनी में नाव चलाई है। उल्लू और लोमड़ी का गीत और अपरिचित पक्षी की चहचहाहट भी सुनी है। ऐसे अवसरों के अनुभव बहुत स्मरणीय तथा मूल्यवान रहे हैं। किनारे से सौ-डेढ़ सौ गज की दूरी पर लंगर डाले, चालीस फुट गहरे पानी में, चांदनी रात में अपनी पूंछ से जल छिटकाती पर्च मछलियां देखी हैं और गहरे पानी में मछलियों को आपस में बातचीत करते हुए अनुभव किया है। कभी-कभी मैं ऊपर की वायु से

घबराकर कांटों में फंसी ऐंठती फड़फड़ाती 'पाउट' मछली को निकाल लेता। अंधेरी रातों में जब मेरे विचार दूसरे लोगों में, सृष्टि की उत्पत्ति-सम्बन्धी विषयों के विस्तीर्ण क्षेत्रों में विचर रहे होते, तब यह हल्का झटका उस स्वप्न को भंग कर देता और फिर से भौतिक प्रकृति के बीच ला पटकता।

यों, वॉल्डन का दृश्य साधारण है, सुन्दर होते हुए भी उसमें विशिष्ट भव्यता नहीं है; फिर भी, गहराई और जल की निर्मलता के कारण विशेष वर्णन करने योग्य अनूठा तो है ही। यह एक स्वच्छ और गहरे हरे रंग का कुआं-सा है जो आध मील लम्बा, लगभग साढ़े इकसठ एकड़ में फैला है, जिसकी परिधि पोने दो मील है। चीड़ और शाहबलूत के वन में यह पृथ्वी जल का स्रोत है। इसमें न तो बाहर से पानी आने का रास्ता है और न जाने का। इसके आसपास भी पहाड़ियां सीधी, ऊंची हैं, जो चालीस अस्सी और आगे चलकर सौ, डेढ़ सौ फुट तक ऊंची हैं। ये पहाड़ियां वन से ढंकी हुई हैं।

सभी जलाशयों के दो रंग होते हैं। एक जो दुर से दिखाई देता है और दूसरा जो पास से दिखाई देता है और अधिक सही होता है। तूफ़ान के दिनों में ये जलाशय गहरे स्लेटी रंग के दिखते हैं। कहते हैं कि मौसम में बिना किसी प्रत्यक्ष परिवर्तन के समुद्र का जल किसी दिन नीला, किसी दिन हरा दिखता है। सब तरफ़ बर्फ़ जम जाने पर नदी का जल और बर्फ़ दोनों ही घास के समान हरे दिखाई देते हैं। एक ही कोण से देखने पर वॉल्डन कभी नीला दिखाई देता है, कभी हरा — पृथ्वी और आकाश दोनों के ही रंग ग्रहण कर लेता है। पहाड़ी की चोटी से देखने पर इसमें आसमानी रंग झलकता है, किन्तु पास आने पर कुछ पीताभ लगता है, जो धीरे-धीरे सरोवर के मध्य तक गहरा हरा होता जाता है। विशेष तरह की रोशनी में पहाड़ी पर से भी यह किनारे पर हरा ही दिखता है। कुछ लोग इसे हरीतिमा का प्रतिबिम्ब कहते हैं। वसन्त ऋतु में हरियाली फैलने के पहले भी यही रंग होता है, जैसे इसकी आंख की पुतली का रंग हो। यही वह भाग है, जहां मधुऋतु में सबसे पहले बर्फ़ पिघलती है और जमे हुए मध्यभाग तक एक पतली-सी नहर बन जाती है।

खुले मौसम में जब यह बहुत उद्वेलित हो उठता है, तो आकाश से भी अधिक गहरे नीले रंग का दिखाई देता है। ऐसे ही अवसर पर विभाजित दृष्टि से देखने पर एक अनुपम और अवर्णनीय हल्का नीला रंग भी दिखाई देता है। जहां तक मुझे याद है, इसकी आभा कांच के समान हरित-नील वर्ण की तरह होती है। फिर भी, इस सरोवर का जल बिल्लौर के समान निर्मल है।

जल की निर्मलता के कारण पचीस-तीस फ़ुट गहरी तली भी सहज दिखाई देती है। नाव की डांडें चलाते हुए आप सतह से कई फुट की गहराई पर विद्यमान 'पर्च' और 'शाइनर' मछलियों के झुंड देख सकते हैं। एक इंच ही लम्बी होने पर भी आड़ी धारियों के कारण 'पर्च' मछली को अलग से पहचाना जा सकता है। इस सरोवर के तट पर चिकने पत्थर हैं। बीच में एक-दो स्थानों पर ही थोड़ा-सा रेत है। पत्थर इतने तीखे ढाल वाले हैं कि एक छलांग लगाते ही व्यक्ति डूबने लायक पानी में पहुंच जाए।

लगभग ढाई मील पश्चिम में इसी प्रकार का एक और सरोवर है, जिसका नाम 'ह्वाइट पौंड' (श्वेत सरोवर) है। बारह मील के घेरे की अधिकतर झीलों के विषय में मैं जानता हूं और कह सकता हूं कि इसके समान निर्मल कोई और सरोवर नहीं है। न जाने कितनी जातियों ने इसका जल पिया होगा, इसकी गहराई नापी होगी और वे गुज़र गई होंगी। फिर भी, इसका जल उतना ही हरा और निर्मल बना हुआ है। मधऋतु के जिस प्रातःकाल में आदम और हव्वा को अदन के बाग़ से निष्कासित किया गया होगा, उस समय भी वॉल्डन सरोवर का अस्तित्व रहा होगा। तब भी कुहरे और पछुवा हवा वाली वसन्तऋतु की हल्की फुहार इस पर पड़ी होगी। कौन जानता है कि कितनी विस्मृत जातियों के साहित्य का प्रेरणा स्रोत यह सरोवर रहा हो! स्वर्ण युग की न जाने कौन-सी अप्सराओं ने इस पर शासन किया हो?

इस जलाशय पर आने वाले सर्वप्रथम लोग अनायास ही अपने कुछ पद-चिह्न यहां छोड़ गए हैं। हाल ही में जब सरोवर के चारों ओर किनारे का घना जंगल साफ़ किया गया, तो एक पतली-सी पगडंडी देखकर मुझे आश्चर्य हुआ, जो कहीं ऊपर चढ़ती और कहीं नीचे उतरती है और कभी जल से दूर एवं कहीं

जल के निकट है। शायद यह पगडंडी इस स्थल पर मानव के अस्तित्व जितनी ही प्राचीन रही होगी, जिस पर आदिवासी शिकारी चले होंगे और अब भी कई लोग अनजाने ही इस पगडंडी का प्रयोग करते हैं।

इस सरोवर का जल चढ़ता और गिरता है। ऐसा नियमित रूप से होता है या कभी-कभी और यदि नियमित रूप से होता है तो कितने समय बाद, इसे कोई नहीं जानता। साधारणतः सर्दियों में इसमें पानी बढ़ जाता है और गर्मियों में घट जाता है। जब मैं इसके किनारे रहता था, तब इसका जल कब एक-दो फुट नीचे गिरा या कब पांच फुट ऊंचा हुआ, यह मुझे भली प्रकार याद है। एक तरफ़ रेत की पतली पट्टी पानी में चली गई है, इसके एक ओर गहरा पानी है। दो वर्षों से सरोवर का पानी बराबर ऊपर चढ़ता रहा है और 1825 की गर्मियों में जब मैं वहां रहता था, तब से पानी पांच फुट ऊंचा चढ़ गया है। अब उसके पानी की सतह तीस वर्ष पहले जितनी हो गई है और उस मैदान में फिर मछलियां पकड़ी जाने लगी हैं, जहां बीच में घास उग आई थी।

इस ग्रीष्मऋतु में सरोवर का जल स्तर फिर गिरने लगा है। जल के इस उतार-चढ़ाव में कई वर्ष लग जाते हैं। मैंने एक बार पानी का चढ़ाव देखा है और दो बार आंशिक उतार देखा है। मुझे आशा है कि बारह-पन्द्रह वर्षों में पानी फिर उतना नीचे उतर जाएगा, जितना मैंने कभी देखा था। लगता है कि इस सरोवर और बीच की कई छोटी-छोटी झीलों को वॉल्डन से सहानुभूति है, क्योंकि वॉल्डन के साथ ही उनका पानी भी सबसे ऊपर उठ गया था। वैसे वॉल्डन का किनारा सबसे साफ़ तभी होता है, जब इसके पानी का स्तर कम होता है।

'कुछ लोगों के सामने यह अबूझ पहेली रही है कि वॉल्डन के किनारे इतने समतल पत्थर कैसे जड़े होंगे। सबसे बूढ़े लोगों ने सुनी-सुनाई किंवदन्ती के आधार पर बताया कि प्राचीन काल में यहां एक पहाड़ी पर, जो झील के बराबर ही ऊंची थी, रेड इंडियनों की सभा हुई थी। इन लोगों के भ्रष्ट आचरण के कारण सभाकाल में पहाड़ी हिली और ज़मीन बैठ गई। उसमें बची वॉल्डन नाम की बुढ़िया के नाम पर ही इसे वॉल्डन सरोवर कहने

लगे। शायद इसका नाम मूलतः 'दीवारों से घिरा सरोवर' (वाल्ड-इन-पौंड) रहा हो।

साल में चार महीने इसका जल उतना ही ठंडा रहता है जितना कि निर्मल और उन दिनों नगर के किसी भी जल के समान ही रहता है। रेतीले पूर्वीतट पर जल आठ-दास फुट गहरा है। शान्त मौसम में यहां नाव में बैठकर देखने पर मुर्गी के अंडों के बराबर छोटे-छोटे पत्थरों के ढेर दिखाई देते हैं।

वॉल्डन का तट विषम है, इसलिए इसमें वैचित्र्य भी है। पश्चिमी तट पर कई अन्तरीप हैं, जिनसे प्रतीत होता है कि इनके बीच की छोटी-छोटी खाड़ियां अभी तक अछूती हैं। कहीं भी वन इतना शोभायमान नहीं होता है, जितना पहाड़ियों से घिरी झील के मध्य से दिखता है। सितम्बर-अक्तूबर के महीनों में वॉल्डन सरोवर वन का दर्पण-सा लगता है। इसकी चौहद्दी की कोई ज़रूरत नहीं। यह एक ऐसा दर्पण है, जिसे न कोई पत्थर चटखा सकता है और न जिसका पारा कभी नष्ट होता है। इसके सुनहरे चौखटे को प्रकृति लगातार संवारती रहती है। किसी तूफ़ान या धूलि के कारण इसकी चिरनवीन सतह कभी धुंधली नहीं पड़ती। इस दर्पण में सब कूड़ा-करकट दब जाता है। जिसको सूर्य अपनी आलोक किरणों से पोंछता है। इस दर्पण पर श्वास की भाप नहीं जमती, बल्कि यह अपनी वाष्प को बहुत ऊंचाई पर भेज देता है, जो बादलों में परिणत होकर इसके वक्ष पर प्रतिबिम्बित होती रहती है।

एक वृद्ध साठ साल पहले यहां आया करते थे। तब यहां सब तरफ़ वन-ही-वन था। वे बताते हैं कि उन दिनों कभी-कभी बतखों और जल पक्षियों से सरोवर सजीव दिखता था। वे यहां मछली पकड़ने के लिए किनारे पर रखी डोंगी का प्रयोग करते थे। क्रान्ति से पूर्व इस तट पर रहने वाले एक बूढ़े ने एक बार बताया था कि सरोवर के तल में लोहे का एक सन्दूक उसने ख़ुद देखा था। कभी-कभी यह सन्दूक तैरकर किनारे तक आ जाता था। और यदि कोई उसके पास जाता तो वह गहरे जल में सरककर ग़ायब हो जाता।

जब मैंने पहले-पहल वॉल्डन में नाव चलाई थी, तब इसके सब ओर चीड़ और बलूत के बड़े-बड़े पेड़ थे। किनारों से लगी कुछ बेलें पेड़ों पर फैल गई

थीं, जिससे कुंज बन गए थे। तट की पहाड़ियां ख़ूब ढालू हैं और सब मिलाकर यह वन्य रंग-मंच की नाट्यशाला-सी लगती है। लेकिन जब से मैं वहां से चला आया हूं, तब से लकड़हारों ने पेड़ों को काफ़ी काट डाला है। अब कई वर्षों तक इस वन की वीथियों में विचरण नहीं हो सकता और वृक्षों की दृश्यावली के बीच से जल को देखा नहीं जा सकता।

अब न सघन वन है, न प्राचीन नाव। अब ग्रामवासी यहां आकर सरोवर में स्नान करने या पानी पीने की अपेक्षा गंगाजल के समान पवित्र जल को नल द्वारा गांव ले जाने की सोच रहे हैं, ताकि अपने बर्तन धो सकें, टोंटी को घुमाकर घर में वॉल्डन सुलभ करना चाहते हैं। रेल इंजनों की कानफोड़ू आवाज़ों ने इसकी शान्ति तो पहले ही भंग कर दी थी।

फिर भी, जितने लोगों से मेरा परिचय हुआ, उनमें सिर्फ़ वॉल्डन ही बचा हुआ है। शायद उसमें अपनी पवित्रता को अक्षुण्ण रखने की सबसे अधिक क्षमता है। लकड़हारों ने पहले इस तट को फिर उस तट को काटकर उजाड़ दिया, आयरिश लोगों ने अपनी झोंपड़ियां बना लीं, रेल लाइन इसके किनारे पर बन गई और बर्फ़ वालों ने तो इस सरोवर को मथ ही डाला। फिर भी, वॉल्डन सरोवर अपरिवर्तित रहा — इसका जल अब भी पहले जैसा ही है। परिवर्तन तो मुझमें आया है। इतनी लहरें उठने पर भी एक भी स्थायी झुर्री इसके मुख पर नहीं पड़ी है। इसका यौवन अक्षय है।

वॉल्डन सरोवर काफ़ी दूर और अधिक ऊंचाई पर बनी 'फ़्लिंट झील' बहुत-सी छोटी-छोटी झीलों की कड़ियों से अदृश्य रूप से सम्बन्धित है। दूसरी तरफ़ इसका सम्बन्ध कानकोर्ड नदी से है। निचाई पर बहनेवाली नदी से भी वॉल्डन का जुड़ाव छोटी-छोटी झीलों के माध्यम से है। इस प्रकार इतने काल तक वन में तपस्वी की भांति एकान्त और आत्म-संयम से रहने के बाद इसने आश्चर्यजनक पवित्रता अर्जित की है।

हमारे इलाके की सबसे बड़ी झील फ़्लिंट झील है। वॉल्डन से क़रीब एक मील पूर्व में यह 97 एकड़ में फैली है। यह उथली है और यहां मछलियां बहुत

हैं। पानी भी वॉल्डन के समान साफ़ नहीं है। मैं अकसर दिल बहलाव के लिए उसी तरफ़ जाता था। और तेज़ हवा में पेड़ों से गिरे अखरोट उठाकर खाया करता था। इस झील के किनारे को निर्ममता से नंगा कर डालने वाले किसान के नाम पर ही इसे फ़्लिंट झील कहते थे। मैं वहां उससे मिलने या उसके बारे में कुछ भी सुनने नहीं जाता। जिसने इसे कभी भरपूर नज़र से देखा नहीं, इसमें कभी नहाने को उतरा नहीं, इससे कभी प्रेम भी नहीं किया और कभी परमात्मा को इसके सर्जन के लिए धन्यवाद नहीं दिया। उस किसान के नाम पर झील का नाम रखने से तो कहीं अच्छा होता कि इसको उन मछलियों का नाम दे देते, जो इसमें तैरती हैं या उन पशु-पक्षियों का नाम दे देते, जो यहां विचरण करते हैं।

लकड़हारों ने, रेलवे लाइन ने और स्वयं मैंने वॉल्डन को दूषित कर दिया है। अब यह हमारी झीलों में सर्वाधिक सुन्दर तो नहीं, सबसे आकर्षक 'श्वेत सरोवर' मात्र रह गया है। 'श्वेत सरोवर' और वॉल्डन भूतल के बड़े-बड़े रतन हैं, ज्योति के सरोवर हैं। यदि ये स्थायी रूप से ठोस हो सकते और इतने छोटे होते कि मुट्ठी में आ जाते, तो शायद गुलाम लोग इन्हें सम्राटों के मुकुट की शोभा बनाने के लिए हीरे-जवाहरात की भांति उड़ा ले जाते। किन्तु ये तरल हैं, काफ़ी बड़े हैं और आने वाली पीढ़ियों के लिए सुरक्षित हैं। शायद इसलिए हम इनकी उपेक्षा करते हैं। और कोहेनूर सरीखे हीरों के पीछे हम भागे फिरते हैं।

ये सरोवर विशुद्ध हैं, इनका बाज़ार में मोल नहीं लग सकता, हमारे जीवन की तुलना में ये अधिक सुन्दर और हमारे चरित्र से अधिक निर्मल हैं। प्रकृति में किसी मानव. का वास नहीं है, जो इसका गुण-ग्राहक हो। रंगीन पंखों वाले पक्षी ही चहचहाकर फूलों की तान में लय मिलाते हैं, लेकिन क्या कोई नवयुवक या युवती प्रकृति के इस प्रचुर सौन्दर्य में भागीदार होता है? वह तो नगरों से दूर नितान्त एकाकी उत्फुल्ल रहती है। मानव स्वर्ग की व्यर्थ ही बातें करता है! वह तो पृथ्वी को कलंकित ही करता है।

बेकर फ़ार्म पर

जब-तब मैं चीड़ के वृक्षों के उपवन की ओर निकल जाता, तो उन्हें देखकर लगता मानो नावों के सजे-सजाए तैयार बेड़े समुद्र में पड़े हों। इनकी झोंके खाती डालें इतनी कोमल, हरी और छायादार थीं कि प्राचीन काल के पुजारी यहां पूजा करने आते।

आसपास के क्षेत्र में 'ब्लूबेरी', 'स्पूस', 'स्वैप पिंक', 'डौगवुड', 'ऐलडर' (एक प्रकार का भूर्ज), 'वैक्सवर्क', हौलवेरी' और अनेक अनाम वृक्ष थे और अनाम, वर्जित वन्य फलों को देखकर दर्शक का मन सहज की ललचा उठता। वनस्पतिशास्त्री की बजाय मैं इन वृक्षों के पास बार-बार जाता जो कहीं मैदान में, तो कहीं घने जंगल में, दलदल में या पहाड़ी चोटी पर खड़े मिलते। 'श्याम भूर्ज' और 'पीत भूर्ज' बड़े सुगन्धित हैं। करंज वृक्षों पर 'लाइकेन' की बेल छाई है। 'बैस', 'होर्नबीम' और नक़ली एल्म सरीखे बहुत-से पेड़ भी आसपास हैं। वृक्षों और लतागुल्मों के पगोड़े-से बन जाते और सर्दी-गर्मियां, दोनों में ही इन देव मन्दिरों की यात्रा करता।

मैंने एक बार तो अचानक इन्द्रधनुष के अर्द्धवृत्त के एक सिरे के ठीक नीचे स्वयं को खड़े पाया। वायुमंडल के निचले स्तर तक आए इस इन्द्रधनुष ने चारों ओर के घास-पात को अपने रंगों से रंग दिया था, मानो मैं किसी रंगीन बिल्लौर में से देख रहा होऊं। आलोक की इस झील में कुछ समय के लिए मैं स्वयं मछली बन गया था। यदि यह स्थिति अधिक काल तक रहती, तो शायद इसका रंग मेरे जीवन और व्यवहार पर भी चढ़ जाता।

वॉल्डन के किनारे बसने से पूर्व बेकर फ़ार्म में रहने की बात मेरे मन में

आई थी। जब मैं घर से चला था, तो शाम हो चुकी थी। संयोग से उस समय मेंह की बौछार आ जाने से मुझे एक चीड़ के वृक्ष के नीचे आधा घंटे तक खड़ा रहना पड़ा। चीड़ की शाखाओं के नीचे एक रूमाल सिर पर डाल लिया। जब कमर तक पानी आ गया तो मैंने 'मिकेरेल' के लिए जाल फेंका ही था कि अचारक मेरे ऊपर तक आए बादल में भीषण गड़गड़ाहट हुई। मैंने बचने के लिए सबसे पास की झोंपड़ी में शरण ली, जो सड़क से आधा मील दूर लेकिन वॉल्डन के क़रीब थी। पहले यह कुटिया ख़ाली होती थी, लेकिन अब उसमें जॉनफ़ील्ड नाम का एक आयरिश आकर बस गया है। उसके साथ उसकी पत्नी और कई बच्चे भी थे। बाहर ज़ोर से मेंह बरस रहा था, बादल गरज रहे थे और हम सब ऐसी जगह में सिमटे-सिकुड़े बैठे थे जहां सबसे कम पानी चू रहा था।

वर्षा थमने पर उस घर से निकल झील की ओर चला, तो मछली पकड़ने की उतावली, घास के मैदान, कीचड़ और दलदल में चलना मुझे क्षण-भर के लिए तुच्छ जान पड़ा। जब कन्धों पर इन्द्रधनुष रखे, लालिमापूर्ण पश्चिम दिशा की ओर पहाड़ी से उतरा, तो स्वच्छ वायु से छनकर न जाने कहां से हल्की झंकार कानों में भर गई, जो मानो मेरी प्रतिभा से कह रही हो कि 'जा, रोज़ दूर-दूर तक मछली मार, शिकार कर और निश्शंक होकर नदियों के तट पर बढ़ता जा। युवावस्था में भी सर्जनहार को याद रख! उषा काल में निश्चित जागकर नए-नए उपक्रम तलाश कर। दूपहर तू कहीं हो और रात में तू समान रूप में विश्राम कर सके। अपनी प्रकृति के अनुसार वनमय हो जा। बिजली कड़कने दे। जब दूसरे लोग छिपने के लिए दौड़ें, तो तू बादलों की छांह में शरण ले। जीविका उपार्जन को मनोरंजन बना ले। भूमि का सुख भोग पर उसे अपनी सम्पत्ति न बना।'

पता नहीं क्यों, पालतू-से बने लोग हर रात वहीं लौट आते हैं, जहां घर-गृहस्थी की प्रतिध्वनि मंडराती रहती है। लोग बार-बार अपनी छोड़ी हुई सांस से ही सांस लेते रहते हैं। वे प्रतिदिन जितनी दूर जाते हैं, उससे आगे तक तो उनकी छाया ही हो आती है। जीवन सूखना नहीं चाहिए, प्रतिदिन हमें नया अनुभव, नया गुण लेकर साहस के कामों को करके ख़तरों से जूझकर नई खोजों, नए अनुभवों के बाद घर लौटना चाहिए।

उच्चतर विधान

सरोवर तट-प्रवास के दौरान एक-दो बार मैंने स्वयं को अधभूखे शिकारी कुत्ते की भांति वन में चक्कर काटते पाया किसी हिरन की तलाश में, ताकि उसे मारकर खा सकूं। उस समय उनमें ऐसी कोई चीज़ नहीं थी, जिसे मैं खा लूं। वन के दृश्य मुझे भली-भांति सुपरिचित लगते थे, उस समय मैंने पाया और अब भी पाता हूं कि एक तो उच्चतर (अर्थात आध्यात्मिक) जीवन की प्रवृत्ति और दूसरी आदिम जंगलीपन की प्रवृत्ति। और दोनों पर ही मेरी श्रद्धा है। जंगली जीवन भी मुझे उतना ही प्रिय है, जितना अच्छा जीवन। मछली मारने का जंगलीपन और रोमांचकता मुझे अब भी अच्छा लगता है। कभी-कभी तो अपने जीवन को अपने क़ाबू में रखकर पशुओं की भांति अपना दिन बिताना अच्छा लगता है। शायद बालपन से बनी प्रवृत्ति और शिकारी होने के कारण प्रकृति के साथ मेरी निकटता बनी हुई है। प्राकृतिक दृश्यावली से इनके कारण हमारा परिचय हो जाता है। अन्यथा उस आयु में व्यक्ति का इनसे बहुत कम ही परिचय हो पाता है। मैदानों और वनों में जीवन बिताने वाले मछुआरे, शिकारी, लकड़हारे और अन्य लोग प्रकृति के ही अंग होते हैं और उन दार्शनिक या कवियों की अपेक्षा प्रकृति का निरीक्षण करने की अधिक अनुकूल मनस्थिति में होते हैं, जो कभी-कभार ही प्रकृति-निरीक्षण को निकलते हैं।

कभी-कभी परिवर्तन की ख़ातिर भोज्य सामग्री में मछली शामिल करने की इच्छा होती। इसके वशीभूत होकर वास्तव में मैंने भी मछली मारी है। इसके विरोध में मैं अपने भीतर चाहे जितनी 'मानवता' को जगाता, सब

नक़ली होती और उसका सम्बन्ध भावनाओं की अपेक्षा दर्शन से अधिक होता। शिकार के जानवरों का शायद सबसे बड़ा मित्र ('पशु-परोपकारी समाज' को मिलाकर भी) शिकारी ही होता है।

जब कभी मेरे मित्रों ने चिन्तापूर्वक पूछा है कि क्या अपने बच्चों को शिकार खेलने दें, तो मैंने उत्तर दिया कि हां, उन्हें शिकारी बनाइए, भले ही शुरू में वे सिर्फ़ शिकार करें, अन्त में ज़बर्दस्त शिकारी बन जाएं कि वन में अपने शिकारयोग्य कोई जानवर न देखें और आगे चलकर वे आदमियों के शिकारी और मछुए बन जाएं। मानव-जाति की भांति ही व्यक्ति के इतिहास में भी एक ऐसा समय आता है, जब शिकारी ही सर्वश्रेष्ठ व्यक्ति होता है। जिस बालक ने कभी बन्दूक नहीं चलाई, वह अधिक सदय नहीं हो पाता। विचारहीन आयु के बाद कोई किसी जीव को नहीं मारेगा। आख़िरकार खरगोश भी किसी बच्चे की भांति ही क्रन्दन करता है।

शिकारी बनने से नवयुवक का वन से परिचय हो जाता है। शुरू में वह शिकारी या मछली मारने वाले के रूप में बन जाता है और यदि उसमें उत्तम जीव के बीज हैं, तो वह अन्त में कवि या प्रकृति प्रेमी के रूप में अपने सही लक्ष्य की पहचान कर लेगा। और बन्दूक या मछलीमार बंसी पीछे छूट जाएगी।

विगत सालों में मैंने अनेक बार महसूस किया है कि मैं जब भी मछली मारता हूं, तो हर बार थोड़ा-सा आत्म-सम्मान घट जाता है। हर बार मछली मारने के बाद अनुभव किया है कि यदि मैंने यह न किया होता, तो अच्छा होता। यह सब एक धुंधला-सा सन्देश है। प्रभात की किरणें भी तो ऐसा ही सन्देश होती हैं। मछली मारना सृष्टि का घटिया गुण है और मैं हर वर्ष कम-से-कम मछुआ होता गया हूं। अब मैं ज़रा भी मछुआ नहीं रह गया हूं। मेरा विश्वास है कि जो भी अपनी श्रेष्ठतर मनोवृत्तियों को उत्तम अवस्था में सुरक्षित रखने का इच्छुक होता है, वह मांसाहार और किसी भी प्रकार के भोजन से बचने की ओर मुड़ता है। अधिक खाना तो कीट को लार्वावस्था ही में होता है।

जो व्यक्ति मानव को अधिक सरल और स्वास्थ्यप्रद भोजन पर जीवन निर्वाह करना सिखा दे, वह उसका बड़ा उपकार करेगा। मुझे तनिक भी सन्देह

नहीं कि मानव-जाति ज्यों-ज्यों विकास-पथ पर आगे बढ़ेगी, जीव-भक्षण छोड़ देगी। सभ्यता के सम्पर्क में आने पर, जंगली जातियों ने भी एक-दूसरे को मारकर खाना छोड़ दिया है।

व्यक्ति यदि अपनी प्रतिभा की अविराम मन्द ध्वनियों को ध्यान से सुनता है (जो निश्चय ही सत्य होती है) तो उसे पता नहीं चलता कि वे उसे किस पागलपन तक ले जाएंगी, किन्तु अधिक दृढ़ और स्थिर होने पर उसी ओर मार्ग बनता जाता है। एक स्वस्थ मन में जो मन्द-मन्द विरोध उगता है, वह आख़िरकार समूची मानव-जाति के तर्कों एवं मान्यताओं पर छा जाएगा।

यदि आप दिन-रात का उल्लास से स्वागत करें और यदि जीवन में पौधों व गन्धयुक्त पुष्पों की सुगन्ध आती है, जीवन अधिक लचीला, ताज़गी-भरा हो जाता है, तो यह आपकी सफलता है। महानतम उपलब्धियों और श्रेष्ठतर मूल्यों को पहचानना सबसे मुश्किल होता है। शायद सर्वाधिक चकित करने वाले और सबसे यथार्थ तथ्य मानव द्वारा किसी दूसरे पर वाणी से व्यक्त नहीं हो पाते। मेरे 'दिन-प्रतिदिन' के जीवन की वास्तविक प्राप्ति उतनी ही स्पर्शहीन और अवर्णनीय है; जितनी कि उषा और सन्ध्या के रंगों की झलक। यह सितारों की थोड़ी-सी धूल होती है, इन्द्रधनुष का थोड़ा-सा हिस्सा जो मेरी मुट्ठी में रह जाता है।

मैंने एक अरसे से विशुद्ध जल ही पिया है, शराब नहीं। मेरा विश्वास है कि बुद्धिमान व्यक्ति के लिए पीने की सबसे अच्छी चीज़ जल है, शराब उतनी अच्छी चीज़ नहीं है। नशों में सबसे अच्छा नशा उस वस्तु का है, जिसमें हम सांस लेते हैं। लम्बे समय तक कड़ी मेहनत करने की सबसे बड़ी ख़राबी यही है कि उसके बाद मेरा खाना-पीना मोटा-झोटा हो जाता था।

सभी को कभी-न-कभी स्वाद के बिना भी अपने भोजन से अनिर्वचनीय तृप्ति हुई होती है। इस विचार से मैं आनन्दित हो उठा हूं कि स्थूल स्वाद-वृत्ति से मुझे एक मानसिक उपलब्धि हुई और जिह्वा के द्वारा स्फूर्ति मिली है। पहाड़ी ढाल पर खाई बेरी से मेरी प्रतिभा को भोजन मिला। हमारे मुख में जो खाद्य जाता है, वह हमें भ्रष्ट नहीं करता; भ्रष्ट करता है वह स्वाद जिसके रस के वश

में आकर खाद्य ग्रहण किया जाता है। भोजन क्या-कैसा है या कितना खाया गया है, ये भ्रष्ट करने वाली चीज़ें नहीं हैं। हमें भ्रष्ट करती हैं जिह्वा-लोलुपता और उसकी अवशता। खाद्य पदार्थ तो हमारे जीवन को पोषण-भर प्रदान करता है, हमारे आध्यात्मिक जीवन को स्फूर्ति देने की बजाय हमें घेरने वाले सांपों को पालता-पोसता है।

हमारा सारा जीवन आश्चर्यजनक रूप में नैतिकतायुक्त है। उसमें पल-भर के लिए की अच्छाई-बुराई के बीच सन्धि नहीं होती। अच्छाई में लगाई गई पूंजी कभी नहीं डूबती। संसार में सब ओर ध्वनित वीणा के संगीत में यही स्वर हमें झंकृत करता है। मन्द पवन के हर झोंके में कुछ-न-कुछ अवश्य होता है, उसे सुनिये। जो नहीं सुन पाता, वह भाग्यहीन है। नाना प्रकार की नीरस ध्वनियां दूर से सुनने पर संगीतमय लगती हैं, जो हमारे जीवन की शुद्धता पर सुमधुर कटाक्ष है।

हम जानते हैं कि हम सबके भीतर एक पशु विद्यमान है। हमारी उच्चतर प्रवृत्तियां जितनी ही सोई रहती हैं, उतना ही यह पशु सिर उठाए रहता है। वह पशु रेंगने वाला जीव है और इन्द्रियों द्वारा संचालित होता है। शायद उसे पूर्णतया बाहर निकाल फेंकना भी सम्भव नहीं। हम इस पशु से दूर तो हट सकते हैं, लेकिन उसका स्वभाव नहीं बदल सकते।

कौन जानता है कि पूर्णतः पवित्रता अर्जित कर लेने पर जीवन का रूप किस प्रकार का होगा। अगर मुझे पवित्रता का पाठ पढ़ा सकने वाले व्यक्ति की जानकारी हो जाए तो मैं तुरन्त उसे खोजने निकल पड़ूंगा। 'चित्त को परमात्मा में लीन करने के लिए वेदों ने मनोविकारों और शरीर की कर्मेन्द्रियों पर नियन्त्रण रखने तथा सत्कर्म को अपरिहार्य बताया है। आत्मा शरीर के प्रत्येक अंग तथा क्रिया में व्याप्त होकर नियन्त्रण कर सकती है और इस प्रकार स्थूल ऐन्द्रिकता को परिवर्तित करके पवित्रता तथा धर्मनिष्ठा के पथ पर लगा सकती है। प्रजनन शक्ति हमारे असावधानी के क्षणों में हमारा क्षय करती है और हमें अपवित्र बना देती है। वही शक्ति संयम से रहने की अवस्था में हमें स्फूर्ति प्रदान करती है, हममें प्राण भी देती है। पवित्रता तो मानव की

पुष्प अवस्था होती है, जिसके फल पवित्रता के अनन्तर ही प्रतिभा, वर्चस्व या धार्मिक वृत्ति के रूप में हमारे सामने आते हैं। पवित्रता की धारा मुक्त होने पर व्यक्ति उसमें बहता हुआ परमात्मा तक पहुंच जाता है। कभी पवित्रता हमें प्रेरित कर आगे बढ़ाती है, तो अपवित्रता बांधती है। सुखी व्यक्ति वही है जिसे निश्चय हो जाए कि उसके भीतर का पशु दिनोदिन मरता जा रहा है और दिव्यता का जीवन में उदय हो रहा है। शायद ही कोई व्यक्ति ऐसा हो जो अपने व्यक्तित्व में समाविष्ट निम्नतर और पाशविक वृत्तियों के प्रति लज्जित न हो।

समस्त ऐन्द्रिकता एक ही होती है, भले ही उसके रूपाकार अलग-अलग हों। इसी प्रकार पवित्रता भी एक ही होती है। आदमी इन्द्रियों के वश में होकर खाए, पिए या सम्भोग करे, सब एक ही भूख के रूप हैं। यदि हम यह जानना चाहें कि कोई व्यक्ति कितना इन्द्रिय-सुख-भोगी है तो उसकी इनमें से किसी एक चीज़ को देखने से ही असलियत का पता चल जाएगा। अपवित्र तत्त्व और पवित्र तत्त्व साथ-साथ नहीं रह सकते। यदि आप पवित्र रहना चाहते हैं तो संयम से रहना होगा। यह पवित्रता आख़िर क्या है और आदमी को कैसे पता चले कि वह 'पवित्र' है? शायद उसे यह पता चलेगा ही नहीं।

कर्म से बुद्धिमानी और पवित्रता जीवन में समाविष्ट होती है। अस्वच्छ व्यक्ति सदैव आलसी होगा, चूल्हे के सहारे आग तापता रहेगा, सूर्योदय के बाद तक सोएगा और बिना थके ही विश्राम करेगा। अस्वच्छता और पाप कर्मों से बचने के लिए ईमानदारी से काम कीजिए – फिर वह काम चाहे घुड़साल साफ़ करने का ही क्यों न हो। व्यक्ति को अपनी प्रकृति पर विजय प्राप्त करना कठिन होता है, किन्तु उस पर विजय तो प्राप्त करनी ही होगी।

ऐन्द्रिकता के एक रूप के विषय में तो हम लज्जा अनुभव किए बिना बात कर लेते हैं, किन्तु दूसरे पक्ष के विषय में मौन रहते हैं। हमारे पतन की हालत यह है कि मानव-प्रकृति की आवश्यक क्रियाओं के विषय में सहजता से बात नहीं कर पाते। पुरातन काल में कुछ देशों में प्रत्येक क्रिया के विषय में आदरपूर्वक चर्चा सम्भव थी और उसके नियम भी बनाए गए थे। हिन्दू

नियामक के लिए कोई भी बात तुच्छ या उपेक्षा योग्य नहीं थी, भले आज हमें वह कितनी ही ख़राब क्यों न लगे। व्यक्ति कैसे खाए, कैसे पिए, कैसे सम्भोग करे, कैसे मल-मूत्र त्याग करे, सभी की शिक्षा हिन्दू नियमों में है जिसमें तुच्छ-से-तुच्छ बात को भी महत्त्व दिया गया है और इन चीज़ों को यूं ही महत्त्वहीन बताकर छोड़ा नहीं गया है।

प्रत्येक व्यक्ति अपने इष्ट देव की पूजा के लिए मन्दिर बनाता है और वह मन्दिर स्वयं उसका शरीर है जिसका निर्माण वह स्वयं करता है। इसका निर्माण संगमरमर पर हथोड़ा चलाकर नहीं किया जा सकता। हम उस मन्दिर के शिल्पी और चित्रकार हैं और उस मन्दिर के निर्माण की सामग्री स्वयं हमारा रक्त, मांस और अस्थियां ही हैं। प्रत्येक श्रेष्ठ कर्म व्यक्ति की आकृति को निखारने लगता है और प्रत्येक चीज़ कर्म या इन्द्रिय-दासता उसे अपरूप कर देती है।

जंगली पड़ोसी

हम आंखों से जो कुछ देख पाते हैं, उसे ही हम संसार क्यों मान लेते हैं? अपने आसपास की जातियों को ही हम अपना पड़ोसी क्यों मान लेते हैं? शायद 'पंचतन्त्र' के रचियता ने जानवरों का सबसे अच्छा उपयोग किया है, क्योंकि उसके पशु-पक्षी भी हमारे विचारों के कुछ भाग में जुड़े हैं।

मेरे घर में आने वाले चूहे जंगली चूहे थे, जो गांव में नहीं पाए जाते। इनमें से एक चूहे को मैंने एक वैज्ञानिक के पास भेजा, तो उन्हें वह बहुत दिलचस्प लगा। घर बनाने के दिनों में, एक चूहा रोज़ दोपहर को मेरे पैरों के पास रोटी खाता, क्योंकि उसने शायद इससे पहले मानव के दर्शन नहीं किए थे, अतः डरता भी नहीं था। बाद में वह मेरे जूतों, कपड़ों पर तथा दीवार पर भी चढ़ने लगा। एक दिन तो वह मेरी आस्तीन पर दौड़ लगाने लगा और मेरे खाने के आसपास मंडराने लगा। पनीर का टुकड़ा दिखने पर वह हाथ पर बैठकर उसे कुतरने लगा और बाद में पंजे साफ़ करके, मुंह पोंछकर चलता बना।

जल्दी ही 'कीवी' पक्षी ने मेरे घर में घोंसला बना लिया। एक 'लाल' और 'रोबिन' ने सामने के चीड़ वृक्ष पर बसेरा बनाया। जून में एक तीतरी मुर्ग़ी की चाल चलती मेरी खिड़की के नीचे से गुज़रती। उसके बच्चे चुपचाप पत्तियों में छिपे दूर से ही मां के निर्देशों का पालन करते। एक बच्चे को उठाकर मैंने अपनी हथेली पर बैठाया, तो देखा कि अपनी प्रवृत्ति और मां के निर्देशों का पालन करने वाले ये जीव किसी भय से कांपे बिना ही बैठे रहते हैं। उन्हें देखकर शैशवकाल की निर्मलता का भान हो आया।

यह देखकर आश्चर्य लगता है कि कितने जीव वन में गुप्त रूप से स्वच्छन्द और वन्य जीवन बिताते हैं और नगर के आसपास सुलभ भोजन पर निर्भर रहते हैं। ऊदबिलाव कितना छिपा रहता है। मेरे घर के पीछे वन में मुझे 'रेंकून' भी दिख जाते, जिनकी आवाज़ रात में ही सुन पड़ती। यदि आप वन में किसी मनोरम स्थल पर काफ़ी देर तक चुपचाप बैठे रहें तो वहां के सभी निवासी धीरे-धीरे दिख जाएंगे।

कभी-कभी अशान्ति भाव की घटनाएं भी देखने को मिलतीं। एक बार मैंने अपनी ईंधन की लकड़ियों पर लाल और काले चींटों के दो दलों का महाभारत देखा, जिसमें एक योद्धा दूसरे से भिड़ा था। कहीं एक जाति के एक से अधिक चींटे दूसरी जाति के अकेले योद्धा से जुड़े हुए थे। ये ऐसे लड़ रहे थे, मानो ये सूरज डूबने तक या प्राणान्त होने तक लड़ते ही रहेंगे। मानव सिपाही भी इतने जमकर शायद न लड़ते हों, स्पष्ट ही, 'जीतो या कट मरो' उस चींटा-सेना का लक्ष्य था। मैं यह नहीं जान सका कि कौन-सी चींटा जाति जीती और न युद्ध का कारण ही ज्ञात हुआ, किन्तु बाक़ी के दिन मुझे लगता रहा, मानो मैंने मानव जाति का युद्ध, युद्ध की विभीषिका और संहार देखा हो।

एक बार एक पालतू बिल्ली को सरोवर के तट पर घूमते देख आश्चर्य हुआ जो अपने व्यवहार से स्वयं को अधिक वन्य सिद्ध करती है। एक बार 'बेरी' तोड़ते हुए मुझे बच्चों के साथ एक जंगली बिल्ली भी दिखी। पतझड़ के मौसम में हमेशा की तरह 'लून' पक्षी अपने रोयें गिराने और सरोवर में नहाने आया। मेरे जागने से पहले ही उसका स्वर जंगल में गूंजता, जिससे पक्षियों के शिकारी सतर्क होकर शिकार पर निकल पड़ते।

अक्तूबर मास में एक दिन तीसरे पहर मैं सरोवर में नाव चला रहा था, तो अचानक सरोवर के बीचोबीच 'लून' मुझे दिखा। मैं बढ़ूं, तब तक वह गोता लगा गया और जब निकला तो वह मेरी नाव के काफ़ी क़रीब था। उसने फिर झट गोता लगा लिया और दुबारा जब सिर निकाला तो मुझसे दो ढाई-सौ गज दूर निकल गया था, क्योंकि मैं उसकी डुबकी की विपरीत दिशा में नाव चला ले गया था। वह बार-बार बड़ी ही कुशलता से मुझे गच्चा दे जाता और हर

बार सिर निकालकर जैसे हंसता। जब कभी वह पानी की सतह पर आता तो चारों ओर नज़र मारकर 'चुपचाप' ऐसा रास्ता पकड़ता जहां जल का फैलाव अधिक हो और मेरी नाव से भी दूरी अधिक-से-अधिक हो। मुझे आश्चर्य हुआ वह कैसे इतनी तेज़ी से निर्णय करता है और उतनी ही फुर्ती से उस पर अमल कर डालता है। उसका पीछा करते-करते मैं सरोवर के सबसे चौड़े भाग में पहुंच गया और वहां से उसे हटाया नहीं गया।

वह हर बार पानी से सिर निकालकर हंसकर अपना पता क्यों बात देता है? क्या सचमुच लून पागल हो गया है? जब वह पानी के ऊपर आता तो पानी की छलछलाहट से ही मुझे पता चल जाता है कि वह कहां है। घंटों बाद भी वह तरोताज़ा लगता और मज़े से, पहले से भी अधिक दूर तैर जाता।

अन्त में लगभग ढाई सौ गज क़रीब आने के बाद उसने लम्बी आवाज़ लगाई, मानो देवता को सहारे के लिए पुकारा हो। तुरन्त ही तेज़ आंधी उठी और जल की सतह थरथराने लगी। सारा वायुमंडल मेंह से भर गया। मुझे लगा, मानो 'लून' की प्रार्थना स्वीकार कर उसका देवता मुझसे नाराज़ हो गया हो। इसलिए मैं उसे उस अशान्त जल पर दूर पानी में डूबा छोड़कर लौट पड़ा।

पतझड़ के दिनों में, घंटों मैं बतखों को देखता रहता था, जो बड़ी चतुराई से घूमकर शिकारियों से दूर सरोवर के मध्यभाग में अड्डा जमाए रहती थीं। सुरक्षा के अलावा सरोवर के बीचोबीच तैरने से उन्हें क्या मिलता है, मुझे पता नहीं। शायद उन्हें भी इस सरोवर के जल से उसी कारण प्रेम हो, जिस कारण से मुझे है।

गृह-निर्माण और प्रवेश

अक्तूबर में मैं नदी के किनारे अंगूर खाने के लिए मैदानों में निकल जाता और उनके गुच्छों को लाद लाता। खाने की अपेक्षा, उनकी सुगन्ध मुझे अच्छी लगती। वहां घास में लाल मोतियों से 'क्रेनेबेरी' के फल दिखाई देते, जिनकी सुन्दरता की मन में प्रशंसा करते हुए भी उन्हें तोड़ता नहीं था। साधारण किसान तो इन्हें इकट्ठा कर 'बुशल' या डालर में तौलता है तथा नगरवासी अपनी स्वाद-वृत्ति की ख़ातिर उसका मुरब्बा बनाते हैं।

मैंने कुछ जंगली सेब अपने भंडार में रख लिए थे। मैंने जाड़ों में खाने के लिए आधा बुशल चेस्टनट भी रख लिए थे। मैं ये चेस्टनट गिलहरी के घोंसलों से ले आया था या पेड़ों पर चढ़कर उन्हें हिलाकर प्राप्त किए थे। कुछ पेड़ मेरे घर के पीछे भी थे। इनके फूलों का एक गुलदस्ता-सा बन जाता, जिनसे सारा वन महक उठता। ये चेस्टनट रोटी का काम अच्छी तरह चला देते थे।

सरोवर के पार मुझे दो-तीन मेपिल वृक्ष लाल होते दिखाई दिए। उनके रंग अनेक कथाएं कहते। धीरे-धीरे हर वृक्ष और निखरता गया। मानो सरोवर के दर्पण में अपना रूप देखकर स्वयं मुग्ध होने लगा हो। अक्तूबर में हज़ारों बर्रें जाड़े से बचने के लिए खिड़की और दीवारों पर आ बसी थीं। रोज़ कुछ ठिठुरकर मरी बर्रों को मैं झाड़ू से बुहारकर फेंक आता, किन्तु उन्हें भगाने की मैंने ख़ास कोशिश नहीं की। नवम्बर में बर्रों की भांति सरोवर के उत्तर-पूर्वी तट पर धूप में जा बैठता। धूप मिल सके तो उसकी गर्मी आग तापने से कहीं अधिक सुखद और स्वास्थ्यप्रद होती है।

चिमनी बनाते समय मैंने राजगीरी सीखी। पुरानी ईंटों को कन्नी से साफ़ करना ज़रूरी था। उन पर लगा चूना पचास वर्ष से भी अधिक पुराना था, जो और भी कड़ा होता जा रहा था। जितनी ईंटें मिल सकी थीं, उतनी उठा लाया था और इनकी सन्धों को मैंने सरोवर से लाए पत्थरों से भरा था। घर का प्रमुख केन्द्र होने के कारण मैं चिमनी के आसपास ही अधिक रहता। चिमनी बनाते समय मैं सोचता था कि जितनी धीरे-धीरे यह बनेगी, उतनी ही अधिक दिनों तक चलेगी भी। एक हद तक चिमनी घर की इमारत से स्वतन्त्र होती है और कभी-कभी घर के जल जाने के बाद भी यह खड़ी रहती है। यह गर्मियों के अन्त की बात है और अब नवम्बर आ गया था।

घर पर पलस्तर करने से पहले ही मैं चिमनी गरम करने लगा था जिसका धुआं घर के तख़्तों की सन्धों से आसानी से बाहर निकल जाता। पलस्तर हो जाने पर घर पहले से अधिक आरामदेह हो गया था। अब, जब घर का प्रयोग मैंने ठंड से बचने और गर्मी पाने के लिए करना शुरू किया तभी से इस घर में मेरा वास शुरू हुआ। घर के सारे आकर्षण इस एक कोठरी में ही केन्द्रित थे। इसी में रसोईघर, कमरा, बैठक, भंडार-गृह सभी कुछ था। इसमें मुझे सभी प्रकार का आनन्द प्राप्त होता।

कभी-कभी मैं एक बहुत बड़े और अधिक लोगों के रहने योग्य घर की कल्पना करता जो किसी स्वर्ण युग में हो, बड़ी मज़बूत सामग्री का बना हो; जिसमें कोई सजावट-दिखावट न हो, एक ही बहुत बड़ा कमरा हो, बड़े हॉल जैसा, जिसमें न छत हो, न पलस्तर, लेकिन शहतीरों और कड़ियों पर टिका हो और मेंह या बर्फ़ से बचाव के लिए उपयोगी हो — झुक आए आकाश की तरह यह घर एक विशाल गुफ़ा की तरह हो, जिसमें छत देखने के लिए मशालें जलानी पड़ें। इसमें कुछ लोग अंगीठी पर, कुछ खिड़की की दरारों पर, कुछ चौखट पर, कुछ हॉल के एक सिरे से दूसरे तक रह सकें। यह ऐसा घर हो जिसमें द्वार खोलते ही आप अन्दर आ जाएं और 'गृहप्रवेश' की औपचारिकता ही न रहे। यह ऐसा घर हो, जहां तूफ़ानी रात में शरण ली जा सके, जहां घर की सभी ज़रूरी चीज़ें तो हों, किन्तु 'गृहस्थी' न हो।

इस घर का भीतरी भाग पक्षी के घोंसले की तरह खुला हो। यह ऐसा हो, जिसके निवासियों का दर्शन किए बिना न तो आगे के द्वार से घुसा जा सके और पीछे के द्वार से निकला जा सके। यहां अतिथि को घर जैसी स्वतन्त्रता हो, क्योंकि अतिथि-सत्कार आज अतिथि को घर से अधिकतम दूरी पर रखने की कला बन गया है।

जब तक ठंड नहीं पड़ने लगी; तब तक मैंने घर पर पलस्तर नहीं किया। इसके लिए सरोवर के दूसरे किनारे से मैं एक नाव भरकर रेत लाया था। इसी बीच घर में सभी तरफ़ से तख़्ते जड़े जा चुके थे। जड़ाई करते समय जब मैं एक चोट से ही पूरी कील ठोक देता, तो मुझे बहुत सन्तोष होता। मैं पलस्तर भी तेज़ी और सफ़ाई से करना चाहता था। पलस्तर से ठंड बचती है और सफ़ाई आ जाती है। मुझे आश्चर्य हुआ कि ये ईंटें कितनी प्यासी हैं कि मसाले का लौंदा लगाते ही उसे फैलाने से पहले ही सारा पानी सोख लेती थीं। एक नया चूल्हा बनाने में कई बाल्टी पानी लग जाता। पिछले जाड़ों में नदी के शंख-सीप जलाकर मैंने थोड़ा-सा चूना तैयार किया था। इस प्रकार मुझे पता चला कि गृह-निर्माण के लिए सामग्री कहां से आती है।

इस बीच, सरोवर के उथले और छायादार भागों का जल जमने लगा था। पहली बर्फ़ ख़ासतौर पर आकर्षक होती है क्योंकि वह कड़ी, गहरे रंग की और पारदर्शी होती है, जिससे उथले भागों की तली का अध्ययन करना सरल होता है। जल भी पूरी तरह शान्त होता है और रेत के अनेक कुंड बने दिखाई देते हैं।

बर्फ़ कितनी पक्की है, यह जांचने के लिए कभी-कभी मैं उस पर पत्थर मारता था। यह पत्थर बर्फ़ तोड़कर जब नीचे जाता, तो उसके साथ कुछ हवा भी चली जाती जिससे बहुत बड़े बुलबुले बन जाते जो कई दिनों बाद भी साफ़ दिखाई देते।

मेरा पलस्तर का काम पूरा होते-होते कड़ाकेदार सर्दी पड़ने लगी थी। घर के चारों ओर हवा का तेज़ शोर होने लगा था, मानो तब तक वायु को इसकी

अनुमति न थी। हिमपात हो चुकने पर भी रात के अंधेरे में कलहंस पंख फड़फड़ाते आते और कुछ सरोवर में उतर भी पड़ते।

1845 ई. की 22 दिसम्बर की रात को वॉल्डन सरोवर पूरी तरह पहली बार जमा था। फ़्लिट या दूसरे उथले सरोवर दस दिन पहले ही बर्फ़ से जम गए थे। सरोवरों का जमना हर वर्ष अलग-अलग दिनों हुआ था। इस वर्ष 25 नवम्बर को ही भूमि बर्फ़ से ढंक गई थी और मैं अकस्मात जाड़े के दृश्यों से घिर गया था। मैं अपने खोल में और भी भीतर घुस गया और अपने घर एवं छाती को गरम रखने का प्रयास करने लगा।

अब मेरा बाहर का काम सूखी लकड़ी इकट्ठी करके कन्धों पर या बांहों में भरकर ले आना था। कभी-कभी चीड़ के मरे हुए पूरे पेड़ को मैं बग़लों में दबाकर अपने सहन तक घसीट लाता। इन दिनों वन की पुरानी बाड़ बड़ी काम आई जिसे मैंने अग्नि देव को समर्पित कर दिया।

इस युग, इस नवीन देश (अमेरिका) में भी वन का कितना महत्त्व है, जो सोने से कहीं अधिक स्थायी और व्यापक है। तमाम वैज्ञानिक प्रगति के बाद भी हम लकड़ी के ढेर की उपेक्षा नहीं कर सकते थे। लकड़ी आज हमारे लिए उतनी ही मूल्यवान थी, जितनी हमारे पूर्वजों के लिए थी। आज भी लकड़ी को बन्दूक के कुन्दे बनाने के काम में लाया जाता है।

राजा या किसान, सभ्यजन और बर्बर सभी को गर्मी पाने और रोटी पकाने के लिए लकड़ी की आवश्यकता होती है। मेरा काम भी लकड़ी के बिना नहीं चला। हर व्यक्ति लकड़ियों के ढेर को स्नेह-भाव से देखता है। मेरे पास जितनी अधिक लकड़ियां होती थीं, उतनी ही मुझे अपने मनोरंजक काम की याद आया करती थी।

चीड़ के मोटे-मोटे लक्कड़ एक बड़ा ख़ज़ाना थे। कितनी मनोरंजक बात है कि अग्नि का यह भोजन पृथ्वी के गर्भ में अब भी बड़ी मात्रा में दबा पड़ा है। अनेक बार मैं नंगी पहाड़ियों पर जाकर चीड़ की जड़ें निकाल लाता था। साधारणतः मैं वन की सूखी पत्तियों से आग जलाया करता था, जिन्हें मैंने बर्फ़

गिरने से पहले ही अपने छप्पर के नीचे जमा कर लिया था। वन में लकड़हारा 'हिकौरी' की लकड़ियां चीरकर आग जलाता। कभी-कभी मैं इन्हें भी ले आता।

हाल की कटी लकड़ी से मेरा काम और भी अच्छा चलता, लेकिन मैं इनका प्रयोग बहुत कम करता। जाड़ों में दोपहर बाद जब मैं घूमने निकलता तो कभी-कभी आग जलती छोड़ जाता और तीन-चार घंटे बाद लौटने पर उसे जलती ही पाता। मानो घर में एक प्रबन्धक मौजूद हो। घर में मैं और अग्नि दो जने थे, जिनमें से अग्नि अधिक विश्वसनीय थी। केवल एक बार मैं जब लकड़ियां फाड़ रहा था, तभी ख़याल आया कि खिड़की से देख तो लूं कि कहीं घर में आग तो नहीं लग गई। सचमुच आग की चिनगारी मेरे बिस्तर पर गिरी हुई थी और जब तक जाकर मैं उसे बुझाऊं, तब तक हथेली-भर जगह का बिस्तर जल चुका था।

जानवर तो सुरक्षित स्थान चुनकर केवल एक बिस्तर बनाता है, जिससे उसे गर्मी मिलती, किन्तु मनुष्य ने अग्नि का आविष्कार कर, बड़े कमरे में क़ैद हवा को गर्म कर लेने की व्यवस्था कर ली है। वह हवा ऐसा ओढ़ना होती है, जिसके नीचे व्यक्ति अपने भारी कपड़े उतारकर मज़े से घूम सकता है और भरे जाड़ों में गरम रहता है। प्रकाश के लिए घर में खिड़की बना लेता है और लैम्प की मदद से दिन को और भी बड़ा कर लेता है। इस प्रकार वह आदिम प्रवृत्तियों से कुछ आगे बढ़कर ललित कलाओं के लिए भी समय निकाल लेता है। अधिक देर तक ठंडी तेज़ हवा में रहने से हुआ सुन्न शरीर घर के सुखद वातावरण में आने पर फ़ौरन ही फिर से अपनी शक्ति वापस पा लेता है और अपने जीवन को दीर्घ बना लेता है।

अगले जाड़ों में ईंधन बचाने की ख़ातिर मैंने एक छोटा-सा चूल्हा बना लिया था। इस चूल्हे की आग अलाव जैसी अच्छी नहीं थी। फिर इस चूल्हे (अंगीठी) ने घर से जगह घेरकर गन्ध तो फैलाई ही, साथ ही उसने अग्नि को अपने अन्दर छिपा भी लिया था और मुझे लगा जैसे मेरा कोई साथी बिछुड़ गया हो। अग्नि में आपको सदा एक चेहरा दिखता रहता है। किन्तु अब मैं

बैठकर अग्नि को देख नहीं पाता था और एक कवि की ये पंक्तियां बरबस मेरे मस्तिष्क में कौंध जाती थीं :

ओ ज्योतिर्मयी अग्निशिखा
जीवन को रूप देने वाली,
तेरी प्रिय सघन सहानुभूति मेरे लिए कभी कम न हो।
मेरी आशाएं ही तो उठकर जगमगाती हैं
मेरा भाग्य ही तो रात्रि के गर्भ में डूबता है।
जब हम सब मन-प्राण से तुझे चाहते,
तेरा स्वागत करते हैं,
तब देश निकाला तुझे क्यों मिला घर-आंगन से?
या रहस्य है कोई गोपन?

हम सबल और सुरक्षित हैं
क्योंकि अब चूल्हे के सहारे बैठते हैं
धूमिल छायाएं उड़ती नहीं फिरतीं
अब न तो कुछ उल्लसित करता है
न मन में कोई क्षोभ उभरता है,
अग्नि हाथ-पैरों को सेंक तो देती है, पर
इससे आगे कुछ और आकांक्षा नहीं होती।

जाड़ों के जीव

शीतकाल में जब सरोवर ख़ूब जम जाते, तो कई जगह आने-जाने के लिए छोटे रास्ते सुलभ हो जाते। जमी बर्फ़ पर खड़े होकर चारों ओर के दृश्य नवीनता से भर उठते थे। हिमाच्छादित 'फ़्लिट पौंड' को जब मैंने पार किया, तो मुझे वह बहुत विस्तीर्ण तथा विचित्र लगा और मुझे 'बैफ़िस खाड़ी' की याद आ गई। चारों ओर घिरी लिंकन पहाड़ियों सहित मुझे ऐसा लगा जैसे मैं यहां पहली बार आया होऊं। जिन दिनों ऊंचे स्थानों पर दो फ़ुट बर्फ़ गिर जाती और गांव वाले गलियों में बन्द हो जाते, तब सरोवर मेरा अहाता बन जाता; जहां मैं स्वच्छन्दता से टहलता और बर्फ़ पर फिसलता था। किनारे की ओर चीड़ के वृक्ष बर्फ़ के बोझ से झुके चमकते रहते।

कानकोर्ड के इस भाग में बर्फ़ की गड़गड़ाहट भी सुन पड़ती, मानो प्रकृति वायु-विकार या दुःस्वप्न से पीड़ित हो करवट लेना चाहती हो। कभी-कभी बर्फ़ पर मुझे लोमड़ियों की आवाज़ सुनाई देती जो शिकार की तलाश में निकली होतीं। कोई लोमड़ी तो रोशनी देखकर मेरी खिड़की के नीचे तक आ जाती और अपनी भाषा में मानो कोई शाप देकर लौट जाती थी।

सवेरे लाल गिलहरी मेरी छत पर दौड़ लगाकर मुझे जगा देती। जाड़े के दिनों में मक्का के जो अधपके भुट्टे मैंने दरवाज़े के पास बर्फ़ पर फ़ेंक दिए थे, उनके प्रलोभन से आने वाले जानवरों की गतिविधि देखना आनन्दप्रद था। झुटपुटे और रात में बराबर खरगोश आकर यहां छककर भोजन करते। दिन में गिलहरियों का आना-जाना लगा रहता, जिससे मेरा ख़ूब मनोरंजन होता।

अन्त में नीलकंठ आया करते, जिनकी बेसुरी आवाज़ दूर ही सुन पड़ती थी। वे सावधानी से, चुपके, चोरी-छिपे आते और गिलहरियों द्वारा गिराए दाने चुग जाते। बीच में 'चिकैड़ी' चिड़ियों का झुंड भी आता जो गिलहरियों की जूठन उठाकर पास की टहनी पर प्रयासपूर्वक भोजन करता। हर रोज़ फुदकती चिड़ियों का झुंड भोजन प्राप्त करने आता। इनकी धीमी चहचहाहट घास पर ओस-कणों की मन्द ध्वनि-सी होती। इनसे मेरी इतनी घनिष्ठता हो गई थी कि एक बार लकड़ी लाते समय चिड़िया लकड़ी पर बैठ गई। एक बार तो गुड़ाई करते समय एक चिड़िया मेरे कन्धे पर ही बैठ गई। उस समय मुझे लगा कि इस चिड़िया के बैठ जाने से मैं न जाने कितना गौरवान्वित हो गया।

जिन दिनों भूमि बर्फ़ से पूरी तरह ढंक न पाई होती या जाड़े जब समाप्ति पर होते और दक्षिणी ढलान एवं लकड़ी के चट्टे से बर्फ़ पिघलने लगती, उन दिनों तीतर सुबह-शाम चुगने के लिए आते। उन दिनों आप चाहे जिधर जाएं, तीतर फर्र से उड़कर सूखी पत्तियों और टहनियों की बर्फ़ झाड़ देता। जाड़े के प्रभाती धुंधलके में या शाम के समय कभी-कभी शिकारी कुत्तों के भौंकने और दौड़ने की आवाज़ आती। उनके साथ शिकारी भी आते।

जब पानी सबसे गर्म होता, तो एक बूढ़ा शिकारी साल में एक बार वॉल्डन सरोवर में नहाने आता था और मुझे भी मिल जाता था। उसने बताया कि कई साल पहले एक बार वह वॉल्डन के किनारे बन्दूक लिए हुए तीसरे पहर वेलैंड सड़क पर जा रहा था, तो उसने शिकारी कुत्तों की पास से आती आवाज़ सुनी। पलक झपकते ही एक लोमड़ी मेंड से सड़क पर कूदी और विचार की भांति दूसरी मेंड पर छलांग लगाकर निकल गई। कुत्तों के भौंकने, लोमड़ी की चतुराई और अन्त में शिकारी द्वारा उसे गोली मारने की कहानी भी उसने मुझे सुनाई।

उसी शिकारी ने मुझे यह भी बताया कि सेमनटिंग नामक एक व्यक्ति भालुओं का शिकार करता और उनकी खाल के बदले कानकोर्ड गांव से 'रम' ले लेता था। उसी ने इस शिकारी को बताया था कि उसने वहां, अमेरिका में

पाया जाने वाला हिरन 'मूज' देखा था। उस इलाक़े में जो अन्तिम हिरन मारा गया था, उसके सींग अब भी एक व्यक्ति के पास सुरक्षित हैं।

कभी-कभी आधी रात की चांदनी में मुझे शिकार पर निकले हुए कुत्ते मिल जाते। जब तक मैं निकल नहीं जाता, वे चुपचाप झाड़ियों में खड़े रहते। मेरे चेस्टनटों के लिए जंगली चूहों और गिलहरियों में झगड़ा भी चलता रहता। जाड़ों में चूहे चीड़ के छोटे पौधों को भी कुतर डालते।

खरहे भी ख़ूब परिचित हो गए थे। एक मादा तो मेरे घर के नीचे मांद बनाकर जाड़ों-भर रही। सवेरे जब मैं घर में चलता-फिरता तो वह तेज़ी से निकल भागती और जल्दी में उसका सिर मेरे लकड़ी के फ़र्श से टकराता था। दिन छिपने पर ये खरहे मेरे आलुओं के छिलके खाने आते, जिनका रंग ज़मीन से इतना मिलता-जुलता था कि वे अगर हरक़त न करें, तो पहचानना मुश्किल हो जाता।

वह देश ही क्या, जिसमें तीतर और खरगोश न हों। इन सरल और देशी जीवों से प्राचीन और अर्वाचीन दोनों युगों के लोग परिचित हैं। जब कोई तीतर या खरगोश सर्र से गुज़रता है, तो यह लगता ही नहीं कि ये कोई जंगली जीव हैं। चाहे कितने ही परिवर्तन हो जाएं, भूमि के ये असली निवासी तीतर और खरगोश तो रहेंगे ही।

सर्दियों में सरोवर

जाड़े की ठहरी रात के बाद जब मैं जागा तो मुझे लगा कि मुझसे कोई प्रश्न पूछा गया है, जिसका उत्तर देने की विफल चेष्टा मैं निद्रा काल में भी कर रहा था – क्या, कैसे, कब, कहां? दूसरी ओर स्वयं प्रकृति का उदय होता था, शान्त-तृप्त मुख से वह मेरी खिड़कियों पर आ विराजती, उसके अधरों पर तो कोई प्रश्न नहीं होता था। मैं जागता था एक अनुत्तरित प्रश्न लिए प्रकृति के बीच, दिवस के आलोक में। हम मरणधर्मा लोग जो प्रश्न पूछते रहते हैं, उन्हें न तो प्रकृति पूछती है और न उत्तर देती है। वह तो जैसे बहुत पहले ही संकल्प ले चुकी हो कि 'हे राजन्, इस सृष्टि के आश्चर्य एवं विचित्रतापूर्ण रूप को हमारी आंखें अभिभूत होकर देखती हैं और उसे आत्मा तक पहुंचाती हैं। निस्सन्देह, रात्रि आकर इस ज्योतिपूर्ण सृष्टि के एक अंश को ढंक देती है, किन्तु फिर दिन आकर इस महान कृति के हमें दर्शन करा देता है, जो पृथ्वी से लेकर अन्तरिक्ष तक विस्तृत है।'

इसके बाद मैं सवेरे के कामों में लग जाता। पहले तो कुल्हाड़ी और बाल्टी लेकर जल की खोज में निकलता। बर्फ़ से ढंके क्षेत्र में पहाड़ियों के बीच किसी मैदान में खड़े होकर मैं ताज़ी गिरी बर्फ़ को काटता और फिर जमी हुई एक फुट बर्फ़ को। इस प्रकार मैं अपने पैरों के पास पृथ्वी के आंचल में एक खिड़की खोल झुककर पानी लेता। इस समय मैं मछलियों के नीरव बैठकघर में भी झांकता था।

सवेरे तुषार के कारण सभी चीज़ों में भुरभुरापन और ताज़गी भरी होती है। ऐसे में लोग अपनी बंसी और कुछ भोजन लेकर आते और पर्च मछलियों

के शिकार के लिए अपनी डोरियां फैला देते। ये वनवासी मोटे ऊनी कपड़े पहने सूखी पत्तियों पर बैठकर भोजन करते। उन्होंने कभी पुस्तक नहीं पढ़ी होतीं। वे जितना कुछ करते उससे कम का उन्हें ज्ञान होता और बता तो वह उसे भी नहीं पाते। जो काम वे करते हैं, उसे तो शायद अभी तक जाना ही नहीं जा सका है।

प्रकृति के अध्येताओं के अध्ययन की अपेक्षा उनका सारा जीवन कहीं अधिक गहराई से बीतता है। ऐसे व्यक्ति को प्रकृति की व्यवस्था में देखना मुझे अच्छा लगता है। चारे के कीड़े को 'पर्च' मछली निगलती है। 'पर्च' को पिकरेल मछली निगलती है और पिकरेल को मछुआ खा जाता है। इस प्रकार प्रकृति के इस क्रम की सभी कड़ियां जुड़ी रहती हैं।

सरोवर के चारों ओर घूमते हुए किसी मछुए को आदिम तरीक़े से मछली मारते देखने में मुझे बड़ा मज़ा आता। वॉल्डन सरोवर की पिकरेल मछली के क्या कहने! जब मैं उन्हें बर्फ़ पर या बर्फ़ में मछुए द्वारा बनाए गड्ढे में पड़ा देखता तो उसके दुर्लभ सौन्दर्य पर अचम्भित रह जाता, मानो वे किसी और ही लोक की मछलियां हों। इनके जैसी सोने और पन्ने की तैरती मछली मुझे किसी बाज़ार में नहीं दिखी, इसलिए सबकी आंखें इन्हीं पर जा टिकती हैं। यह मछली थोड़ी-सी ही छटपटाकर अपने तरल प्राणों को छोड़ देती है।

वॉल्डन सरोवर के तल का सामीप्य-लाभ करने की ख़ातिर 1846 के शुरू में ही, बर्फ़ गलने से पहले कुतुबनुमा, जरीय, डोरी आदि की सहायता से उसकी पूरी पड़ताल कर डाली। इस इलाक़े के ऐसे ही दो अतल सरोवर मैंने घूमकर देखे थे। लोग गहराई नापने का कष्ट किए बिना ही न जाने कितनी अवधि तक सरोवर की अतलता का विश्वास किए रहते हैं। अनेक लोगों का तो यह मानना है कि वॉल्डन सरोवर पृथ्वी के दूसरी ओर तक जा फूटा है। मैं आसानी से, काड मछली मारने की डोरी और लगभग डेढ़ पौंड वज़न के पत्थर की सहायता से, वॉल्डन सरोवर की गहराई नाप सका हूं। इस सरोवर का तल वास्तव में ठोस है, लेकिन कुछ अधिक गहरा है। इसकी सबसे अधिक गहराई 102 फ़ुट है। तब से अब तक 5 फ़ुट पानी और चढ़ आया है तो गहराई 107 फ़ुट हो गई है। इस छोटे-से जलक्षेत्र में इतनी गहराई होना असाधारण बात

है। जब तक लोगों का 'असीम' में विश्वास है, तब तक कुछ सरोवरों को तो अतल ही समझा जाएगा। इसके तल के सबसे गहरे भाग में कितने ही एकड़ जगह उन खेतों से अधिक चौरस है, जहां आज खेती होती है।

इसमें सन्देह नहीं कि आज की बहुत-सी मुस्कुराती घाटियां, जिनमें खेत लहलहा रहे हैं, प्राचीनकाल के भयानक गड्ढे ही हैं, जिनका पानी निकल चुका है। इन घाटियों के निवासियों को इस बात का विश्वास दिलाने के लिए भूगर्भशास्त्रियों को परिश्रम करना होगा। इसके विपरीत जिज्ञासु नेत्रों को नीची पहाड़ियों के बीच अक्सर आदिमकाल की किसी बड़ी झील का किनारा दिख जाता है।

पचास गज को एक इंच (पैमाना) मानकर मैंने सरोवर का जो मानचित्र बनाया, उसमें सभी जगहों की गहराई नापकर अंकित की। इस प्रकार मैंने पाया कि सबसे गहराई वाली जगह बीच में है। मैंने इसकी पांच में से तीन खाड़ियों को भी नापा तो पाया कि इनके मुहाने पर एक मेंड है और भीतर गहरा जल है। लगता है कि यह खाड़ियों का स्वतन्त्र झील बनने का प्रयास था।

जो बात मैंने सरोवर के विषय में देखी, वह नैतिकता के विषय में भी उतनी ही सत्य है। व्यक्ति के छिपे हुए तल भाग और गहराई को जानने के लिए शायद इतना ही जानने की ज़रूरत पड़ेगी कि उसका तट कैसा है और परिवेश क्या है। पर्वतीय परिस्थितियों से घिरे होकर तट की चोटियां किसी के हृदय में प्रतिबिम्बित हों तो पता चल जाता है कि उसमें गहराई कितनी है। समतल चौरस किनारे से उसका उथलापन भी ज्ञात होता जाता है। हमारे शरीर में भी उन्नत ललाट विचारों की गहराई का सूचक है। हमारी हर खाड़ी या रुझान भी एक मेंड की तरह होती है और विशेष समय पर हमारे लिए बन्दरगाह का काम देती है।

हम इतने अनाड़ी नाविक हैं कि अधिकांशतः हमारे विचार ऐसे तट पर जा लगते हैं, जहां कोई बन्दरगाह नहीं होता। हम केवल काव्य की खाड़ियां जानते हैं या सार्वजनिक बन्दरगाहों में ही घुसने की चेष्टा करते हैं और विज्ञान

की खुश्क गोदियों में जा पहुंचते हैं, जहां अगली यात्रा के लिए टूट-फूट की मरम्मत तो हो सकती है, किन्तु उनको व्यक्ति बनाने वाली कोई प्राकृतिक धारा का वहां कोई प्रवेश नहीं होता। वॉल्डन सरोवर का वर्षा, हिमपात या वाष्पीकरण के अलावा कोई अन्य निकास या मुहाना मुझे अब तक नहीं मिला है। हो सकता है कि डोरी और थर्मामीटर की सहायता से ऐसे स्थल भी मिल जाएं।

जनवरी की इस ठंड में, गांव का सयाना जमींदार गर्मियों में पेय पदार्थों को ठंडा करने के लिए जमी हुई और गिरी हुई मोटी एवं ठोस बर्फ़ इकट्ठी करता है। कैसी करुणाजनक चतुराई है कि वह जनवरी में ही जुलाई की गर्मी और प्यास की चिन्ता करता है।

जल की तरह ही वॉल्डन की बर्फ़ पास से देखने पर हरी-हरी दिखती, लेकिन दूर से देखने पर सुन्दर नीले रंग की। शायद पानी और बर्फ़ का रंग रोशनी और भीतर की हवा के कारण नीला होता है और सर्वाधिक पारदर्शी भाग सबसे अधिक नीले रंग का होता है। कुछ लोगों के कथानुसार 'फ्रेश पौंड्स' के बर्फ़ख़ाने में पांच साल पुरानी बर्फ़ है जो अब तक ताज़ी है। क्या कारण है कि बाल्टी का पानी जल्दी ही सड़ जाता है और जमा हुआ पानी बहुत दिनों तक अच्छा रहता है? सम्भवतः यही भेद मनोविकार और बुद्धि में है।

मैं नित्य भगवद्गीता के विराट् विश्वोत्पत्ति-सम्बन्धी दर्शन का अवगाहन करता हूं। इसकी रचना हुए कितने ही देव-वर्ष बीत गए हैं। इसके सामने हमारा आधुनिक संसार और साहित्य अत्यन्त तुच्छ और महत्त्वहीन लगता है। इसका विराटत्व हमारी कल्पना की अवधारणाओं से भी परे का है। मैं इस ग्रन्थ को रखकर जल लेने अपने कुएं पर जाता हूं, तो मेरी भेंट ब्राह्मण के एक सेवक से होती है। यह ब्राह्मण ब्रह्मा, विष्णु और इन्द्र का उपासक है जो अब भी गंगातट पर स्थित मन्दिर में बैठकर वेदों का पाठ करता है या किसी वृक्ष की कोटर में निवास करता है। उसका सेवक अपने स्वामी के लिए जब जल लेने आता है, तो मानो हम दोनों के पात्र उस कुएं में टकराते हैं। वॉल्डन का शुद्ध जल गंगा के पवित्र जल में मिल जाता है। वायु अनुकूल होने पर यह जल

ऐटलांटिस और हैस्वेरिडीज के पौराणिक द्वीपों के पार, टर्नेट और टाइडोर द्वीप-समूहों और फारस की खाड़ी तक बहता चला जाता है और भारत के सागरों की उष्ण वायु में मिलकर उन बन्दरगाहों तक पहुंच जाता है, जिनके सिकन्दर ने केवल नाम सुने-भर थे।

बसन्त

बर्फ़ काटने वाले जब काफ़ी बड़े हिस्से की बर्फ़ काटे देते हैं, तो सरोवर साधारणतः जल्दी ही हिममुक्त हो जाता है। किन्तु उस साल ऐसा नहीं हुआ, क्योंकि पुराना आवरण हटते ही उसने तुरन्त नया मोटा श्वेत परिधान धारण कर लिया। अन्य सरोवरों की भांति वॉल्डन की बर्फ़ जल्दी नहीं गलती, क्योंकि एक तो यह गहरा है, दूसरे इसमें से होकर कोई जलधारा नहीं निकलती जो बर्फ़ को काट या गला दे।

मेरे वन-प्रवास का एक आकर्षण यह था कि मुझे बसन्त के आने का समय और बसन्त देखने को मिल जाएगा। गर्मी से वर्षा में छत्ते की जाली-सी बनने लगती है। कुहरा, मेंह और सूर्य की बढ़ती गर्मी गिरी हुई बर्फ़ को गलाने लगते हैं और दिन बड़ा होने लगता है। ईंधन जमा करने की ज़रूरत नहीं रहती, क्योंकि अग्नि की आवश्यकता घट जाती है। मैं सचेत होकर बसन्त के आगमन के प्रथम चिह्न देखने की प्रतीक्षा करता हूं। ज्यों-ज्यों मौसम गर्म होता गया, बर्फ़ का गलना दिखना बन्द होता गया। तट के निकट पहले बर्फ़ गली और मध्य भाग में बर्फ़ की जाली बनी, फिर वह भी गर्मी, मेंह और कोहरे से गायब हो गई।

अत्यधिक शीत जलवायु में रहने वालों के लिए नदियों और झीलों के हिमरहित और मौसम की स्थिरता-सम्बन्धी हर घटना विशेष रूप से मनोहर होती है। गर्म दिन आने पर नदी तट बासी रात को बर्फ़ के टूटने का धमाका सुनकर जाग जाते हैं। लगता है, उसके एक छोर से दूसरे छोर तक बर्फ़ीली बेड़ियां टूट रही हों। शीघ्र बर्फ़ गायब हो जाती है और घड़ियाल रेत से निकलने लगते हैं। सूर्य की किरणें सीधी पड़ने लगती हैं, गर्म हवाएं कुहरा और मेंह

लाती हैं। जिससे बर्फ़ और भी जल्दी पिघलने लगती है। कोहरे को भेदकर लाल और सफ़ेद, रंग-बिरंगे भुद्दश्यों पर सूर्य मुस्कुराने लगता है। छोटी-छोटी अनगिनत जलधाराएं एक-दूसरे को काटने लगती हैं और इनके मिलने पर जब धारा बहती है, तो एक फ़ुट या अधिक ऊंचे, गुलगुले ढेर बनाती, हरी पत्तियों या लताओं का आकार धारण कर लेती है। रेत के भांति-भांति के रंग बड़े मनोहर होते हैं – भूरे, पीताभ और रक्ताभ। नदी के कारण धाराएं मिल जाती हैं और इनसे बनी रेत की पट्टी के रंग बड़े सुन्दर लगते हैं।

बीस से चालीस फ़ुट ऊंचा सारा तट पत्तियों या रेतीले प्रस्फुटन से ढंक जाता है। रेतीले प्रस्फुटन की दर्शनीय चीज़ है इनका अचानक प्रकट हो जाना। बीस से चालीस फ़ुट ऊंचा सारा तट कभी-कभी रेत की पत्तियों और रेतीले प्रस्फुटन से दो फार्लांग तक ढंक जाता। यह काम बसन्त ऋतु में ही होता है।

जब मैं एक ओर सुप्त तट को और दूसरी ओर इस वनस्पति राशि को देखता हूं, जो केवल एक घंटे की सृष्टि होती है, तो ऐसा लगता है, मानो मैं किसी कलाकार की कला-दीर्घा में आ गया हूं, जिसने मेरी और इस सारे विश्व की रचना की है। मानो मैं उस स्थान पर आ गया हूं जहां कलाकार तट पर बैठा अपने सर्जन कर्म में रत है और अपनी अतिरिक्त ऊर्जा से चारों ओर नए-नए रूपाकारों को बिखेर रहा है। मैं महसूसता हूं कि मैं सृष्टि के मर्मस्थल पर पहुंच गया हूं और इस रेत में ही वानस्पत्य छिपा दिखाई देता है। पृथ्वी के अन्तस में मन्थन चलता रहता है और आश्चर्य नहीं कि वही स्वयं को पत्तियों के रूप में व्यक्त करता हो। परमाणुओं ने यह नियम जान-समझ लिया है और उनमें वह परिव्याप्त है।

सूर्य छिप जाता है, तो रेत का यह प्रवाह मन्द हो जाता है। सवेरा होने पर ये धाराएं फिर बहने लगेंगी और अनगिनत उपधाराओं में बंटती चली जाएंगी। रक्त की धमनियों का रूप भी तो यही होता है। जमा हुआ पानी मानो हड्डियों का ढांचा है और बारीक़ मिट्टी मांस के रेशे और जीवाणु समूह यानी उसका सजीव अंश। मानव भी गलने वाली मिट्टी के सिवाय क्या है? गलता हुआ पदार्थ बहकर सिरे पर आकर हाथों और पैरों की उंगलियों का रूप धारण कर लेता है।

और अधिक रम्य आकाश के नीचे मानव का रूपकार कहां तक फैलता, कहां तक प्रवाहित होता है, यह कौन जानता है। लगता है कि पहाड़ी के इस ढलान पर प्रकृति की सभी क्रियाओं का सिद्धान्त लागू होता है। इस पृथ्वी के स्रष्टा ने शायद पृथ्वी की एक पत्ती ही बनाई है। कौन-सा पुरातत्ववेत्ता चित्रलिपि का यह लेख पढ़कर हमें समझा सकेगा, ताकि हममें भी नए पत्ते फूट निकलें।

पृथ्वी केवल मृत इतिहास का अंश नहीं, जिसमें एक के ऊपर एक पर्त चढ़ी हुई है और इस पुस्तक का अध्ययन भूगर्भशास्त्री या पुरातत्ववेत्ता ही करेंगे। यह तो सजीव कविता है, कोंपलों के समान, जो फूलों और फलों से पहले ही वृक्ष की सजीवता प्रमाणित करती हैं। पृथ्वी के केन्द्रीय जीवन की तुलना में सारा पशु और वनस्पति जगत तो परोजीवी-भर है।

ज़रा-सी देर में भूमि में से तुषार निकलकर सरोवर के किनारों, हर पहाड़ी, मैदान और खड्ड पर छा जाता है, जैसे कोई सुप्त चतुष्पद प्राणी मां के गर्भ से निकल संगीतमय हो, सागर की ओर जाता है या बादलों के प्रदेश में घुस जाता है। यह बिगलन भी द्रवित करने वाला है।

जब भूमि अंशतः हिमरहित हो जाती है और कुछ गर्म दिन धरातल को सुखा देते हैं तो शीतकाल में मुरझाई वनस्पतियों के विराट सौन्दर्य की तुलना करने में बड़ा आनन्द आता है। भांति-भांति के पौधे और बनैली घास ग्रीष्म की अपेक्षा अधिक उजली और मनोहर लगती है।

बसन्त आगमन पर लाल गिलहरियां मेरे घर के नीचे पहुंचने लगी और मेरे पैरों के नीचे उनकी अजीब-अजीब आवाज़ें। उनके जैसा मुखर नृत्य मैंने कभी नहीं देखा-सुना। बसन्त ऋतु की पहली गौरैया पक्षियों का कलरव और कूकें नम खेतों में सुनाई देतीं तो लगता कि शीत के अन्तिम गोले गिरकर खनखना रहे हों। नदी-नाले बसन्त का गीत गाने लगते हैं। ऐसे समय में सारा इतिहास, काल-क्रम लेख, वार्तालाप और समूचे लिखित ज्ञान का बोध कितना सार्थक रह जाता है।

वॉल्डन तेज़ी से पिघल रहा है। उत्तरी और पश्चिमी किनारों पर दस-दस गज चौड़ी नहरें बन गई हैं। केन्द्रीय भाग के बड़े हिस्से में बर्फ़ चटख चुकी

है। तटवर्ती झाड़ियों में गौरैया का गीत सुन पड़ता है। पानी के फीते को धूप में जगमगाना बड़ा अच्छा लगता है। आनन्द और तरुणाई से चमकते सरोवर का यह उन्मुक्त सुख। सरोवर शीत काल में मृत था तो अब फिर जी उठा है।

तूफ़ान और ठंडी के शान्त-सुहाने मौसम का जगमगाते लचीले दिनों में परिवर्तन स्मरणीय होता है, जिसकी घोषणा सभी वस्तुएं करती हैं। ज्योति का प्रभाव मेरी कुटिया में भी भर जाता है। कल तक यहां बर्फ़ जमी हुई थी, वहां ग्रीष्म की सन्ध्या आ गई है। अंधेरा होने पर कलहंसों की हांक सुनाई देने लगी थी। द्वार पर खड़े होकर उनके पंखों की सरसराहट सुन पड़ती थी। उनका रथ जब सरोवर में उतर गया, तो मैंने भी घर का द्वार बन्द करके बसन्त की प्रथम रात्रि वन में बिताई।

अगले दिन प्रातः धुंधलके में से ही कलहंसों को देखा, जो सरोवर के बीच तैर रहे थे। लगता था, जैसे वॉल्डन का निर्माण उनकी क्रीड़ा के लिए ही किया गया हो। एक सप्ताह तक धुंधलकेयुक्त प्रभातों में मुझे किसी-न-किसी कलहंस की आवाज़ सुनाई दी। अप्रैल में फिर कबूतरों के झुंड तेज़ी से उड़ते दिखने लगे थे।

प्रत्येक ऋतु बारी-बारी से हमें श्रेष्ठ प्रतीत होती है। वसन्त का आगमन क्रान्ति में से सृष्टि क्रम का उदय और स्वर्ण युग के समान लगता है। वर्षा में फुहार घास को कई गुना हरा-भरा कर देती है। इसी प्रकार श्रेष्ठतर विचार-प्रवाह भविष्य को अधिक उज्ज्वल बनाता चलता है, जैसे घास हल्की-सी ओस का भी प्रभाव ग्रहण कर लेती है, उसी प्रकार यदि हम वर्तमान की हर घटना का लाभ उठाते चलें और अतीत की चूकों के प्रायश्चित्त में ही समय नष्ट न करें, तो सारा जीवन सुखमय हो सकता है। बसन्त ऋतु आ जाने पर भी हम शीतकाल में ही घूम रहे होते हैं। किन्तु बसन्त के प्रथम दिवस को प्रभात बेला में सरोवर की नवरचना करते हुए सूर्य जगमगा उठता है। प्रतिदिन प्रातःकाल की शान्त और सुखद वायु में सद् (अच्छाई) की ओर लौटने का निमन्त्रण होता है।

29 अप्रैल को मैं कांपती घास और बेद वृक्ष की जड़ पर खड़ा मछली मार रहा था, तो मुझे अजीब-सी खड़खड़ाहट सुनाई दी। देखा तो ऊपर एक

छोटा- सा बाज तरंग की भांति उड़ता दिखा। वह चहचहाकर बार-बार ऊपर उठता और पतंग की भांति बार-बार नीचे आ जाता। इसके अतिरिक्त रत्नों की माला-सी दिखती रुपहली, सुनहरी और चमकीली मछलियों की टोली। अनेक बार बसन्त के पहले दिन मैं मैदान में गया हूं। टीले-टीले कूदता और वृक्षों की उठी हुई जड़ों पर छलांग लगाता। उस समय नदी की हरी-भरी घाटी और तपोवन एक आलोक से जगमगाते थे, जो क़ब्र के मुर्दों में भी प्राण-संचार कर दें। ऐसे आलोक में सभी कुछ अनिवार्यतः जीवन्त हो उठता है। अमरता का इससे बड़ा प्रमाण और क्या हो सकता था। मृत्यु अब तेरा दंशन कहां है!

कभी भी हम प्रकृति के इतने अपने नहीं होते कि परितृप्त हो जाएं। अक्षय शक्ति के दर्शन, विराट एवं विस्तृत आकारों, ध्वंसावशेष धारण किए सागर तट, हरे एवं सूखे वृक्षों वाले वनों, गर्जन-तर्जन और सप्ताहों तक झड़ी लगाने वाले मेघ, सभी से हमें नवस्फूर्ति ग्रहण करना चाहिए। आवश्यकता यही है कि हम अपनी बनाई सीमाओं के पार जाएं और जीवन को उस भूमि पर विचरण करने दें, जहां हम कभी पैर भी नहीं रखते।

मुझे यह देखकर बहुत आनन्द होता कि प्रकृति जीवन-शक्ति से इतनी भरपूर है कि असंख्य जीव एक-दूसरे का शिकार होते रहते हैं और दुर्घटनाओं की इतनी सम्भावनाओं के कारण दुर्घटना का महत्त्व ही नहीं रह जाता, यह हमें समझना चाहिए। बुद्धिमान जानता है कि समूची सृष्टि निर्दोष है। अन्ततोगत्वा विष भी सम्पूर्णतः विषैला नहीं होता और न हर घाव घातक होता है। दया की ज़मीन बड़ी नाज़ुक है और उसके रूपाकार को किसी एक ढांचे में फिट नहीं किया जा सकता।

बसन्त ऋतु सरकती हुई ग्रीष्म में प्रवेश कर गई जैसे कोई ऊंची और उससे भी ऊंची घास में चलता चला जाए।

इस प्रकार मेरे वन-प्रवास का पहला साल बीता। दूसरा साल भी क़रीब-क़रीब ऐसा ही था। 6 सितम्बर, 1847 को मैंने अन्तिम रूप से वॉल्डन सरोवर से विदा ली।

निष्कर्षतः

समझदार चिकित्सक लोगों को रोगमुक्त होने के लिए जलवायु और स्थान परिवर्तन की सालह देते हैं। प्रकृति में पशु-पक्षी भी यही करते हैं। कलहंस कनाडा में नाश्ता करता है, तो ओहायों में दुपहर का भोजन और रात दक्षिण के किसी नाले में बिताता है। जंगली भैंसा भी एक हद तक ऋतुचारी होता है, लेकिन मनुष्य है कि खेतों के चारों ओर पक्की बाड़ बनाकर जीवन की सीमा निर्धारित करता है और अपना भाग्य तय कर डालता है। सृष्टि के बारे में हमारी जो भी दृष्टि है, वह सीमित है; किन्तु वास्तविकता में वह उससे कहीं अधिक विस्तृत है।

यदि हम कहीं जाएं भी तो हमें जिज्ञासु यात्रियों की भांति जहाज़ के रेलिंग पर खड़े होकर विस्तार का साक्षात्कार करना चाहिए, न कि मल्लाहों की भांति डांड चलाना या जहाज़ के जोड़ों को भरना चाहिए। हमारी जल-यात्रा केवल पृथ्वी की परिक्रमा होती है और डॉक्टरों की चिकित्सा केवल शरीर-रोगों तक ही सीमित होती है :

> अन्तर्मुख होकर देखो तो पता चलेगा,
> कि तुम्हारे मस्तिष्क के सहस्रों प्रदेश
> अब तक अनाविष्कृत हैं। उनकी यात्रा करो
> और सृष्टि-शास्त्र में दक्षता प्राप्त करो।

अफ्रीका या पश्चिम किस बात के प्रतीक हैं? क्या हमारा अन्तर-पट अज्ञात नहीं है जो खोज करने पर कदाचित सागर तट की भांति अस्वच्छ निकले? क्या हम नदियों के स्रोतों या महाद्वीप के दरों को ही खोजते फिरें? क्या ये ही मानव-जाति की सबसे बड़ी समस्याएं हैं?

आप अपने ही सागर, सरिताओं और उच्चतर अक्षांशों को खोजिए। आप मंगोपार्क, लीविस या फ्रोबिशर बनने की बजाय कोलम्बस बनिए और अपने अन्तर के नए महाद्वीपों और नए जगत को खोजिए और व्यापार के नहीं, विचारों के नए-नए मार्ग खोलिए। हर व्यक्ति ऐसे विशाल राज्य का स्वामी है, जिसके सामने ज़ार का राज्य भी तुच्छ है। फिर भी, कुछ लोग देशभक्त होते हुए भी आत्म-सम्मानी नहीं होते और छोटी-सी प्राप्ति के लिए उससे कहीं बड़ी चीज का बलिदान कर देते हैं। 'दक्षिण सागर खोज अभियान' के व्यय आदि का निष्कर्ष यही है कि नैतिक संसार के भी महाद्वीप और सागर हैं और हर व्यक्ति इनका भू-डमरूमध्य है, मुहाना है, जिनका उसने अभी तक अन्वेषण नहीं किया है। एक सरकारी जहाज़ में भीषण बाधाओं के बीच हज़ारों मील की यात्रा कर लेना सहज है, स्वयं अपने अन्तस के महासागरों की खोज कठिन कार्य है।

यदि आप सभी देशों की भाषाएं सीखकर उनके रीति-रिवाज़ों पर चलना चाहते हैं और अन्य सभी यात्रियों से आगे निकल जाना चाहते हैं, तो सभी प्रदेशों के निवासी बन जाइए, प्राचीन दार्शनिकों का अनुसरण कीजिए और 'अपना' अनुसन्धान कीजिए। यहीं प्रखर दृष्टि और साहस की आवश्यकता पड़ती है। इसी दूरतम पथ पर चल पड़िए, जो न किसी मिसीसिपी पर रुकता है, न प्रशान्त महासागर पर; बल्कि इस ग्रह को छूता हुआ सीधा लिए चला जाता है। चलते जाइए दिन-भर, रात-भर सूर्यास्त तक, चन्द्रास्त तक और अन्त में पृथ्वी के भी अस्त होने तक।

'समाज के पवित्रतम नियमों' का विरोध कर, कोई अधिक बुद्धिमान व्यक्ति, उनसे भी अधिक पवित्र नियम पालन करते समय 'स्वयं' को अनेक बार प्राप्त करता है और पथ-भ्रष्ट हुए बिना अपनी दृढ़ता और साहस को ही कसौटी पर कस सकता है। सामान्य व्यक्ति के लिए इस प्रकार का व्यवहार करना ज़रूरी नहीं बल्कि उसे तो अपने अस्तित्व की रक्षा के लिए आवश्यक नियमों का पालन करना काफ़ी है, क्योंकि यह स्थिति कभी भी न्यायपूर्ण शासन के विरुद्ध नहीं पड़ेगी।

जिस कारण से मैंने वन-प्रवास किया था, कुछ वैसे ही कारण से मैंने उसे

छोड़ा भी। मुझे लगा कि मुझे तो अभी अनेक ज़िन्दगियां जीनी हैं और वन की इस ज़िन्दगी के लिए और अधिक समय नहीं दे सकता। हम सहज ही अनजाने एक विशेष मार्ग पर बढ़ जाते हैं और उसे ही अपने लिए लीक बना लेते हैं। पृथ्वी तल पर मानव के पद-चिह्नों से पगडंडियां बन जाती हैं। ऐसा ही मस्तिष्क-पथों पर विचरण करने से होता है। रीति और परम्परा-पालन के कितने गहरे निशान उन पर बन गए होते हैं।

अपने प्रयोग से मैंने इतना तो सीख लिया है कि यदि कोई विश्वास के साथ अपने स्वप्नों की दिशा में चलता जाए और जीवन की कल्पना के अनुसार जीने का प्रयास करे तो सफलता मिल जाएगी। वह एक अदृष्ट सीमा से आगे निकल जाएगा और नए, सार्वभौम एवं उदारतर नियम उसके आसपास तथा स्वयं उसके भीतर व्यवस्था ग्रहण कर लेंगे अथवा पुराने नियमों का ही उदात्तीकरण हो जाएगा और वह श्रेष्ठतर प्राणियों के समान रहने लगेगा। जीवन जितना सरल होता जाएगा, उतने ही सृष्टि के नियम कम उलझे लगेंगे और एकान्तता नहीं रहेगी। हवा में भी क़िले बन जाएंगे, बस केवल उनके नीचे नींव रख दीजिए।

मैं बिना किसी सीमा के बोलना चाहता हूं, अपने जाग्रत क्षणों में व्यक्तियों से उनके जाग्रत क्षणों में बात करना चाहता हूं। सम्भाव्य की दिशा में हमारे आगे कोई सीमा न हो। उस विषय में हमारी रूपरेखा धुंधली या अस्पष्ट भी हो सकती है, जैसे हमारी परछाईं पर पसीना अदृष्ट रहता है। हमारे शब्दों का सत्य तो तुरन्त अनूदित हो जाता है, उसका तो वाचिक स्मरण रह जाता है। जो शब्द हमारी निष्ठा एवं पवित्रता को व्यक्त करते हैं, सुनिश्चित नहीं हैं, फिर भी देवों को समर्पित धूप-चन्दन की भांति सार्थक और सुगन्धित होते हैं।

हम अपने बोध के निम्नतर स्तर की ओर ही क्यों झुकते रहें और उन्हें सहज बुद्धि की संज्ञा देकर उनका गुणगान क्यों करें? कुछ लोगों का तो स्वभाव हो जाता है कि अगर वे कभी जल्दी उठ जाएं, तो प्रभाती लालिमा में भी दोष खोज लें। मैंने सुना है कि कबीर के पदों के चार अर्थ होते हैं, जो 'माया, आत्मा, बुद्धि और वैदिक सिद्धान्तों' की व्यंजना करते हैं। लेकिन दुनिया के इस भाग में यदि किसी के लेखों के एक से अधिक अर्थ निकलते

हों, तो लोगों को शिकायत होती है। आलू सड़ने की बीमारी का तो हम इलाज ढूंढ़ लेते हैं। क्या दिमाग़ सड़ने की बीमारी का इलाज न खोजा जाए, जो कहीं अधिक मात्रा तथा कहीं अधिक घातक रूप से फैली है? लोगों को पृथ्वी पर कोहरे की तरह छाई पवित्रता तो प्रिय है, किन्तु अन्तरिक्ष की नीलिमा जैसी पवित्रता प्रिय नहीं।

हर व्यक्ति अपना-अपना काम करे, उसे जो बनाया गया है, वही बने रहने का प्रयास करे। सफल होने के लिए इतनी उतावली क्यों करते हैं! जो संगीत वह सुनता है, उसी के ताल-सुर के साथ क़दम रखे भले ही वह कितनी ही दूर से क्यों न आ रहा हो। जिन चीज़ों के लिए हमारा निर्माण हुआ, यदि उनकी परिस्थितियां अभी पैदा नहीं हुईं, तो किस वास्तविकता को हम उसके स्थान पर रख सकते हैं? हम मिथ्या वास्तविकता से जहाज़ टकराकर क्या अपना सर्वनाश नहीं करेंगे?

कोई पदार्थ हम कैसा भी बनाएं, अन्ततः हमारे लिए वह सत्य से अधिक उपयोगी नहीं होगा। केवल सत्य ही स्थायी रहता है। अपने स्वभाव की चंचलता से हम एक काल्पनिक स्थिति में स्वयं को स्थापित कर लेते हैं और एक ही समय में दो स्थितियों में पड़ जाते हैं, जिनसे निकलना कठिन हो जाता है। जो आपको कहना है, वही बोलिए; वह नहीं जो आपको कहना चाहिए। बनावट की अपेक्षा सत्य अधिक श्रेष्ठ है।

आपका जीवन चाहे जैसा हो, उसका सामना करो, उसे जियो, उससे भागो मत। वह उतना बुरा नहीं है, जितने कि आप। सम्पन्नतम अवस्था में ही अपना जीवन दरिद्रतम दिखता है। जीवन से प्रेम कीजिए, भले ही वह कितना ही दरिद्र क्यों न हो। शान्त मन वाला व्यक्ति सभी जगह सन्तोष से रह सकता है। इस नगर में मुझे अकसर दरिद्र लोग ही अधिक स्वतन्त्र जीवन बिताते दिखे। सन्तों की भांति निर्धनता को बाग़ की दूब की तरह जमाइए-पनपाइए। नई वस्तुओं के लिए कष्ट मत उठाइए, पुरानी चीज़ों को ही बार-बार पलटिए। वस्तुएं नहीं बदलतीं, हम बदल जाते हैं। वस्त्र भले ही बेच डालो, पर अपने विचारों को अपने पास रखो। ईश्वर कभी आपको संग-साथ की कमी नहीं रहने देगा।

आदमी से, सबसे दीनहीन व्यक्ति से उसका विचार नहीं छीना जा सकता। आतुरता से चमक उठने का प्रयास मत कीजिए, अनेक प्रभावों के शिकार मत बनिए। दरिद्रता और हीनावस्था की छाया घिरते ही हमें 'सृष्टि का विस्तार' दिखने लगता है। कुबेर का धन प्राप्त कर लेने पर भी हमारा लक्ष्य वही रहेगा, साधन वही रहेंगे, बदल नहीं जाएंगे। फालतू धन से फालतू की चीज़ें ही ख़रीदी जा सकती हैं। आत्मा की कोई भी सामग्री ख़रीदने के लिए धन की क़तई आवश्यकता नहीं होती।

मुझे तो अपनी ही स्थिति में आनन्द आता है, तड़क-भड़क और शानो-शौक़त से जुलूस में आगे चलने में नहीं, बल्कि सम्भव हो, तो स्वयं सृष्टिकर्ता के साथ चलने में। एक स्थान पर खड़े होकर या बैठकर जुलूस गुज़रते देखना मुझे अच्छा लगता है। मुझे उस वस्तु को तौलना, उसकी ओर खिंचाव प्रिय है जो दुर्निवार शक्ति से पूर्ण अधिकार के साथ मुझे अपनी ओर खींचती है। वस्तुस्थिति से साक्षात करना मुझे प्रिय है, किसी स्थिति की कल्पना करना नहीं।

मैं उन लोगों में अपना नाम लिखना पसन्द नहीं करूंगा, जो मूर्खतावश केवल ऊपरी पलंस्तर पर ही कील ठोककर सन्तोष कर लेते हैं। मुझे तो एक हथौड़ा दे दीजिए और जोड़ टटोलने दीजिए। केवल ऊपर के पलस्तर तक ही न रुक जाइए, कील को पूरा घुसाकर पूरी तरह ठोक दीजिए। प्रत्येक कील जो ठोकी जाए, वह सृष्टि की मशीन को और भी मज़बूत करने वाली हो। इसी प्रकार, केवल इसी प्रकार, ईश्वर आपकी सहायता करेगा।

प्रेम की, धन की और यश की अपेक्षा मुझे तो सत्य ही चाहिए। ठाट-बाट, घर, ज़मीन और मनोविनोद का मेरे सामने कोई मूल्य नहीं। हम कब तक पोर्टिको में बैठकर सड़े-गले फालतू शिष्टाचार का पालन करते रहेंगे। मानव जाति का दम्भ और अवरुद्ध आत्मसन्तोष तो देखिए। एक भी ऐसा व्यक्ति नहीं दिखता जो सम्पूर्ण मानव-जीवन जी चुका हो।

हम इस विराट ब्रह्मांड की पतली-सी झिल्ली-भर (जिस पर हम निवास करते हैं) से परिचित हैं। अधिकतर लोग पृथ्वी तल के छह फुट नीचे भी नहीं

गए और छह फुट ऊपर भी नहीं उठते होंगे। आधे समय तक तो हम सोते रहते हैं फिर भी हम बुद्धिमान बनते हैं, बड़ी दूर की कोड़ी लाते हैं। हम ज़बर्दस्त आकांक्षा वाले लोग हैं।

संसार में चिरनूतनता का अबाध प्रवाह चला आ रहा है और हम इतनी नीरसता सहन करते हैं, जिस पर कि विश्वास करना भी कठिन है। कैसे-कैसे उपदेश आज भी ध्यान से सुने जाते हैं। 'आनन्द' और 'दुख' शब्द भजनों की टेक बनकर रह गए हैं। हमारा विश्वास तो 'साधारण' और 'तुच्छ' बातों तक सीमित रह गया है।

हमारे अन्तस् का जीवन नदी-जल की भांति होता है। कभी वह जल-स्तर इतना बढ़ सकता है कि आसपास की ऊंची ज़मीन को भी परिप्लावित कर दे। आज हम जहां रहते हैं, वह भूमि सदा से सूखी नहीं रही होगी। इस पर मुझे बहुत दूर तक वे किनारे दिख पड़ते हैं, जिन्हें प्राचीनकाल में यह रसधारा सींचती होगी। कौन जानता है कि इस समाज के शुद्ध और परम साधारण जीवन की नीरसता की पर्तों के नीचे से न जाने कब दबे किसी अंडे से कौन-सा सुन्दर पंखोंवाला जीव अचानक ही प्रकट हो जाए।

मैं नहीं कह सकता कि ये सारी बातें इंग्लैंड या अमेरिका के लोग समझ भी जाएंगे या नहीं। किन्तु नवप्रभात का तो स्वभाव ही ऐसा है कि उसका उदय केवल काल गति से ही नहीं जाना जा सकता। जिस ज्योति से हमारी आंखें चौंधिया जाएं, वह तो हमारे लिए अन्धकार जैसी ही है। दिन का उदय तो तभी होता है, जब हम जाग्रत अवस्था में होते हैं। दिन का उदय होने में अभी और समय शेष है। सूर्य तो भोर का एक तारा-भर है।

"भू दृश्य, जहां का सम्पन्नतम तत्त्व
थोड़ी-सी भोली धूप है.................."
"तेरे मैदान में खेलने को
कोई दौड़ा नहीं आता............."
"वाद-विवाद न तू करता है,
प्रश्न न करते तुझे भ्रमित,
सादा, ताम्रवर्ण वस्त्रों में,
तू पहले की भांति नमित।"
"आओ तुम प्रेमीजन!
तुम भी, ओ घृणा-वदन,
आओ शान्ति-दूत तुम,
आओ गाइ फॉक्स तुम,
पेड़ों पर लटका दो
अपने षड्यन्त्रों को।"

'वॉल्डन' से

थोरो का एक विशिष्ट लेख

सविनय अवज्ञा

मैं हृदय से इस आदर्श वाक्य को स्वीकार करता हूं कि 'वही सरकार सर्वोत्तम है जो न्यूनतम शासन करती है।' मैं चाहता हूं कि इस आदर्श को जल्दी-से-जल्दी और व्यवस्थित रूप में असली जामा पहनाया जा सके। यदि इस आदर्श को क्रियान्वित किया गया तो इसका अन्ततः अर्थ यह होगा कि 'वही सरकार सर्वोत्तम होती है जो शासन बिल्कुल नहीं करती।' इस विचारधारा में मेरा विश्वास भी है। इसके लिए जब जनता अपने को तैयार कर लेगी तो उसकी सरकार इसी प्रकार की होगी। उस अवस्था में नियमन करने वाली एक आवश्यकता-मात्र होगी, लेकिन आमतौर पर अधिकांश सरकारें – और कभी-कभी तो अधिकांश सरकारें – अनावश्यक रूप से नियन्त्रण करने वाली होती हैं।

सरकार की एक स्थायी सेना हो, इसके विरोध में जो आपत्तियां उठाई जाती हैं वे अनेक हैं, वजनी हैं और उनको स्वीकार किया जाना चाहिए। ये आपत्तियां स्थायी सरकार के विरोध में भी उपस्थित की जा सकती हैं। लोक द्वारा अपनी इच्छा को क्रियान्वित करने का एक तन्त्र ही तो सरकार है; लेकिन जब तक जनता अपनी इच्छा-आकांक्षाओं पर अमल करा सके, उससे पहले ही सरकार का दुरुपयोग किया जा सकता है और उसे विरूप भी किया जा सकता है। अब मैक्सिको के युद्ध को ही लीजिए, जिसे चन्द लोगों ने स्थायी सरकार को अपना अस्त्र बनाकर आरम्भ करा दिया। यदि आरम्भ में ही जनता की सहमति ली जाती, तो वह इसकी स्वीकृति कदापि न देती।

आख़िर यह अमेरिकी सरकार है क्या? सरकार बनाने की एक परम्परा ही न! जो अपेक्षाकृत हाल की उपज है और अपने को अबाध रूप से सशक्त करने की चेष्टा कर रही है। इस प्रक्रिया में क्या वह हर क़दम पर अपनी साख कुछ कम नहीं करती जा रही? उसमें एक जीवित प्राणी की शक्ति तथा प्राणवत्ता नहीं है, क्योंकि जीवित व्यक्ति अपनी इच्छा के अनुसार मुड़ सकता है। यह तो एक प्रकार से स्वयं जनता के लिए ही लकड़ी की बन्दूक जैसी है। लेकिन यह भी कम आवश्यक नहीं है, क्योंकि लोगों को भी आज्ञा पालन के लिए कुछ चाहिए, ताकि वे कुछ शोर सुन सकें और समझ सकें कि उन्होंने एक सरकार चाही थी जो विद्यमान है।

इस प्रकार सरकार ने दिखा दिया है कि व्यक्तियों पर किस प्रकार सफलतापूर्वक विचार लादे जा सकते हैं, स्वयं को लादा जा सकता है और उसका ख़ुद लाभ उठाया जा सकता है। यह बहुत अच्छा है और हम सबको यह होने देना चाहिए। इसके बाद भी सरकार ने अपनी ओर से कोई उद्यम नहीं बढ़ाया है, बल्कि बड़ी सफ़ाई से अपने को उससे अलग कर लिया है। वह देश को स्वतन्त्र नहीं रखती। वह पश्चिम के लोगों को बसाती नहीं है। वह शिक्षा नहीं देती। अगर सरकार बीच में नहीं आई होती तो अमेरिकी लोगों की प्रकृति ऐसी है कि जो भी सफलताएं आज दिख रही हैं, वे सब तो उसने प्राप्त कर ही ली होतीं, बल्कि उससे भी कुछ अधिक हासिल कर लिया होता। सरकार एक ऐसा नियामक तत्त्व है, जिसके कारण लोग एक-दूसरे से पृथक रहने के लिए बाध्य हैं। जब सरकार सर्वाधिक नियामक हो जाती है तो अधिकांश लोगों को अकेले-अकेले रूप में अपने दायरे में ले आती है। व्यापार और वाणिज्य को, अपने मार्ग में उपस्थित किए गए विधायकों के अवरोधों को पार करके ही, काम चलाना होता है।

यदि क़ानून बनाने वाले लोगों का मूल्यांकन उनके इरादों की अपेक्षा इन कार्यों से किया जाए, तो इन्हें दुष्ट लोगों की श्रेणी में रखना होगा और रेलमार्ग पर अवरोध खड़े करने वालों के समान दंडित किया जाना चाहिए।

यदि व्यावहारिक रूप से और एक नागरिक के रूप में कहूं तो जो लोग स्वयं को 'सरकार नहीं' पक्ष का कहते हैं, उनसे भिन्न मत रखते हुए मैं कहूंगा कि तुरन्त सरकार समाप्त करने की बजाय तुरन्त बेहतर सरकार बनानी चाहिए। हर व्यक्ति यह बता दे कि किस प्रकार की सरकार में वह अपनी श्रद्धा समर्पित कर सकता है और उसकी यह इच्छा ही इच्छापूर्ति की दिशा में एक क़दम होती।

सरकार के स्वरूप निर्धारण का एक व्यावहारिक कारण यह है कि जब सत्ता एक बार लोगों के हाथ में आ जाती है, तो बहुमत की बात चलती है। बहुमत वाले लोगों की सरकार बहुत दिनों तक चलती है। इसका कारण यह नहीं है कि बहुसंख्यक लोग अल्पसंख्यक लोगों के प्रति न्यायपूर्ण नीतियां अपनाते हैं, बल्कि बहुसंख्यक शारीरिक एवं भौतिक रूप से सर्वाधिक शक्तिशाली होते हैं। बहुमत से बनी सरकार सर्वाश रूप से न्याय पर आधारित नहीं होती – इतने न्याय पर भी नहीं जितना लोग समझते हैं। क्या कोई ऐसी सरकार हो सकती है, जिसमें बहुमत सही और ग़लत का निर्णय करने वाला तत्त्व न हो, बल्कि निर्णायक तत्त्व हो आत्मा की आवाज़? इसमें बहुमत से इतना ही तय किया जाए कि वे कौन-से प्रश्न हैं, जिन पर अनिवार्य नियमन की व्यवस्था लागू की जाए। क्या किसी नागरिक को एक क्षण के लिए भी अपनी आत्मा की आवाज़ का एक अंश भी सांसद या विधायक के ऊपर छोड़ देना चाहिए? यदि हां, तो हर व्यक्ति की अपनी आत्मा की आवाज़ होती ही क्यों है? मैं समझता हूं कि हमें व्यक्ति पहले होना चाहिए, प्रजा बाद में। क़ानून के प्रति उतना ही आदर पैदा करना, जितना कि अधिकार के प्रति होना चाहिए, वांछनीय नहीं है। मुझे यह मानने का अधिकार है कि अपने अधिकार के प्रति मेरा दायित्व इतना ही हो कि किसी भी समय मैं जो उचित या ठीक समझूं, वह कर सकूं। यह सच ही कहा गया है कि कारपोरेशन (संस्था) की कोई आत्मा नहीं होती, लेकिन आत्मावान व्यक्तियों की संस्था 'आत्मयुत' संस्था होती है। क़ानून ने व्यक्ति को तनिक भी अधिक न्यायपूर्ण नहीं बनाया और क़ानून के प्रति आदर पैदा करके साधन-सम्पन्न लोग प्रतिदिन अन्याय के वाहक बने रहते हैं। क़ानून के प्रति इस अनुचित आदर का एक सामान्य एवं प्रकृत परिणाम यह हुआ है कि

सैनिकों, कर्नलों, कप्तानों, कारपोरल, ग़ैर-सरकारी लोगों और शस्त्र विक्रेता आदि सम्मानपूर्ण व्यवस्था के साथ पहाड़ों पर चढ़ते हैं और जनसाधारण के सामान्य विवेक एवं आत्मा की आवाज़ के विरुद्ध भी जाकर युद्ध करते हैं। यह वास्तव में ऊंची मार्च होती है और दिलों की धुकधुकी बढ़ा देती है। जनसाधारण को इसमें तनिक भी सन्देह नहीं कि यह निन्दनीय कार्य है और लोग शान्ति के पक्षधर हैं। ऐसी अवस्था में वे लोग क्या हैं? क्या मनुष्य भी हैं? अथवा छोटे चल-दुर्ग एवं शस्त्रागार हैं, जो सत्ताधीश चन्द अवांछनीय लोगों की सेवा में लगे हैं। नौसेना के यार्ड में जाइए और एक नौसैनिक को देखिए। वह ऐसा इंसान है जैसा कि अमेरिका सरकार बना सकती है या ऐसा इंसान है जिसे काले जादू के ज़ोर से पैदा किया जा सकता है। वह व्यक्ति मानवता की एक छाया, एक अवशेष-भर है, एक ऐसा व्यक्ति जो जीवित रखा गया है और खड़ा है, लेकिन जो हथियारों में दफ़न कर दिया गया है।

इस प्रकार जो लोग राज्य की सेवा में रत हैं, वे लोग मुख्यतः मनुष्य नहीं हैं बल्कि शरीरधारी मशीनें हैं। ये ही लोग सेना हैं, अर्द्धसैनिक बल हैं, जेलर हैं, कांस्टेबल आदि हैं। इन लोगों का व्यक्तिगत निर्णय अथवा नैतिक मान्यता जो भी हो, वे उसके अनुसार आचरण करने के लिए स्वतन्त्र नहीं हैं, बल्कि इन लोगों ने स्वयं को लकड़ी, मिट्टी तथा पत्थर जैसा बना लिया है। और लकड़ी का आदमी निर्मित किया जा सकता है तथा वह अपेक्षित उद्देश्य की पूर्ति भी कर सकता है। ऐसे लोग भूसे या मिट्टी के लोगों की अपेक्षा अधिक सम्मान प्राप्त नहीं कर सकते। उनका उतना ही मूल्य है, जितना कि घोड़ों अथवा कुत्तों का। फिर भी, ये ही लोग आमतौर पर अच्छे नागरिक समझे जाते हैं। दूसरे लोग जैसे कि सांसद-विधायक, राजनीतिज्ञ, वकील, मन्त्री तथा अन्य पदाधिकारी राज्य की सेवा बुद्धि से करते हैं और वे बिना किसी इरादे के शैतान की सेवा देवता की भांति करते हैं। देश-प्रेमी, देशभक्तों, शहीदों और सुधारकों सरीखे चन्द लोग ही बहुत हद तक राज्य की सेवा अपनी आत्मा की आवाज़ सुनते हुए करते हैं और इसीलिए राज्य का विरोध करते हैं और राज्य आमतौर पर उन्हें अपना शत्रु समझता है। समझदार व्यक्ति केवल एक मानव के रूप में ही उपयोगी हो

सकता है और वह 'मिट्टी का माधो' बनना स्वीकार नहीं करेगा। वह विरोधी हवा को रोकने का साधन बनने की बजाय पद त्याग करना पसन्द करेगा।

जो व्यक्ति स्वयं को पूरी तरह अपने देशवासियों की ख़ातिर समर्पित कर देता है, वह उनकी दृष्टि में निकम्मा और स्वार्थी माना जाता है। लेकिन जो व्यक्ति स्वयं को अंशतः उनके हवाले कर देता है, वह परोपकारी तथा मानवता सेवी घोषित किया जाता है।

तब किसी व्यक्ति को आज की अमेरिकी सरकार के साथ कैसा व्यवहार करना चाहिए? मेरा उत्तर है कि बिना अपमानित हुए, वह उसके साथ जुड़ नहीं सकता। मैं उस राजनीतिक संस्था को अपनी सरकार सदा के लिए स्वीकार नहीं कर सकता जो कि गुलामों की सरकार भी है।

सभी लोग क्रान्ति करने के अधिकार को स्वीकार करते हैं, अर्थात उन्हें उस सरकार के प्रति निष्ठा न रखने और उसका विरोध का अधिकार प्राप्त है, जिसकी निरंकुशता और अकुशलता बहुत अधिक बढ़ गई हो और असहनीय हो गई हो। लेकिन लगभग सभी कहते हैं कि वर्तमान में अभी ऐसी स्थिति नहीं आई है। उनका मानना है कि 75 की क्रान्ति के दिनों में ऐसी स्थिति विद्यमान थी। अगर कोई मुझसे कहे कि यह सरकार इसलिए एक ख़राब सरकार है, क्योंकि यह अपने बन्दरगाहों पर लाई जाने वाली चीज़ों पर कर लगाती है तो बहुत सम्भव है कि मैं इसके विषय में कोई हो-हल्ला न करूं, क्योंकि मैं उन चीज़ों के बिना भी अपना काम चला सकता हूं। सभी मशीनों का अपना-अपना घर्षण होता है और सम्भव है कि यह घर्षण वह अच्छा काम करे, जिससे बुराई का प्रति-सन्तुलन हो सके। जो भी कहो, इस सम्बन्ध में आन्दोलन चलना तो एक बड़ी बुराई है। लेकिन जब घर्षण ही अपनी मशीन बना डाले और उत्पीड़न तथा लूट संगठित रूप से की जाने लगे तो मैं कहूंगा कि हमें ऐसी मशीन (ऐसा तन्त्र) नहीं चाहिए। दूसरे शब्दों में स्वतन्त्रता की छतरी तले रहने वाला, राष्ट्र की जनसंख्या का छठा भाग, यदि गुलामी का जुआ कन्धे पर रखने को बाध्य हो, और समूचा देश विदेशी सेना द्वारा अन्यायपूर्वक पददलित कर दिया गया और जीत लिया गया हो और देश में सैनिक क़ानून

लगा दिया गया हो, तो मेरे विचार से हर ईमानदार व्यक्ति को विद्रोह कर देना चाहिए और क्रान्ति के समर में कूद पड़ना चाहिए। हमारा यह कर्तव्य उस समय और भी अधिक आवश्यक बन जाता है, जब पददलित किया गया देश भी हमारा ही है और आक्रमण करने वाली सेना भी हमारी है।

नैतिक मूल्यों के समर्थक अधिकारी विद्वान पाले की मान्यता है कि जब तक समूचे समाज की दृष्टि से आवश्यक हो, अर्थात जब तक स्थापित सरकार का जनता को असुविधा में डाले बिना, प्रतिरोध करना या बदल डालना सम्भव न हो, तब तक उसे ईश्वर की इच्छा समझा जाए और स्थापित सरकार की आज्ञा का पालन किया जाए। यदि इस सिद्धान्त को स्वीकार कर लिया जाए, तो हर प्रतिरोध का औचित्य नापने का पैमाना एक ओर तो ख़तरे और कष्ट का परिमाण होगा और दूसरी ओर प्रतिकार की सम्भावना और उसके परिणामस्वरूप होने वाले जनकष्ट। कौन-सा पलड़ा भारी है, इसका निर्णायक हर व्यक्ति होगा। सम्भवतः पाले ने कभी ऐसी अवस्थाओं की परिकल्पना नहीं की होगी, जब एक नागरिक और उसके व्यक्ति को इस विषय में निर्णय करना होगा, भले ही उसकी कितनी ही क़ीमत उसे चुकानी पड़े। यदि किसी दूसरे व्यक्ति को यह तख़्ता जिसके सहारे वह अपनी प्राणरक्षा कर सकता था, मैं हथिया लूं, तो मुझे वह तख़्ता उसे लौटा देना चाहिए, भले ही इस प्रक्रिया में मैं स्वयं ही क्यों न डूब जाऊं। पाले के सिद्धान्त के अनुसार, यह मेरे लिए असुविधा की स्थिति होगी। लेकिन जो व्यक्ति तख़्ता हथिया चुका है, वह स्वयं का जीवन बचाकर उसे वस्तुतः खो चुकेगा। ऐसे लोगों को गुलाम बनाना और मैक्सिको से युद्ध करने से बाज आना चाहिए, क्योंकि इस युद्ध से राष्ट्र के रूप में उनका अस्तित्व ही मिट जाएगा।

व्यवहार के स्तर पर राष्ट्र पाले के सिद्धान्त को स्वीकार करते हैं, लेकिन क्या कोई यह सोचता है कि मैसाचुसेट्स के लोग इस संकट के समय में ठीक वही कर पाते हैं, जैसा करना वे उचित या न्याय समझते हैं?

हक़ीक़त को समझते हुए कहें तो मैसाचुसेटस में सुधार के विरोधी दक्षिणी अमेरिका के लाखों-करोड़ों राजनीतिज्ञ नहीं हैं, बल्कि यहीं के हज़ारों-

लाखों व्यापारी और किसान हैं, जो मानवता की अपेक्षा अपने व्यवहार और कृषि के हितों के विषय में अधिक चिन्तित हैं। ये लोग गुलामों और मैक्सिको के साथ न्याय करने को तैयार नहीं हैं, भले ही इसकी कितनी ही क़ीमत उन्हें चुकानी पड़े। मेरा दूर रहने वाले अपने दुश्मनों से झगड़ा नहीं है, बल्कि पड़ोस के उन लोगों से है, जो दूरस्थ लोगों के कहने पर काम करते हैं और उनका सहयोग करते हैं। इन लोगों के बिना वे दूर के लोग हमें कोई हानि नहीं पहुंचा सकते। हम यह कहने के अभ्यस्त हो गए हैं कि बहुसंख्यक लोग तैयार नहीं हैं; किन्तु सुधार की गति धीमी है, क्योंकि चन्द लोग बहुसंख्य लोगों से अधिक बुद्धिमान या बेहतर नहीं हैं। यह इतनी महत्त्वपूर्ण बात नहीं है कि बहुत-से लोग आपके जैसे अच्छे हों, क्योंकि सम्पूर्ण अच्छाई तो कहीं और ही निवास करती है। ऐसे हजारों लोग हैं, जो गुलामी और युद्ध की बात के विरुद्ध हैं, लेकिन व्यावहारिक रूप से, इनको प्रभावी बनाने के लिए करते कुछ नहीं हैं। वाशिंगटन और फ्रैंकलिन की नज़रों में 'अच्छे बच्चे' समझे जाने वाले ये लोग अपनी जेबों में हाथ डाले बैठे रहते हैं और कहते हैं कि हमें पता नहीं कि क्या करें और वे सचमुच कुछ करते भी नहीं हैं। ये लोग जन-स्वातन्त्र्य के प्रश्न का निर्णय तो क्या व्यापार-स्वातन्त्र्य के प्रश्न का निर्णय भी टाल जाते हैं और रात्रि भोजन के उपरान्त मैक्सिको से आई नवीनतम ख़बरें पढ़ते रहते हैं और सम्भव है कि इन दोनों ही प्रश्नों को सिरहाने रखकर सो जाते हैं। तब आज के ईमानदार व्यक्ति और देशभक्त के लिए आचरणीय नैतिक मानदंड क्या है? वे हिचकिचाते हैं और खेद प्रकट करते हैं और कभी-कभी आवेदन-अपीलें भी प्रसारित करते हैं, लेकिन वे निष्ठापूर्वक करते कुछ नहीं हैं और इन सबका परिणाम भी कुछ नहीं निकलता। वे तो आराम के साथ प्रतीक्षा करेंगे कि कोई अन्य व्यक्ति आकर बुराई समाप्त करेगा और फिर उन्हें उसके लिए किसी प्रकार का अफ़सोस करने की भी आवश्यकता नहीं रहेगी। ज़्यादा करेंगे तो एक सस्ता-सा वोट डाल आएंगे, एक दुर्बल दया-भाव से भगवान से अच्छा हो सकने की प्रार्थना करेंगे। एक गुणी व्यक्ति की तुलना में गुण-ग्राहक नौ सौ निन्यानबे व्यक्ति मिल जाएंगे। लेकिन गुणवान अधिकारी व्यक्ति से सुलटना आसान है, उसके अस्थायी अभिभावकों से निपटना सहज नहीं है।

वोट-व्यवस्था या चुनाव एक प्रकार का जुआ है, जिसमें लोग अच्छाई-बुराई का पक्ष लेकर खेल खेलते हैं और नैतिकता के प्रश्नों को सामने रखते हैं। ऐसे में स्वाभाविक है कि दांव पर भी कुछ लगता है। वोट डालने वाले का चरित्र दांव पर नहीं होता। संयोग से (उस समय) जो मैं ठीक समझता हूं, उसके पक्ष में वोट भी डाल आता हूं, लेकिन मेरी उद्वेलनपूर्ण चिन्ता यह नहीं होती है कि अच्छाई की अवश्य ही विजय हो। मैं उसे बहुमत पर छोड़ देने के लिए तैयार होता हूं। इसलिए उसका दायित्व भी उस अनिवार्यता से आगे नहीं जाता। अच्छाई के पक्ष में वोट डाल आना भी उसके लिए कुछ न करने के समान है। यह तो व्यक्तियों की इस मरियल-सी इच्छा की अभिव्यक्ति-भर है कि अच्छाई सब तरफ़ फैले। बुद्धिमान व्यक्ति 'अच्छाई' की सफलता-विफलता को संयोग के भरोसे नहीं छोड़ सकता और न मात्र यह चाहकर रह सकता है कि अच्छाई बहुमत के बल पर विजयी-भर हो जाए। जन-समूह के कामों में अच्छाई मुश्किल से ही होती है। अन्ततः यदि बहुमत इस बात का समर्थन करेगा कि ग़ुलामी को समाप्त कर दिया जाए, तो वह इस कारण करेगा कि उसने ग़ुलामी के प्रति उदासीनता का भाव अपना लिया है या फिर इतनी ग़ुलामी रह ही नहीं गई है कि उसे उनके वोट की ताक़त से मिटाना ज़रूरी हो। तब वे ख़ुद ग़ुलाम होंगे। उसका मत तो ग़ुलामी समाप्ति की इस प्रक्रिया को गतिमान-भर बना पाएगा, जो अपने मत से अपनी आज़ादी के अधिकार को सबल रूप से प्रस्तुत कर चुकेगी।

बाल्टीमोर या अन्यत्र कहीं किसी सम्मेलन के होने की बात मैंने सुनी है, जिसमें राष्ट्रपति पद के लिए उम्मीदवार का चयन किया जाएगा। इस चयन समिति में मुख्य रूप से सम्पादक गण और पेशेवर राजनीतिज्ञ होंगे। लेकिन मेरे विचार से, किसी स्वतन्त्र, बुद्धिमान एवं सम्माननीय व्यक्ति का उससे क्या लेना-देना होगा कि वे किस निर्णय पर पहुंचते हैं? फिर भी, क्या हमें उसकी बुद्धिमत्ता और ईमानदारी का लाभ नहीं उठाना चाहिए? क्या हमें ऐसे कुछ स्वतन्त्र मतों का निर्णय करते समय सम्मान नहीं करना चाहिए? क्या देश में ऐसे बहुत-से लोग नहीं हैं, जो ऐसे सम्मेलनों में भाग नहीं लेते? लेकिन नहीं;

मैं पाता हूं कि तथाकथित सम्मानित व्यक्ति फ़ौरन अपनी मूलस्थिति से लुढ़क जाते हैं। ऐसे लोग तुरन्त ही, उन चयनित उम्मीदवारों को ही एकमात्र सुलभ उम्मीदवार स्वीकार कर लेते हैं और स्वयं को भीड़ का भाग बना लेते हैं। ऐसे व्यक्ति के वोट का महत्त्व किसी सिद्धान्तहीन विदेशी या ख़रीदे हुए देशी व्यक्ति के वोट से अधिक रह ही नहीं जाता। जो व्यक्ति सचमुच एक इंसान है, जिसका मेरे पड़ोसी के मतानुसार अपना दृढ़ विचार और निष्ठा है, उसकी स्थिति क्या होगी? हमारे आंकड़े ग़लती-भरे हैं। जनसंख्या बहुत बढ़ गई है। आंकड़े बताते हैं कि हमारे देश में प्रति हज़ार वर्ग मील में कितने लोग बसते हैं, लेकिन इनमें खरा इंसान मुश्किल से एक होता है। क्या अमेरिका ऐसे लोगों को अपने यहां बसाने के लिए कोई प्रोत्साहन देता है? अमेरिका अजीब लोगों का देश बन गया है, जिसमें लोगों का शरीर तो हट्टा-कट्टा होता है–बौद्धिकता में न्यून किन्तु आत्मनिर्भरता पर हंसता हुआ। संसार में आने पर उसकी पहली एवं प्रमुख चिन्ता होती है कि अनाथालय अच्छी हालत में हों। वह विधवाओं और अनाथों के लिए कपड़े एवं धन एकत्र करता है और म्यूचुअल इंश्योरेंस कम्पनी की सहायता पर जीता है, ताकि मरने पर उसे सही ढंग से दफ़नाया जा सके।

साधारणतया, व्यक्ति का यह कर्तव्य नहीं कि वह बुराई – भयंकरतम बुराई की समाप्ति के लिए स्वयं को खपा दे; उसे व्यस्त रखने के लिए और बहुत-से धन्धे रहते हैं, लेकिन उसका यह कर्तव्य अवश्य है कि वह अपने को उनसे दूर रखे और कुछ नहीं तो बुराई को अपना समर्थन तो प्रदान न करे। यदि मैं अपने को अन्य कार्यों में लगाता हूं और मनन-चिन्तन करता हूं तो सबसे पहले मुझे कम-से-कम यह तो अवश्य देखना चाहिए कि मैं अपना वह काम किसी के कन्धों पर बैठकर तो न करूं। सबसे पहले तो मुझे उसके कन्धों से उतर जाना चाहिए, जिससे वह अपना सोचा हुआ काम कर सके। कितना भीषण असम व्यवहार हम बर्दाश्त करते हैं। मैंने अपने कुछ नगरवासियों को कहते सुना है कि "ग़ुलामों के विद्रोह को दबाने या मैक्सिको की लड़ाई पर जाने के लिए मुझसे कहकर तो देखते, मेरी सहायता तो मांगते, फिर देखते कि मैं क्या कुछ करता हूं।" और इन्हीं में से अधिकांश ने या तो सीधे अपनी

निष्ठा या अप्रत्यक्ष रूप से अपनी धन-शक्ति के बल पर अपने बदले किसी और को भेज दिया है। युद्ध करने वाली अन्यायी सरकार को बनाए रखने के विरोधी लोग उन सैनिकों का तालियों की गड़गड़ाहट से स्वागत करते हैं, जो अन्यायपूर्ण युद्ध लड़ने से इंकार कर देते हैं। लेकिन सरकार पाप करे ही नहीं, ऐसा कुछ हम एक क्षण के लिए भी नहीं करते। इस प्रकार सरकारी आदेश तथा असैनिक सरकार के नाम पर हम सब अपने ही घटियापन को समर्थन देने तथा श्रद्धा- सुमन अर्पित करने के लिए बाध्य होते हैं। अपराध-बोध के पहले चरण में हम उपेक्षा-भाव अपना लेते हैं और फिर अनैतिकता को नैतिकता से इतर मानने लगते हैं, जैसे वह जीवन के लिए आवश्यक न रह गई हो।

सबसे स्थूल और सर्वाधिक प्रयुक्त ग़लती तभी समाज में बनी रहती है, जब अनिच्छापूर्ण भलाई उसका साथ देती है। देशभक्ति के सद्गुण से जहां भी ज़रा-सा समझौता करने की गुंजाइश होती है, भले लोगों द्वारा समझौता कर लेना बहुत सम्भव है। जो लोग किसी सरकार के चरित्र और उसके द्वारा उठाए गए क़दमों को नापसन्द करते हुए भी, सरकार के प्रति अपनी निष्ठा बनाए रखते हैं और उसका समर्थन करते हैं, वे निस्सन्देह उसके सर्वाधिक सजग समर्थक होते हैं और इसीलिए वे ही सुधारों के मार्ग की सबसे गम्भीर बाधाएं भी होते हैं। कुछ लोग राष्ट्रपति के विचारों के विपरीत संघ को भंग करने का आवेदन करते हैं। वे स्वयं ही क्यों नहीं अपने और राज्य के बीच का सम्बन्ध-विच्छेद कर लेते और क्यों नहीं राजकोष को अपनी तरफ़ से देय धन देना बन्द कर देते? क्या उनका राज्य के साथ वही सम्बन्ध नहीं है, जो राज्य का संघ सरकार के साथ है? और क्या वे कारण ही राज्य को संघ सरकार का प्रतिरोध करने से नहीं रोकते, जिन कारणों से वे लोग राज्य का प्रतिरोध नहीं करते?

कोई भी व्यक्ति केवल एक मत रखकर कैसे सन्तुष्ट हो सकता है और उसका आनन्द उठा सकता है? यदि उसका मत यह है कि वह प्रताड़ित है, तो उससे किसी प्रकार का आनन्द कैसे उठाया जा सकता है? अगर किसी पड़ोसी ने आपसे एक डॉलर ठग लिया है, तो आप इस बात से कैसे सन्तुष्ट हो सकते हैं कि आपको ठगा गया है या मात्र यह कहकर कि आपको ठगा गया है या

मात्र आवेदन दे दें कि आपको जो देय है, वह अदा कर दिया जाए, आप यह सुनिश्चित करेंगे कि आप कभी ठगे नहीं जाएं। औचित्य विषयक सिद्धान्त, अवधारणा और कार्य से बहुत कुछ बातें और सम्बन्ध बदल जाते हैं और जैसा पहले था, उससे उसका सम्बन्ध नहीं होगा। सिद्धान्तों, अवधारणा एवं कार्य से राज्यों और चर्चों का विभाजन होता है, परिवारों का ही नहीं, वरन व्यक्ति तक का विभाजन हो जाता है – उसका भौतिक अस्तित्व तथा उसका आध्यात्मिक चिन्तन अलग-अलग हो जाता है।

अन्यायपूर्ण क़ानून होते हैं। उस अवस्था में क्या हम उनका पालन करें या उनमें संशोधन करने का प्रयास करें अथवा क्या हम तब तक उन क़ानूनों का पालन करें, जब तक उन्हें बदलवाने में सफल नहीं हो जाते अथवा क्या हमें तुरन्त उन क़ानूनों का उल्लंघन आरम्भ कर देना चाहिए? आज जैसी सरकार है, उसके अधीन रहने वाला सामान्य व्यक्ति सोचता है कि तब तक प्रतीक्षा करो, जब तक हम बहुमत को वे क़ानून बदलवाने के लिए सहमत न कर लें। वे सोचते हैं कि यदि वे प्रतिरोध करते हैं तो उपचार उस बुराई से भी अधिक ख़राब होगा। लेकिन यह सरकार का ही दोष है कि उपचार रोग से भी अधिक ख़राब हो जाए। यह स्थिति ही उसे बुरा बनाती है। वह परिवर्तन की सम्भावना का पूर्वानुमान क्यों नहीं लगा पाती और सुधार क्यों कर सकती? वह अपने बुद्धिमान अल्पमत के विचारों का क्यों सम्मान नहीं करती? वह आहत होने से पहले ही क्यों चिल्लाती और प्रतिरोध करती है? वह अपने नागरिकों को सतर्क बनाने के लिए क्यों प्रोत्साहित नहीं करती, जिससे वे उस (सरकार) की त्रुटियां बता सकें और उसे कुछ बेहतर बना सकें? वह क्यों ईसा को सूली पर चढ़ाती है, कोपरनिकस और लूथर को धर्मच्युत करती है और वाशिंगटन तथा फ्रैंकलिन को विद्रोही घोषित करती है?

यह सोचा जा सकता है कि उसकी सत्ता का अस्वीकार ऐसा अपराध है, जिसकी सरकार ने कल्पना भी नहीं की थी। यदि की होती, तो उसका निश्चित उपयुक्त और अपराधानुकूल दंड देने की व्यवस्था भी न की गई होती। अगर किसी के पास सम्पत्ति नहीं है और वह राज्य को अदा करने के लिए नौ शिलिंग

कमा नहीं सका है, तो उसे जेल की हवा खानी पड़ेगी और सज़ा की अवधि जेल में डालने वाले अधिकारी की मर्ज़ी के अनुसार होगी, लेकिन अगर वह राज्य से नौ शिलिंग, नब्बे बार चुरा सकता है, तो उसे फिर मुक्त होने दिया जाता है।

यदि अन्याय सरकारी मशीन की अनिवार्य रगड़ है, तो उसे चलने दीजिए, शायद घिस-घिसकर रगड़ खाना समाप्त हो जाए; और अन्ततः मशीन भी घिस-घिसकर समाप्त हो जाए। यदि अन्याय कोई स्प्रिंग, पुली, रस्सा या फ्रैंक शाफ़्ट है, जो विशेष रूप से मशीन के लिए बनाई गई है, तब शायद आपको सोचना पड़े कि क्या उपचार रोग से भी अधिक हानिकर होगा? यदि सरकार इस प्रकार की है कि आपको दूसरे के साथ अन्याय करने का माध्यम बनाती है तो उसके क़ानून को तोड़ दो। आप अपने जीवन को मशीन रोकने वाला 'प्रतिरोधी घर्षण' बन जाने दीजिए। हम जिस बुराई की निन्दा करते हैं, वही बुराई करने वाले हम स्वयं न बन जाएं।

बुराई को दूर करने के लिए सरकार ने जो प्रावधान किए हैं, वे दीर्घ सूत्री होते हैं और सुधार होते-होते व्यक्ति का जीवन ही समाप्त हो जाता है। मैं इस संसार में मुख्य रूप से इसलिए नहीं आया हूं कि इसे रहने योग्य अच्छा बनाऊं, बल्कि इसमें रहने आया हूं, यह चाहे अच्छा हो या बुरा। व्यक्ति दुनिया में सब- कुछ करने नहीं आता बल्कि कुछ करने आता है। यह आवश्यक नहीं कि वह कुछ ख़राब करे ही। यह मेरा काम नहीं कि मैं गवर्नर या विधान सभा से आवेदन करता फिरूं। यह काम इतना ही उनका भी है कि वे मुझसे आवेदन करें। अगर वे मेरा आवेदन स्वीकार नहीं करते; तब मैं क्या करूं? इस अवस्था से निपटने के लिए सरकार ने कोई व्यवस्था नहीं की। उसका संविधान ही बुराई की जड़ है। मेरा यह कथन कठोर, हठवादिता और समझौता-विरोधी लग सकता है। लेकिन इस भाव को पूरी समझ तथा उदाहरण से समझने की ज़रूरत है। इसलिए हर परिवर्तन अच्छे के लिए ही होता है, जैसे जन्म और मृत्यु शरीर बदलने के कारण हैं।

मैं इस अमेरिकी सरकार या इसके प्रतिनिधि राज्य सरकार के हर साल आमने-सामने होता हूं – कर अदायगी के लिए। कर वसूल करने वाला व्यक्ति

मेरा पड़ोसी है और वह स्वेच्छा से सरकार का प्रतिनिधि बन जाता है। वह यह कैसे भली-भांति समझ सकता है कि वह सरकार के एक अफ़सर के रूप में बेहतर व्यक्ति है या एक मानव के रूप में, जब तक कि यह सोचने को विवश न हो कि वह अपने पड़ोसी, भले आदमी, के साथ कैसा व्यवहार करता है? वह शान्ति भंग करने वाला बनता है या अपनी वाणी एवं कार्य से भला मनुष्य? मैं भली-भांति जानता हूं कि अगर एक हज़ार, या सौ या दस ईमानदार आदमी ही – अरे दस भी क्यों, इस मैसाचुसेट्स राज्य का एक भी ईमानदार व्यक्ति ग़ुलाम रखना बन्द कर दे, ग़ुलाम रखने की भागीदारी समाप्त कर दे और इसके लिए जेल की सज़ा भी भुगत ले, तो यह अमेरिका से ग़ुलामी की समाप्ति होगी। इस बात से अन्तर नहीं पड़ता कि शुरुआत कितनी छोटी है, असल बात यही है कि एक बार जो अच्छा हो गया, वह सदा के लिए हो जाता है। लेकिन हम उसके विषय में बातें करना ही जानते हैं और कहते हैं कि यह हमारा मिशन है। वे सुधार-समर्थक बीसियों अख़बारों को तो अपने साथ रखते हैं, मगर उस एक ईमानदार इंसान को नहीं।

जिस सरकार में किसी व्यक्ति को अनुचित रूप से जेल में डाला जाता हो, उसमें सही आदमी का सही स्थान जेल ही होता है। मैसाचुसेट्स के लोगों ने स्वतन्त्र और विचारवान आत्माओं के लिए उपयुक्त स्थान जेल ही बना रखा है क्योंकि वे सरकार के सिद्धान्तों के अनुरूप नहीं चल सकते। ग़ुलाम मानसिकता वाले राज्य में उन्मुक्त व्यक्ति के लिए सम्मानपूर्वक रहने का स्थान जेल ही है। अगर कोई सोचता है कि जेल में रहने से उनका प्रभाव कम हो जाएगा, उनकी आवाज़ राज्य के कानों तक नहीं पहुंचेगी या जेल की दीवारों के अन्दर रहकर वे राज्य के कम शत्रु होंगे, तो वे यही नहीं जानते कि सत्य बुराई की अपेक्षा कितना शक्तिवान होता है और न यह जानते हैं कि न्याय के पथ पर चलकर अन्याय के साथ कैसे प्रभावी ढंग से जूझा जा सकता है। इसके लिए अपना सम्पूर्ण प्रभाव काम में लाना होगा। एक अल्पमत तभी तक अल्पमत रहता है, जब वह बहुमत की बात मानकर चलता है। सच तो यह है कि वह उस अवस्था में अल्पमत भी नहीं रह जाता। लेकिन जब वह अल्पमत

जुझारु और दुर्धर्ष हो जाता है, से जूझा जा सकता है। इसके लिए अपना सम्पूर्ण प्रभाव काम में लाना होगा। एक अल्पमत तभी तक अल्पमत रहता है, जब वह बहुमत की बात मानकर चलता है। सच तो यह है कि वह उस अवस्था में अल्पमत भी नहीं रह जाता। लेकिन जब वह अल्पमत जुझारु और दुर्धर्ष हो जाता है, तो वह सारे मार्ग अवरुद्ध कर देता है। अगर विकल्प यही रह जाए कि या तो हज़ार लोगों को जेल में डाल दो, या युद्ध और गुलामी को समाप्त कर दो, तो सरकार चुनाव करने में तनिक भी नहीं हिचकिचाएगी। यदि हज़ार व्यक्ति अपने टैक्स बिल जमा न करें, तो वह बिल जमा करने से अधिक हिंसापूर्ण और रक्तपातपूर्ण नहीं होगा, क्योंकि बिल जमा करके वे राज्य को हिंसा एवं बेकस लोगों का रक्तपात करने योग्य बनाएंगे। वास्तव में यही शान्तिपूर्ण क्रान्ति की परिभाषा है, बशर्ते कि वह सम्भव हो सके। अगर कर वसूलने वाला या कोई अन्य अधिकारी पूछे कि 'तो मैं क्या करूं', तो मेरा उत्तर होगा कि – 'यदि आप वास्तव में कुछ करना ही चाहते हैं तो पद से इस्तीफा दे दो।' जनता ने राज्य के प्रति निष्ठा त्याग दी और अधिकारी ने त्याग-पत्र दे दिया, तब क्रान्ति सम्पूर्ण हो गई। लेकिन मान लो, तब भी रक्तपात होता है, तो क्या उस समय किसी प्रकार का रक्त नहीं गिरता, जब आत्मा घायल होती है? इस घाव से तो मानव की मानवता और अमरता ही रिस-रिसकर बह जाती है और वह शाश्वत मृत्यु को प्राप्त हो जाता है।

माल छीनने वाला और सम्पत्ति जमा करने वाला दोनों ही जेल की सज़ा पाने के अधिकारी हैं। यदि कोई व्यक्ति बिना धन के प्रयोग के रहता है, तो राज्य उससे कुछ मांगने से हिचकेगा, लेकिन धनी व्यक्ति सदैव उस संस्था का गुलाम रहेगा, जिसने उसे धनी बनाया है। समग्र रूप से कहें, तो जो व्यक्ति जितना धनी होगा, उसमें सद्गुण उतने ही कम होंगे, क्योंकि धन व्यक्ति और उसके मनुष्यत्व के बीच की दीवार है। जितने-जितने 'साधन' बढ़ते जाते हैं, मुक्त जीवन जीने के अवसर उतने ही कम होते जाते हैं। जब कोई धनी हो जाए, तो उसे अपनी संस्कृति के सुधार के लिए उन कार्यों को करने की चेष्टा करनी चाहिए, जिनके विषय में वह ग़रीबी के दिनों में सपने लेता था।

जब मैं अपने मुक्त पड़ोसियों से बात करता हूं, तो वे सरकार के प्रति निष्ठा की गम्भीरता को चाहे जैसे समझें, संक्षेप में उनका व्यवहार यही होता है कि वे वर्तमान सरकार की सुरक्षा का त्याग नहीं कर सकते और सरकार की अवज्ञा करने पर उसका जो परिणाम उनकी सम्पत्ति या परिवार के लिए होगा, उससे वे भयाक्रान्त रहते हैं। जहां तक मेरी बात है, मैं राज्य की सुरक्षा पर कभी निर्भर नहीं हूं। लेकिन अगर मैं अपना टैक्स बिल अदा न करूं, तो वह मेरी सम्पत्ति ज़ब्त करके बर्बाद कर देगी और मुझ पर तथा मेरे बच्चों पर अनन्त अत्याचार करेगी। यह अत्यन्त कठोर स्थिति है। यह स्थिति किसी भी व्यक्ति के लिए ईमानदारी से रहना असम्भव बनाती है। सम्पत्ति जमा करना व्यर्थ है, क्योंकि वह शीघ्र ही चली जाएगी। आप कहीं किराये के मकान में या खुली जगह में रह लीजिए, थोड़ी-सी फ़सल उगा लीजिए और शीघ्र उसे खा-पीकर ख़त्म कर दीजिए। आप अपने में रहिए। सदैव अपने पर निर्भर कीजिए और किसी झंझट में उलझे बिना कहीं भी चल पड़ने के लिए तैयार रहिए। अगर मुझे सरकार की सुरक्षा नहीं चाहिए, शान्तिपूर्ण साधनों से बनाई अपनी सम्पत्ति की रक्षा नहीं चाहिए, तो मैं मैसाचुसेट्स राज्य के प्रति निष्ठावान रहने से इंकार कर सकता हूं। हर हालत में राज्य की अवज्ञा करके दंडित होना हर लिहाज़ से उस सरकार के आज्ञा पालन की अपेक्षा कम महंगा पड़ेगा।

कुछ साल पहले चर्च का पक्ष लेकर आई सरकार के साथ मेरी मुठभेड हुई। मुझे आदेश हुआ कि मैं उस पादरी के जीवन-यापन के लिए कुछ धन दूं जिसने मुझे नहीं, मेरे पिता को प्रवचन दिया था। मुझे कहा गया कि 'या तो यह धनराशि दो, वरना जेल जाने को तैयार रहो।' मैंने धन देने से मना कर दिया। लेकिन दुर्भाग्यवश किसी और व्यक्ति ने मेरी तरफ़ से वह धन दे दिया। मुझे समझ नहीं आता कि कोई अध्यापक पादरी का ख़र्च क्यों उठाए। पादरी को अध्यापक का ख़र्च उठाना चाहिए। बाद में मैंने लिखकर दे दिया कि मैं चर्च का सदस्य नहीं रहना चाहता और उसके बाद सरकार ने मुझसे ख़र्चे की मांग बन्द कर दी। काश, मैं यह जानता कि अन्य संस्थाओं का सदस्य न रहने का रास्ता क्या है, तो मैं उन सबसे अलग हो जाता!

हंसी आई कि लोग समझते हैं कि मैं रक्त-मांस-हड्डियों का पिंड-भर हूं, जिसे जेल में बन्द किया जा सकता है। मुझे आश्चर्य हुआ कि सरकार मेरा यही उपयोग सोच पाई और उसने यह कभी नहीं सोचा कि मेरा इससे बेहतर उपयोग भी सम्भव है। मैंने एक क्षण के लिए भी स्वयं को बन्दी नहीं समझा और मैंने जेल की दीवारों को पत्थरों और मसाले का दुरुपयोग ही समझा। मैंने समझा कि अपने नगरवासियों में से मैंने अकेले ने ही कर अदा किया है। वे लोग यह भी नहीं जानते कि जेल में मुझसे कैसे व्यवहार करें। उनकी हर धमकी या प्रशंसा उनकी भयंकर भूल थी। जब वे सावधानी से मेरी जेल कोठरी का दरवाज़ा बन्द करते तो मुझे हंसे बिना नहीं रहा जाता था कि ये लोग तो मेरे 'ध्यान' के लिए बन्दोबस्त कर रहे हैं। वे मेरी आत्मा तक नहीं पहुंच सकते थे, इसलिए मेरे शरीर को ही दंडित कर बैठे। इससे सरकार के प्रति मेरी रही-सही निष्ठा भी जाती रही और मुझे उस पर दया आने लगी।

इस प्रकार सरकार कभी भी इरादतन व्यक्ति की मेधा या नैतिकता से नहीं टकराती, केवल शरीर से ही उलझती है। उसके पास व्यक्ति से उच्च आत्मा या मेधा नहीं होती, केवल भौतिक शक्ति होती है। मैंने विवशता ढोने के लिए जन्म नहीं लिया। मैं अपने ही ढंग से श्वास लूंगा। देखें, तब कौन अधिक शक्ति-सम्पन्न है। कौन-सी शक्ति श्रेष्ठ है? वे मुझे अपने जैसा ही बनने के लिए बाध्य कर सकते हैं। मैं नहीं जानता कि लोगों की भीड़ किसी व्यक्ति को इस या उस प्रकार का जीवन जीने के लिए विवश कर सकती है। वह कैसा जीवन है, जो वे जिलाना चाहते हैं? समाज का तन्त्र सफलतापूर्वक चले, इसके लिए मैं उत्तरदायी नहीं हूं। अगर अन्न का बीज या फल ज़मीन पर पास-पास गिर जाएं तो वे एक-दूसरे के लिए स्थान नहीं बनाते। वे अपनी-अपनी प्रकृति के अनुरूप चलते हैं। बसन्त आने पर उगते हैं, बढ़ते हैं, फलते-फूलते हैं। यदि कोई पौधा अपनी प्रकृति के अनुसार नहीं चलता, तो मर जाता है। यही बात व्यक्तियों के लिए भी सच है।

मेरे लिए जेल में बिताई रात बहुत नवीनतायुक्त और रोचक थी। क़ैदी खुले में गप्पें मार रहे थे और दरवाज़े से आने वाली हवा खा रहे थे। शाम

को जेलर ने कहा, 'चलो अब जेल में बन्द होने का समय हो गया' तो वे अलग-अलग कोठरियों में चले गए। मेरी कोठरी के अन्य क़ैदी से मेरा परिचय प्रथम श्रेणी का व्यक्ति और चालाक आदमी कहकर कराया गया। जब दरवाज़े पर ताला लगा दिया गया, तो उसने मुझे बताया कि मैं अपना हैट कहां टांगूं और वहां कैसे रहूं। कमरे में हर महीने सफ़ेदी होती थी। वह कमरा सबसे सफ़ेद-चिट्टा था और शायद क़स्बे में सबसे साफ़-सुथरा सजा हुआ कमरा था। उसने मेरे बारे में पूछताछ की और मैंने उसके बारे में। वह भूसी में आग लगाने के ज़ुर्म में जेल लाया गया था, जो शायद शराब के नशे में उसके पाइप से लग गई थी। उसे मुक़दमा चलने के लिए तीन महीने की प्रतीक्षा करनी पड़ी थी और शायद इतना ही और जेल में रहना पड़े। वह वहां का पंछी बन गया था और सन्तुष्ट था। उसके विचार से उसके साथ वहां ठीक व्यवहार होता था।

मैंने पाया कि जेल में अधिक समय तक रहने पर खिड़कियों से बाहर देखना भी एक काम बन जाता है। जेल की और जेल की कोठरियों में रहने वालों की भी कहानियां होती हैं, इतिहास होता है, जो जेल की दीवारों से बाहर कभी नहीं जाता। सम्भवतः नगर में यही एक मकान है, जहां कविताएं लिखी जाती हैं, जो बाद में प्रसारित तो होती हैं, किन्तु प्रकाशित नहीं होतीं। मुझे भी वहां लिखी गई कुछ कविताएं दिखाई गईं।

अन्ततः उसने मुझे मेरा बिस्तरा दिखाया और अपनी लैम्प ख़ुद बुझाने के लिए छोड़ दिया। मुझे लगा जैसे मैं किसी सुदूर देश में आ गया हूं, जो कि मैंने पहले कभी नहीं देखा और जहां मुझे एक रात रहना हो। खिड़की से रात के दृश्यों का मैं अवश दर्शक था। मुझे अपना नगर ही अजनबी-सा लग रहा था। सवेरे हमारे लिए दरवाज़े के छेद से नाश्ता आया, जिसमें चॉकलेट और ब्राउन ब्रेड था। जब बर्तन वापस मांगे गए, तो ब्रेड का जो टुकड़ा मैंने छोड़ दिया था, उसे मेरे साथी क़ैदी ने झपटकर ले लिया, ताकि उसे दुपहर या रात के भोजन के समय खा सके। बाद में वह पड़ोस के खेत में काम करने चला गया। उसने मुझे नमस्कार किया और कहा कि शायद अब हमारी दुबारा भेंट नहीं होगी।

खेत में काम करने चला गया। उसने मुझे नमस्कार किया और कहा कि शायद अब हमारी दुबारा भेंट नहीं होगी।

किसी ने बीच में पड़कर टैक्स अदा कर दिया और मैं जेल से बाहर आ गया। मैं उन परिवर्तनों को ठीक उसी प्रकार जान नहीं पाया जैसे कोई युवक अकस्मात बूढ़ा हो जाए। मैंने राज्य को अधिक प्रत्यक्ष रूप से जाना। मैंने देखा कि जिन लोगों के बीच मैं रहता आया हूं, उन पर अच्छे पड़ोसी या मित्र के रूप में कितना विश्वास किया जा सकता है। उनकी मित्रता गर्म मौसम तक ही सीमित है, वे अधिक अच्छे नहीं बनाना चाहते और अपनी प्रतिबद्धताओं एवं अन्धविश्वासों के कारण मुझसे भिन्न जाति के हैं। मानवता का बलिदान करने में वे किसी प्रकार का ख़तरा उठाने को तैयार नहीं हैं। वे उतने भले लोग भी नहीं हैं कि चोर से अच्छा व्यवहार कर सकें। वे सीधे रास्ते पर कभी-कभी चलते रहते हैं, ताकि अपनी आत्मा की रक्षा कर सकें। पड़ोसियों के प्रति मेरा यह निष्कर्ष कठोरतापूर्ण हो सकता है, क्योंकि उनमें से बहुतों को शायद पता भी नहीं कि उनके गांव में जेल भी है।

मैंने सड़क कर देने से कभी इनकार नहीं किया, क्योंकि मैं अच्छा पड़ोसी बनना चाहता था, हालांकि बुरी प्रजा था। मैं स्कूलों की सहायता करता था और अपने देशवासियों को पढ़ाता भी था। टैक्स बिल की किसी ख़ास मद के बारे में मुझे आपत्ति नहीं थी। मैं तो केवल राज्य के प्रति अपनी ही निष्ठा से इनकार करता था, उससे हटना चाहता था और प्रभावी रूप से अकेला रहना चाहता था। मेरे दिए डॉलर से व्यक्ति ख़रीदा जा रहा है, या बन्दूक (जिससे गोली चलेगी) मुझे नहीं मालूम। मेरा डॉलर निर्दोष था, किन्तु मैं अपनी निष्ठा के परिणामों को जानना चाहता था। वास्तव में मैं ख़ामोशी के साथ राज्य के विरुद्ध युद्ध की घोषणा करना चाहता था।

मुझसे मांगे जाने वाला कर यदि कोई और अदा कर देता है, तो वह राज्य जितना चाहता है, उससे भी अधिक अन्याय में सहायता करता है। अगर कोई अपनी सम्पत्ति बचाने, या किसी को जेल जाने से बचाने के लिए कर अदा करता है तो उसे ज्ञात नहीं कि वह सार्वजनिक भलाई के काम में अपनी

व्यक्तिगत भावनाओं को कितना हस्तक्षेप करने देता है। उसे केवल अपनी और उसी क्षण के लिए अपनी चिन्ता करनी चाहिए।

यदि निम्न स्तरीय दृष्टि से सोचूं तो अपनी तमाम ख़ामियों के बाद भी संविधान बहुत अच्छा है, कानून तथा अदालतें सम्माननीय हैं, यह राज्य एवं अमेरिकी सरकार बहुत-सी बातों में प्रशंसनीय हैं और बहुतों की भांति मुझे भी इसके लिए धन्यवाद करना चाहिए। लेकिन यदि कुछ उच्च दृष्टिकोण से सोचूं तो यह सब वैसा ही लगता है, जिसका वर्णन मैं कर चुका हूं। यदि और भी उच्च तथा उच्चतम दृष्टिकोण से विचार करूं, तो कौन कह सकता है कि यह सरकार देखने योग्य अथवा विचार करने योग्य भी है या नहीं।

मैं जानता हूं कि अधिकांश लोग मेरे सोच से भिन्न प्रकार से सोचते हैं। लेकिन इस प्रकार के विषयों पर विचार करना जिनका व्यवसाय है, उनसे मैं तनिक भी सन्तुष्ट नहीं। संस्था के भीतर खड़े राजनेता और विधायक कभी भी इस समग्र नग्न यथार्थ को नहीं देख सकते। वे गतिशील समाज की बातें करते हैं, लेकिन समाज के बिना उन्हें कहीं भी विश्राम-स्थली सुलभ नहीं है। उनमें अनुभव हो सकता है, विवेक हो सकता है, लेकिन उनकी बुद्धिमत्ता और उपयोगिता एक बंधी सीमा से आगे नहीं जाती। वैब्स्टर के शब्द उन विधायकों के लिए बुद्धिमत्तापूर्ण हो सकते हैं, जो विद्यमान सरकार में कोई आवश्यक सुधार करने के पक्षधर नहीं हैं, लेकिन एक विचारक के लिए नहीं, उन लोगों के लिए भी नहीं, सर्वकाल के लिए नियम बनाना भी चाहते हैं।

राज्य की सत्ता अभी भी अशुद्धतायुक्त है। वह सत्ता न्यायपूर्ण हो, इसके लिए आवश्यक है कि उसे शासित लोगों की स्वीकृति एवं सहमति प्राप्त हो। उसे मेरे व्यक्ति और सम्पत्ति पर उससे अधिक अधिकार न हो, जितना स्वीकार करने के लिए मैं तैयार हूं। निरंकुश राजसत्ता से सीमित राजसत्ता और सीमित राजसत्ता से लोकतन्त्र तक की यात्रा व्यक्ति के सच्चे सम्मान की दिशा में एक प्रगति है। वह चीनी दार्शनिक भी विद्वान था, जिसने व्यक्ति को साम्राज्य का आधार माना था। क्या आज की सरकार, क़दम और नहीं बढ़ाया जा सकता ? तब तक वास्तविक, स्वतन्त्र और जागरुकता युक्त राज्य नहीं बन

सकता, जब तक व्यक्ति की उच्च एवं स्वतन्त्र इयत्ता को स्वीकार नहीं किया जा सके। मैं ऐसी सरकार की स्थापना की सम्भावित कल्पना से स्वयं को प्रसन्न करना चाहता हूं, जो सभी व्यक्तियों को न्याय दे सके और व्यक्ति को सम्मान दे सके। ऐसा राज्य ही अधिक पूर्णतायुक्त तथा महिमामंडित हो सकता है, जिसकी मैं केवल कल्पना ही क़रता हूं, जो कहीं देखने में नहीं आया है।

●●●